설봉 新무협 판타지 소설

마야

마야 14

설봉 新무협 판타지 소설

초판 1쇄 찍은 날 § 2008년 11월 10일
초판 1쇄 펴낸 날 § 2008년 11월 15일

지은이 § 설봉
펴낸이 § 서경석

편집장 § 문혜영
편집 § 정서진 · 유경화 · 최하나

펴낸곳 § 도서출판 청어람
등록번호 § 제1081-1-89호
등록일자 § 1999. 5. 31
어람번호 § 제2-1615호

주소 § 경기도 부천시 원미구 심곡동 163-2 서경B/D 3F (우) 420-010
전화 § 032-656-4452 팩스 § 032-656-4453
http://www.chungeoram.com
E-mail § eoram99@chollian.net

ⓒ 설봉, 2006

ISBN 978-89-251-1554-2 04810
ISBN 89-251-0096-7 (세트)

설봉 新무협 판타지 소설

마야

Fantastic Oriental Heroes

魔爺 14

호시중원(虎視中原)
「중원을 탐욕스럽게 노려보다」

[완결]

도서출판 청어람

第百三十一章

도별기(倒憋氣)
—말문이 막히다

마야가 중원을 다스린다.

광오하다고 할 수 있는 말이 거침없이 흘러나왔지만 그를 제지하고자 하는 사람은 없었다.

마야는 너무도 강했다.

마야를 추종하는 무리는 군대와도 맞싸울 수 있을 만큼 화력이 강했다.

그렇다. 이건 무공이라고 할 수 없다. 전력(戰力) 또는 화력(火力)이란 말로 표현해야 한다.

왕벌은 어떤 독충보다도 위협적이다. 사천제일룡은 이름만 들어도 치가 떨리는 흑균을 소지했다. 비록 마야는 부인했지만, 한낱 마인의 말을 믿을 사람이 어디 있으랴.

그것뿐이 아니다. 문파 하나 정도는 가볍게 날려 버릴 만한 화약도 있다.

마야와 호채마가 지닌 가공할 무공은 제일 나중에 거론된다.

그들은 칠성군 중 세 명을 너무도 손쉽게 죽였다. 개개의 싸움에 긴장이 잔뜩 담겼을지는 모르지만 결과적으로 호채마는 살고 칠성군은 죽었다.

말이 안 된다. 믿기지 않는다. 분명히 실제로 일어난 사건이지만 도저히 이 사태를 받아들일 수 없다.

마야는 무적인가?

무적이다. 그의 앞을 가로막을 사람은 전무하다. 어떤 사람은 북검문을, 또 어떤 사람은 남도문에 눈길을 주었지만 그들은 조용했다. 침묵했다.

장강 싸움을 벌일 때는 늘 선두에 서 있던 천하제일문들이 마야에게만은 유독 무력했다.

하물며 그에 훨씬 못 미치는 중소문파들이야 말해 무엇 할까.

무림은 판단력을 잃어버렸다. 칠성군이 무너진 충격은 단순히 몇 명 죽었다는 선에서 그친 것이 아니라 정도무림의 자긍심을 송두리째 빼앗아 버린 대사건이었다.

무엇을 해야 하나? 구대문파와 연합하여 마야를 칠까? 그러면 될까? 유계는 어쩌나? 괜히 잠자는 사자의 코털을 건드린 게 아닐까? 유계가 대반격을 개시하면 막아낼 능력이 있을까?

대답은 '모르겠다' 였다.

어떤 행동을 취하긴 취해야겠는데 뭘 해야 할지 모르는 상황이 되어버린 것이다.

한 명, 두 명…… 마야를 추적하는 무인들 중에 이탈자가 생기기 시작했다.

"문(門)으로 돌아가야겠어."

"조금 더 따라가 보지. 북검문에서 가만있지 않을 텐데."

"가만있지 않으면 어쩔 수 있겠어? 유계와 싸우기도 벅찰 텐데, 마야까지 신경이 돌아가겠어?"

"하기는……."

시들해졌다.

마(魔)를 척결하겠다는 정의감도 수그러들었다. 온 힘을 다해도 어쩔 수 없는 절대 강자의 등장에 기운이 빠져나가 버렸다.

그들은 자신들의 문파로, 가문으로 떠나갔다.

남은 사람들도 기운이 빠진 건 마찬가지지만 생각이 조금 달랐다.

도고일장(道高一丈)이면 마고십장(魔高十丈)이라고 했다.

마도가 일어날 때는 불길처럼 거세서 걷잡을 수 없다. 하루 아침에 정도를 집어삼킬 것처럼 일어난다. 정도는 무능력하게 느껴지고 마도는 꺾을 수 없는 철벽처럼 보인다.

딱 지금과 같은 상황이다.

하나 지금의 상황을 완전히 뒤바꿔 버릴 천고의 진리가 있다.

마는 결코 정을 넘어서지 못한다.

악(惡)이 세상을 지배할 듯 보여도 결국은 정에 꺾이고 만다.

천 년 무림 역사가 이를 증명한다.

현재 마야는 하늘이다. 인정하고 싶지 않지만 인정해야 한다. 그를 꺾을 수 있는 사람이 없으니까.

옛날에도 이런 사람들이 있었다. 한 명도 아니고 일곱 명이나 되었다. 그들은 무신이라 불렸다. 기꺼이 무신이라고 불러주었다. 웃으면서 무신을 반겼다.

그들은 곁에 머물며 안위를 지켜주었다.

반면에 마야라는 절대 강자는 적이다. 그리고 대항할 힘이 없다.

중원 무인들은 북검문을 원치 않았다. 칠성군도 삼뇌도, 이미 죽어버린 십원로의 등장도 바라지 않았다.

그들은 마야의 상대가 되지 않는다. 자신들과 마찬가지로 개죽음을 당할 뿐이다.

그들은 무신을 원했다. 그들이 나서기를 고대했다. 절대 강자를 꺾을 수 있는 사람은 절대 강자뿐, 무신이라면 백만대군이나 다름없는 마야 군(軍)을 꺾을 수 있으리라.

"북검문이 발칵 뒤집힌 모양이야. 북검문주가 단단히 칼을 뽑아 들었어. 무능력하다 싶은 사람은 가차없이 잘라 버리고 새사람으로 바꾸고 있대. 북검문주가 곧 나설 거야. 그때까지만 기다려 보자고."

남은 사람들은 공격할 엄두를 내지 못한 채 멀찍이 떨어져 뒤쫓기만 했다.

*　　　*　　　*

"미안한데……."

절혼마녀는 첫말만 꺼내놓고는 말을 잇지 못했다.

쏴아아아……!

바람이 온몸을 쓸고 지나간다.

하늘은 푸르고, 물은 맑다.

"마야."

절혼마녀는 이번에도 이름만 부를 뿐 뒷말을 잇지 않았다.

마야는 뱃머리에 서서 푸른 물만 쳐다봤다.

피로 얼룩진 옷에서는 아직도 핏물이 뚝뚝 떨어져 내렸다. 더러 말라서 검붉은색을 띠기도 했지만 아직도 새빨간색이 더 많았다.

한참 만에야 그의 입에서 음성이 흘러나왔다.

"오늘은 이대로. 절혼, 내일 이야기하자."

절혼마녀는 그의 등을 쳐다보았다.

외로워 보였다. 고독이 물씬 풍겼다. 깊은 고뇌의 냄새가 너무도 진해서 가까이 다가설 수 없었다.

"휴우!"

절혼마녀는 깊은 한숨을 내쉬며 물러설 수밖에 없었다.

마야는 움직이지 않았다.

날이 저물었다. 붉은 해가 서녘으로 뉘엿뉘엿 넘어갔다. 그리고 칠흑 같은 어둠이 찾아왔다.

마야는 꼿꼿이 선 채 밤을 맞이했다.

배가 고프다.

많은 사람을 죽인 후라서 갈증도 치민다. 이런 날에는 다른 게 없다. 그저 독주를 퍼붓는 게 최고다.

하나 그 누구도 술병을 들지 못했다.

다른 때와 다르게 너무도 무거워 보이는 마야의 뒷모습이 술병을 잡지 못하게 만들었다.

마야는 무엇을 고민하는 것일까?

고민이라면 송택에 있을 때 실컷 했다. 차후 행로에 대한 계획도 세심하게 세웠다.

새삼스럽게 계획 같은 걸 새로 세울 이유가 없다.

살인 때문인가? 웃기는 소리……. 살인에는 이미 면역이 되어 몇 사람 쳐 죽인다 해도 아무런 감정이 느껴지지 않는다. 죽는 사람은 죽는 것이고, 사는 사람은 사는 것이다. 천하제일 미인도, 황제도 죽으면 그만이다. 생명이 육신을 떠나는 순간 한낱 고깃덩이가 되어버린다. 그게 죽음이다.

그럼 뭔가? 칠공자 중 일공자를 죽여서?

이것도 웃기는 소리다. 남무림에서는 제삼무신가의 둘째 공자를 죽였다. 그러고도 앞날에 대한 걱정을 하지 않았다. 일공자가 아니라 칠공자 전부를 죽였어도 달라질 건 없다.

마야의 고민은 무엇인가? 무슨 생각을 하고 있는가.

웬만한 농담쯤으로 풀어낼 고민이 아니다. 마야가 풍기는 번민은 만인의 죄악을 짊어진 듯 무거워 보인다. 그래서 술도 마실 수 없고, 실없는 농담도 애써 자제한다.

"건포라도 먹어야……."

다담선자는 힘들게 입을 열었다가 곧 닫아버렸다.

그렇게 마야는 저녁을 굶었다. 밤바람을 맞으며 뱃머리에 서 있을 뿐이다.

다담선자조차도 말을 건넬 수 없었다.

마야가 움직였다.

태양이 솟구쳐 세상을 온통 붉은색으로 물들일 무렵이었다.

지난밤은 참으로 지루했다.

아무것도 하지 못하고, 오직 뱃전을 두들기는 물소리만 들으며 날이 밝기를 기다린다는 게 이토록 고역일 줄은 미처 몰랐다.

마야가 움직였다는 건 침묵이라는 껍질을 깨고 나와 움직여도 좋다는 신호나 다름없다.

호채마의 눈이 마야의 움직임을 쫓았다.

무엇 때문에 밤을 꼬박 밝혔는지, 이제 무얼 할 건지…… 오랜 기다림에 대해서 답을 들을 시간이다.

마야의 발길이 절혼마녀에게 닿았다.

"미안하다고?"

절혼마녀도 강물을 바라보고 있었다.

마야가 밤을 밝히며 강을 쳐다볼 때, 그녀도 여인의 머리칼처럼 윤기 흐르는 강과 말을 주고받았다.

—미안해.

—미안해…….

많은 말을 주고받았지만 기억나는 건 미안하다는 말뿐이다.

그녀는 고개를 돌려 마야를 쳐다봤다.

마야가 다시 말해왔다.

"얼마나 미안한데?"

절혼마녀는 말이 끝나기 무섭게 대답했다.

"많이. 아주 많이."

절혼마녀의 눈가에 눈물이 글썽였다.

하고 싶은 말은 많지만 꾹 눌러 참는 기색이 역력했다.

마야는 절혼마녀를 보듬어 안았다.

"미안해할 필요 없어. 절대로."

"제가 뭘 할지 모르잖아요."

"뭘 하든…… 나는 절혼, 절혼은 나. 우린 일심동체(一心同體). 그럼 된 거야."

"마야."

마야를 불렀지만 차마 입이 떨어지지 않는다.

"됐어. 절혼, 떠나도 돼."

"네?"

"후후!"

"그, 그걸 어떻게……?"

"절혼의 마음이 무림에 없다는 걸 모르는 사람이 있을까?"

"마야!"

"알고 있었지. 알고 있었어. 눈빛이 여려질 때부터."

"제가 그랬어요?"

마야는 포근한 미소를 지으며 고개를 끄덕였다.

"티가 너무 많이 났어. 그래, 갈 곳은 정했고?"

"낙화향으로 가려고요."

평범한 생각은 아니다. 아이를 가진 여자가 쾌락만 들끓는 곳으로 갈 생각을 어떻게 했을까.

보통 사람, 보통 환경 같았으면 벼락 같은 고함이 튀어나왔을 게다.

절혼마녀의 고심이 물씬 담겨 있는 한마디였다.

그녀가 갈 곳은 많다. 세상 모든 곳, 발길 닿는 곳, 처처(處處) 어느 곳이나 가면 된다.

그녀가 갈 곳은 없다. 마야의 여인은 아무 이유 없이 수단 방법을 가리지 않고 죽여도 죄악이 되지 않는다. 마(魔)를 선택한 여인이니 사지를 갈기갈기 찢어 죽여도 불쌍치 않다.

세상에서 절혼마녀가 가장 안전하게 있을 수 있는 곳은 마야의 옆자리다. 마야에게서 멀어지면 멀어질수록 죽을 위험은 증가한다.

하면 왜 떠나려고 하는가?

피! 피가 싫어졌기 때문이다.

평생을 술과 피와 향락과 음모 속에서 살아왔다. 죽을 곳도 술자리나 사람 발길이 끊어진 으슥한 곳이라고 생각해 왔다.

술과 피와 육체적인 쾌락은 그녀와 어울렸다.

이제는 싫다. 사람이 죽는 것도 싫고, 피가 튀는 것도 싫고, 죽으면서 내지르는 비명 소리는 더더욱 듣기 싫다.

하지만 마야 곁에 있으면 듣기 싫어도 들어야 한다. 보기 싫어도 보아야만 한다.

피 냄새가 싫다고 사랑하는 사람의 곁을 떠날 수는 없다. 비명 소리가 듣기 싫어서 죽을지도 모를 위험 속에 목숨을 내던지는 건 미친 짓이다.

그녀는 그런 길을 선택했다. 그리고 마야는 이해했다. 이유는 오직 하나, 태아 때문이다. 곧 태어날 아이에게는 비명 소리를 들려주고 싶지 않기 때문이다.

마야 곁을 떠난다고 했을 때 가장 안전한 곳은 어디일까? 낙화향이다. 낙화향은 그녀의 평생이 담긴 곳이다. 구석구석 모르는 곳이 없고, 오가는 사람들 중 모르는 사람이 없다.

숨을 때나 싸울 때나 어느 쪽을 선택하든 세상에서 가장 유리한 곳이다. 그녀가 원하기만 하면 백 일이고, 천 일이고 피를 보지 않고 살 수 있는 곳이다.

"낙화향…… 좋지. 좋을 거야. 먼저 가 있어. 일이 끝나면……."

절혼마녀는 배시시 웃었다.

"맛있는 술 담가놓을게요."

절혼마녀는 오랜 고심 끝에 돌발적 발언을 했지만 놀란 사람은 아무도 없었다. 그녀의 표정과 행동에서 그녀의 마음을 익히 읽었던 탓이다.

그녀는 떠날 사람이었다. 지독한 환경에서 자라왔고, 나름대로 독한 성품도 지녔지만 근본적으로 그녀는 피비린내와는 어울리지 않는 여인이었다.

살인도 할 수 있고, 잔혹한 수법도 펼칠 수 있지만 마음 한구석에 항상 악(惡)과 살(殺)을 심어놓고 사는 마인이 되지는 못했다.

그런 사람은 또 있다.

다담선자가 그렇고, 금연화도 마찬가지이며, 일령도 선(善)이라는 글자를 벗어던지지 못한다.

모두가 무림에서 떠날 사람들이다.

사내들이라고 장담할 수는 없다. 무공이 좋고, 싸우는 것이 좋아서 기꺼이 마인을 택했지만 이런 식으로 보보마다 살인을 딛고 살아야 한다면 머지않아 정신이 황폐해질 것이다.

마인이라면 살인을 할수록 기운이 나고 즐거움이 샘솟아야 하는데 호채마는 그러지 못했다. 전형적인 마인들과는 거리가 멀어도 한참 멀었다.

호채마 모두 검을 접고 한적한 곳을 찾아 은거해야 할 사람들이다.

절혼마녀는 아이를 가졌기 때문이기도 하지만 한계를 가장 먼저 깨닫고 물러선다고 보는 편이 맞다.

더 이상 간다는 건 무리다.

자칫하다가는 정말로 마인의 세계를 접하게 된다. 영원히 인간의 심성을 다시 찾을 수 없는 마녀가 되는 것이다.

본인 스스로 자신의 한계를 알고 물러선다고 할 때는 보내 주어야 한다. 어떤 관계가 되었든, 얼마나 필요한 사람이든 인간으로 남기를 바란다면 웃으면서 배웅해 줘야 한다.

"내가 따라가지. 여기서는 별 소용도 없고…… 낙화향에 굴만 몇 개 뚫어놓으면 최소한 일신은 지킬 수 있어. 절혼마녀가 만만한 여인도 아니고."

언장은마가 말했다.

"클클! 굴만으로는 부족하지. 한 사람쯤은 목숨을 걸어줘야 해. 마야, 그건 내가 적임일 것 같은데…… 끌끌! 사실 낙화향에 가면 술은 실컷 마실 수 있을 것 같아서 말이지. 자네 따라다니면 다 좋은데 뱃속에 술벌레가 지랄발광을 하니 견딜 수 있어야지."

시마가 말했다.

시마 역시 투지가 사라진 지 오래다.

늙었기 때문이 아니다. 절혼마녀처럼 피가 지겹기 때문도 아니다. 녹혈마공을 흑혈마공으로 발전시킨 순간부터 무공이 뿜어내는 매력을 거의 느끼지 못한 듯했다.

모순되게도 녹혈마공으로 이룰 수 있는 최절정 봉우리에서 만족함을 느껴 버린 것이다.

그는 더 나아가려고 하지 않는다. 흑혈마공으로 꺾지 못할 상대도 있을 터인데, 겨루려고 하지 않는다. 최정상에 올라섰으니 무신이라는 사람들과도 한바탕 드잡이를 벌이고 싶을 텐데, 아무런 욕구도 느끼지 못하는 것 같다.

그는 천하제일인이 되기 위해 무공을 수련한 게 아니다. 녹혈마공이라는 무공을 선택한 순간부터 오로지 그 무공만을 최정상에 올려놓기 위해 불철주야 수련해 왔다.

비무, 결전, 싸움…… 무림에서 일어날 수 있는 모든 겨룸은 녹혈마공을 습득하기 위한 수단 방법이었을 뿐, 자신 스스로 최고수가 되기 위해서는 아니었다.

흑혈마공을 극성으로 이뤘으니 이제 끝이다.

무신에게 뒤지는 무공이면 어떤가. 설혹 삼류무인조차 이기지 못하는 무공인들 어떤가. 자신이 선택한 무공을 극성으로 깨우쳤으면 한 세상 가치있게 산 것 아닌가.

물론 시마는 이런 부분에 대해서 한마디도 하지 않았다.

그래도 모두 시마의 마음을 헤아린다. 그 정도 마음조차 읽지 못한다면 무공의 궁극을 알고자 한다는 말을 입에 담지 못하리라.

끝을 본 사람, 이제 쉬고 싶은 게다.

"후후! 언장은마와 시마가 낙화향을 손본다? 후후! 낙화향에서 술 잘못 마시다가는 비명횡사하기 알맞겠군."

수검이 웃으며 말했다.

떠날 사람은 떠나고 남을 사람은 남았다.

절혼마녀는 몇 번이고 뒤돌아보며 머뭇거렸지만, 그때마다 마야는 손을 흔들어 갈 길을 재촉했다.

시마와 언장은마는 뒤돌아보지 않았다.

어쩌면 이게 이승에서 보는 마지막 만남일지도 모르지만 미련을 남기지 않았다.

몇 번 더 본다 해서 달라질 건 없다. 헤어짐은 필연이다. 백여 걸음조차 내딛지 못하는 사이에 흩어질 인연이다. 조금이라도 빨리 끝내는 것이 낫다.

그런 의미에서 마야가 밤새도록 무슨 고민을 했는지 묻지 않았다.

절혼마녀를 보내는 문제는 아니었다. 그녀의 마음을 벌써 짐작하고 있었고, 마음까지 정리해 놓았다.

새삼 그 문제로 번민할 이유가 없다.

무언가 중차대한 문제가 있는데…… 묻지 않았다.

무릇에 흥미를 잃은 사람한테는 알고 싶은 것도 없는 법이다.

마야가 잘 알아서 하겠지. 늘 그래 왔으니까. 이번에도 장애는 될지언정 걸음을 막지는 못하리라. 잘하겠지. 잘해내겠지.

세 사람의 모습이 보이지 않을 때까지 배웅하던 마야가 일행을 돌아보며 말했다.

"공격이 있을 거야. 북검문에서 공격해 오면 다행이지만 유계가 공격해 온다면…… 휴우!"

알 듯 모를 듯 미묘한 말이다.

공격이면 다 같은 공격이지, 북검문이라고 쉽고 유계라고 어려울 건 뭔가. 오히려 그 반대 아닌가? 북검문에는 무신들이 있고, 칠공자까지 무너진 지금에는 무신밖에 나설 사람이 없으니…… 북검문과의 싸움이 더 어렵지 않나?

지난밤, 마야는 앞으로 나아갈 길을 고심한 것 같다.

분명한 건 마야가 말끝을 흐린 적이 없었던 점으로 봐서 앞으로 다가올 싸움은 상당히 고되다는 것이다.

2

마야의 직감은 맞았다.

호채마를 감싸고 있던 왕벌들이 천적을 만난 듯 쫙 갈라지며 길을 내주었다.

가장 먼저 반응한 사람은 사천제일룡이다. 그는 코를 벌름거리며 공기 중에 함유되어 있는 냄새를 맡으려고 애썼다.

"킁킁! 이거 이상한데? 아무 냄새도 없어."

뭐가 이상하다는 것일까?

"이상해. 이상해."

사천제일룡은 뱃전 여기저기를 오가며 냄새를 맡았다.

바람이 불어오는 쪽은 냄새 맡기가 좋다. 어떤 냄새든 바람을 피할 수는 없으니까. 하지만 능숙한 사냥꾼이라면 바람에 노출되지 않는다. 하면 바람이 부는 측면에서 냄새를 감지해야 한다.

아무 냄새도 맡아지지 않는다.

"난 포기."

사천제일룡이 장난스럽게 두 손을 들어 올리며 말했다.

무엇이 왕벌을 물러서게 만들었을까? 한 가지, 냄새를 풍기는 물체는 아니다. 몸에 벌이 싫어하는 약초를 발랐다거나 독분(毒粉)을 뿌린 건 아니다.

"피독주 같은 거로도 벌을 물리칠 수 있나?"

마도가 왕벌의 움직임을 관찰하며 물었다.

"벌이 독인가?"

사천제일룡이 되물었다.

대답은 명쾌했다. 피독주 같은 것으로는 벌을 물리칠 수 없다.

"내 말은 피충주(避蟲珠) 같은 게 있냐는 거지."

마도가 눈빛을 빛내며 말했다.

쫙 갈라진 벌들 사이로 작은 배들이 들어섰다.

한 척, 두 척…… 열 척…… 스무 척……

대충 어림잡아 이십여 척이 동원되었다.

신분도 짐작하기 힘들다.

입은 옷이나 병기가 각양각색이다. 승려도 있고, 도인도 있다. 기녀로 보이는 여인도 있으며, 머리에 떡 바구니를 이고 있는 할머니도 있다.

"뭐야, 저 사람들은?"

수검이 혀를 내밀어 입술을 적시며 말했다.

단순한 사람들은 아니다. 지나가는 길손도 아니다. 무공을 수련한 무인들이다. 내딛는 걸음걸음에 묵직한 무게가 실려 나온다.

호채마는 나타난 사람들이 마인임을 알아냈다.

이들에게서 나는 새도 옭아맬 살기가 뿜어져 나온다.

정도인도 살기는 내뿜는다. 살심(殺心)은 마인만 지니는 것이 아니다. 정도인이라고 누굴 죽이고 싶다는 마음이 들지 않을까. 세상 사람이라면 모두 살심을 지닌다.

하나 표출하는 방법에는 차이가 있다.

살심과 이성(理性)의 배합을 살펴보면 알 수 있다. 이성이 강하게 작용한 살심은 조금 무서워 보일 뿐이다. 그리고 정도인들은 거의 대부분 이런 종류의 살심을 표출한다.

마인은 다르다. 마인은 이성을 가미시킬 필요가 없다. 아니, 가급적이면 더욱 강한 살심을 피워내려고 노력한다. 손을 쓰기 전에 공포로 얼룩진 상대의 얼굴을 보는 것이 얼마나 큰 쾌락인지는 남을 억눌러 보지 않은 사람은 알지 못한다.

오로지 죽이겠다는 마음만 가득한 살심, 이것이 마인이 표출하는 살심이다. 또한 왕벌을 헤치고 다가오는 사람들이 뿜어내는 살심이기도 하다.

북검문이 공격해 오면 다행이지만 유계가 공격해 오면……

그리고 한숨을 내쉬었다.

불행히도 유계가 공격해 온 듯싶다.

"난 말이야 몇 년 정도는 정파란 놈들과 놀아야 될 줄 알았는데, 이건 너무 뜻밖인데. 안 그래?"

사천제일룡이 농담을 건넸다.

그에게서는 긴장의 빛을 엿볼 수 없다.

몇십 명이 되었든, 몇백 명이 되었든…… 모두 죽일 수 있다는 자신감이 배어 있다.

마도와 수검은 마야를 떠올리지 않을 수 없었다. 사천제일룡도 마야를 염두에 두고 한 말이리라. 하지만 입 밖으로 말을 꺼내지는 않았다.

마야는 유계 마인들이 공격해 올 것을 어떻게 알았을까? 정파 무인들이 뒤로 빠진다는 건 또 어떻게 알았을까?

지난밤의 고민과 이번 일은 무관하지 않을 터이다.

"독룡(毒龍), 하독(下毒)."

너무 조용하게 흘러나와서 자칫 잘못 듣지 않았나 싶은 명령이 떨어졌다.

"하독? 나?"

사천제일룡이 자신을 가리키며 되물었다.

그뿐만이 아니다. 모든 사람이 마야를 쳐다봤다.

―정말이야? 독을 쓸 거야?

사람들의 눈빛은 한결같은 말을 토해냈다.

그러잖아도 무림인들로부터 흑균을 썼다고 해서 천하제일 공적으로 낙인찍혔다. 흑균을 쓰지 않았다고 항변하기는 했지만 그 말을 믿는 사람은 없으리라.

이런 상황에서 독을 또 쓴다면 어떻게 될까?

사천제일룡이 지닌 독은 한결같이 금독이다. 세상에 나타나서는 안 되는 치명적인 독들이다.

사천제일룡이 나서면 흑균을 썼다고 자인하는 것과 다를 바 없다.

"하독."

분명한 명령이다.

"좋지. 놈들, 아예 싹 쓸어주지."

사천제일룡은 잠시도 머뭇거리지 않았다.

그는 오히려 마야가 명을 번복할까 봐 우려되는 듯 즉시 손을 떨쳐 냈다.

쏴아아아……!

하얀 가루가 바람을 타고 분분히 휘날렸다.

"크크크! 이놈들, 우선 간단하게 부시독(腐屍毒)부터 처먹어라. 육신이 썩어가는 모습을 자기 눈으로 보는 것도 재미있을 거야. 후후후! 우하하하!"

앙천광소가 천지를 뒤흔들었다.

부시독은 시마의 녹혈마공과 비슷한 효능을 나타낸다. 진기로 뿜어내는 녹혈마공보다 위력은 약하지만 피나는 수련을 거치지 않고 쉽게 하독할 수 있다는 장점이 있다.

유계의 마인들로 짐작되는 사람들은 강가에 도착한 사람부터 질서있게 배를 타고 있었다.

이상한 것은 그들의 반응이다.

사천제일룡의 독분은 투명하지 않다. 은연중에 독을 살포한 것이 아니라 앙천광소를 터뜨리며 공공연히 뿌렸다. 하얀 분가루는 확연히 눈에 띄었다. 바람을 따라 펼쳐진 관계로 날아가는 속도도 별로 빠르지 않았다.

이런데도 독이 뿌려졌다는 걸 모른다면 무인이라고 할 수 없다.

하독한 사람이 누군가? '독마(毒魔)'의 경지에 이른 사천제일룡이다. 그가 하독했다는 사실만으로도 범상치 않은 독이라는 것은 예견되는 터였다.

당연히 피했어야 한다, 하얀 가루가 날아오지 않는 곳으로…… 피할 수 없거든 숨이라도 쉬지 말았어야 한다. 천이나 옷으로 코와 입을 막고 숨을 멈췄어야 한다.

마인들은 아무런 행동도 하지 않았다. 태연히, 차분히 한 사람씩 배를 탄다.

그들은 독분은 아예 신경 쓰지도 않았다.

이지를 상실한 사람들이 아니면 취할 수 없는 행동이지 않은가.

부시독은 훨훨 날려가 그들 머리 위로 살포시 내려앉았다. 아니, 모래바람이 천지를 뒤덮듯, 새벽안개가 온몸을 휘감듯 빠져나갈 여지를 전혀 주지 않고 뒤덮어 버렸다. 순간,

"헛!"

사천제일룡이 헛바람을 내질렀다.

부시독이 아무런 영향을 끼치지 못해서 놀랐나? 실제로 그렇다. 피부에 닿는 즉시 피고름을 만든다는 부시독이건만 마인들은 아무런 영향도 받지 않았다.

"이런!"

사천제일룡은 헛바람에 이어 낭패한 기색을 떠올렸다. 그의 눈은 마인들의 가슴에 꽂혀 있는 하얀 꽃에 틀어박혀 떨어질 줄 몰랐다.

"염수화(閻手花)가 맞는 모양이군."

마야가 나직이 말했다.

마야의 말에 두 사람이 반응을 보였다.

"쳇! 염수화까지."

독마 사천제일룡은 그것도 아느냐는 듯 미간을 찡그리며 다소 떨떠름한 표정을 지었다.

"염수화!"

마야를 만나기 전만 해도 독문도였던 사망혈인은 깜짝 놀라 경악성을 토해냈다.

두 사람의 반응이 심상치 않아서일까? 다른 사람들도 호기심 어린 눈길로 마야와 사천제일룡은 번갈아 쳐다봤다.

"독중독화(毒中毒花)……."

사망혈인이 자신의 놀람을 설명이라도 하듯 말을 이었다. 흐릿하게, 아직도 믿을 수 없다는 뜻을 담고.

사람들은 그제야 사망혈인이 말한 독중독화, 염수화를 생각해 냈다.

염수화는 인세에 나타난 적이 없는 전설상의 꽃이다. 너무 과장된 말일까? 하지만 인적 끊긴 독지(毒地)에서 홀로 피었다가 홀로 지는 꽃이니 크게 과장된 말은 아니다.

염수화는 독을 먹고 산다. 독이 있는 것이라면 식물, 동물을 가리지 않고 잡아먹는다. 껍질이나 살 같은 것은 입에도 대지 않고 독기(毒氣)만 쪽 빨아먹는다.

잎과 꽃술이 대기를 훑는 동안 뿌리는 땅을 껴안는다.

독지, 독수(毒水)…… 뿌리에 닿는 독기는 모두 흡수되고 만다.

독기를 마음껏 포식한 염수화는 꽃가루를 분분히 날리며 산산이 부서진다.

염수화의 번식 속도는 놀라울 정도로 빠르다. 웬만한 독지 정도는 하루 만에 먹어치우고 만다.

한정된 곳에 있는 독기를 모두 먹어치운 후에는 언제 피었냐 싶게 말끔히 사라진다.

꽃잎도, 씨앗도, 꽃가루도 남기지 않고 모두 소멸된다.

군락이 생기고 소멸하기까지 길어야 하루를 넘기지 않으니 아주 짧은 생명이다. 그렇기에 본 사람도 없고, 기른 사람도 없는 전설상의 꽃이 된 것이다.

염수화의 꽃잎 색은 독기의 흡수 정도를 나타낸다.

흰색일 경우는 이제 막 피어나기 시작한 것으로 천고에 다시없는 해독제가 된다. 독기가 충만하면 검은색이 되니, 이때는 근처에도 가지 말아야 한다.

당연한 말이지만 독인이라면 누구나 탐내는 귀화(貴花)가 아닐 수 없다.

염수화가 나타난 것 자체가 놀라운 일이다. 수많은 사람들이 한 송이씩 들고 있으니 더 놀랍다. 이토록 많은 꽃을, 그것도 이제 막 독기를 흡수하기 시작하는 흰 꽃을 어디서 구했단 말인가.

사천제일룡은 독을 쓰지 말아야 한다. 그가 독을 쓰면 쓸수록 염수화는 검은색으로 변해갈 터이고, 끝내는 회선창(回旋槍)이 되어 사천제일룡 자신에게 돌아올 것이다.

"큭큭! 느닷없이 하독하라기에 얼쑤 좋다 나섰더니만 개망신만 당했네. 후후후!"

사천제일룡이 손을 툭툭 털고 뒤로 물러섰다.

이 싸움에서 사천제일룡이 끼어들 구석은 전혀 없다.

"사망혈인."

마야가 사천제일룡 다음으로 부른 사람은 언제나 제일 마지막 수로 남겨두었던 사망혈인이다.

"싹 쓸어버릴까요?"

사망혈인이 흰 이를 드러내며 웃었다.

마야의 표정은 가볍지 않았다. 이번에도 불안한 구석이 있는지 얼굴색을 굳힌 채 묵직이 말했다.

"아니. 가볍게."

사망혈인이 지닌 화탄은 가벼운 것이 없다. 가장 약한 것도 배 한 척 정도 분쇄하는 건 일도 아니다.

사망혈인 같은 화인(火人)에게는 '놈들을 싹 지워 버려라'는 명령이 쉽다. 지금처럼 가볍게 토닥거리기만 하라는 명령은 참으로 받들기 어렵다.

'가볍게라고 했으니 딱 한 척만······.'

사망혈인은 광렬하게 터져 나올 폭음을 생각하며 불붙은 화탄을 내던졌다.

순간, 마인들 틈에서 검은 물체가 불쑥 솟구치더니 허공에서 쫙 펴졌다.

그물이다.

턱! 터억!

화탄은 그물에 엉키는가 싶더니 용수철처럼 되튕겨졌다.

"엇! 저, 저거!"

사망혈인은 황망히 고함을 내질렀다.

자신이 던져 낸 화탄이 자신에게 되쏘아져 오고 있지 않은가.

"상피망(橡皮網)!"

뒤로 물러섰던 사천제일룡이 그물을 알아봤다.

그의 손은 어느새 허리춤을 더듬었고, 유엽도(柳葉刀) 한 자루가 허공을 가르고 있었다.

타악!

유엽도는 되쏘아오던 화탄에 틀어박혔다. 그리고 화탄을 물고 쏘아가던 기세 그대로 밀고 나갔다.

꽈아아아앙……!

화탄은 허공에서 작열했다.

섬광이 피어났다. 뜨거운 열기가 몰아쳤다. 엄청난 굉음에 귀가 먹먹해졌다.

잠시 후, 주변을 살펴보자 놀라운 광경이 드러났다.

상피망을 펼쳐 화탄을 되쏘았던 배는 흔적도 없이 사라졌다. 강 위에 나뭇조각들이 둥실둥실 떠다니고 있어서 방금 전까지 배 한 척이 있었음을 말해준다.

"하아! 가볍게 하랬잖아요!"

일령이 툭 핀잔을 주었다.

"이게 제일 가벼운 거였는데……."

사망혈인이 머리를 긁적이며 민망해했다.

사천제일룡이 아니었어도 되돌아온 화탄에 당하지는 않았을 게다. 그물을 맞고 되튕겨진 것이기 때문에 돌아오는 속도가 빠르지는 않았다. 화탄을 되돌릴 것도 많다. 사천제일룡처럼 유엽도는 지니지 않았어도 던질 것은 많다.

누가 무슨 수를 썼어도 사천제일룡과 같은 효과는 냈을 것이다.

화탄은 던져 배 한 척을 침몰시킨 것은 중요하지 않다. 유계마인들이 어떤 식으로 화탄에 대응하는지 봤다는 게 중요하다.

"상피망은 잘 만들기만 하면 탄력이 고무보다도 더해. 저놈들도 얼떨결에 상피망을 펼친 듯한데, 작심하고 펼치면 무척 빠르게 날아올 거야."

결국 화탄도 사용할 수 없다는 결론에 이른다.

화탄을 던져 낼 수는 있지만, 상피망으로 되튕긴다고 해도 다시 쏘아낼 능력이 되지만 화탄의 화력이 호채마에게까지 미치는 한은 사용할 수 없다.

호채마를 호위하던 절대 방어막들이 순식간에 걷혀졌다. 왕벌, 독, 화약…… 약한 인간도 강하게 해주는 부산물은 모두 빠져나가고 알몸만 남았다. 육신 하나, 병기 한 자루만 남았다.

달라진 건 없다.

마야 곁에 있는 사람들은 자신이 무엇을 선택했는지 아는 자들이다. 선택한 길의 끝을 보고 싶으며, 그래서 항시 자신보다 강한 사람을 찾아 나선다.

십중팔구(十中八九)라는 말이 있지만 이러한 길을 가는 사람들 중 열에 아홉은 편안한 죽음을 맞지 못한다. 흔한 말로 객사하는 경우가 다반사다.

그래서 죽은 동료들을 볼 때도 깊게 슬퍼하지 않았다.

고루쌍마, 철탑거추, 혈유……

당장이라도 옆에서 말을 걸어올 것 같은 사람들이지만 편히 가라 속삭여 주었다.

그들만 가는 길이 아니다. 남은 사람들도 조만간 그 길을 따라간다. 대체 자신보다 강한 상대와 싸워서 살아남을 공산이 있기는 한 건가? 한두 번도 아니고 수십 번을 싸우고, 그것도 부족해서 목숨이 남아 있는 순간까지 계속 싸우겠다는데 어찌 죽지 않겠나.

여기서 죽으나 저기서 죽으나 매한가지다.

오늘 하루 살아남으면 눈뜨고 있는 만큼 무(武)의 길을 한 걸음 나간 것이고, 내일도 살아 있으면…… 모르겠다. 허송세월로 하루 해를 넘길지, 누군가와 등에 땀이 배이는 격전을 벌일지. 물론 후자를 원하지만…….

꼭 일 대 일의 승부만 벌이란 법은 없다.

지금처럼 어떤 무공을 지녔는지 추측조차 할 수 없는 자들과 드잡이질을 벌이는 것도 손맛이 무척 좋다.

"후후후!"

마도가 옅게 웃으며 혈염도를 쓰다듬었다.

굳이 홍분을 숨기려고 하지 않는다. 숨길 필요도 없다.

끼이익! 끼이익! 끼이익……!

유계 마인들을 태운 배는 무심히 다가왔다.

배에 타고 있는 자들도, 노를 젓는 자도 얼굴에 표정이 없다. 죽음에 대한 공포는 물론이고 육신의 감각조차 잃어버린 모습이다.

"다담."

마야가 다담선자를 불렀다.

"걱정 마세요."

다담선자가 양손을 들어 보이며 말했다.

한 손에 하나씩, 유엽도 두 자루가 시퍼런 한광을 번뜩인다.

사천제일룡이 던진 것과 같은 종류의 유엽도다.

"봤군."

"그럼요. 잊을 수 있나요?"

"뭘…… 잊을 수 없어?"

"추명반을 쓰기 전에 납인(蠟人)이 있는지 꼭 살펴라. 이까짓 쇠붙이 하나 받으면서 열 번 넘게 들은 소리라고요. 호호호!"

"열 번? 그렇게까지는 말하지 않은 것 같은데. 두서너 번 했나?"

마야와 다담선자는 태연히 말을 주고받았다. 하나 듣는 사람은 답답했다.

두 사람의 말로 미루어보면 다담선자의 날개 또한 꺾였다는 뜻이지 않나. 보아하니 추명반을 쓰지 못하는 상황 같은데, 이런 경우를 언제 한 번이라도 생각해 본 적이 있던가.

답답한 것은 그 때문이 아니다.

사천제일룡이 속수무책이고, 사망혈인도 그저 두 눈 뜨고 멀거니 지켜보는 수밖에 없다.

거기까지는 이해할 수 있다.

다담선자가 추명반을 쓰지 못한다?

여기서부터는 새롭게 생각해야 한다.

그렇다. 유계 마인들은 호채마 개개인의 무공을 낱낱이 파악했고, 가장 효과적인 대응책을 들고 왔다.

일령의 선유비조신법을 잡을 대책은 뭔가? 금연화의 자하쌍구검, 백형검법은 어떤 식으로 봉쇄할까? 마도의 혈염도법은, 수검의 사흡검법은?

모르긴 몰라도 완벽한 대비책이 갖춰져 있으리라.

저들은 바보가 아니다. 승산이 없는 싸움을 벌이러 온 것도 아니다. 정도 무인들처럼 무공만으로 겨룰 생각도 하지 않는다. 수단 방법을 가리지 않고 죽이는 것만 능사로 여긴다.

"납인이라는 것…… 말뜻을 짐작컨대, 밀랍인간이라는 뜻 아니오?"

수검이 다가오는 마인들에게서 시선을 떼지 않고 물었다.

"맞아요. 밀랍인간이긴 한데 조금 달라요. 생명이 있는 인간이 아니라 생명 없는 인형이에요. 추명반이라는 게 끈이 달린 것도 아니고 여러 사람 중에 몇 사람만 콕 짚어서 죽일 수 없거든요. 날아가는 사선(死線)에 걸린 사람들은 모두 건드릴 수밖에 없는데…… 그중에 하나가 밀랍인형이면……."

더 이상 설명할 필요도 없다. 추명반은 더 나아가지 못하고 인형에 틀어박힌다.

단순히 밀랍으로 만든 인형이 아니리라. 인간의 뼈와 힘줄도 간단히 끊어버리는 추명반인데 밀랍쯤이야. 분명히 밀랍 속에 추명반의 속도를 죽일 수 있는 무엇인가가 들어 있을 게다.

"그걸 아는 사람이 몇 사람이 되오?"

수검이 다시 물었다.

"거의요. 솔직히 전 마야와 저만 아는 줄 알았어요."

이야기를 더 나눌 필요가 없다. 끝났다. 다담선자의 절대 비밀을 알고 있다면 다른 사람들 또한 같은 선상에 놓였다고 봐야 한다.

무공의 파해법이 흘러나갔다.

오래 생각할 시간도 없다. 당장 칼부림을 해야 하는데, 저들이 모든 걸 알고 있으니 어찌해야 하는가.

무공의 숙련도, 진기의 우위…… 파해 무공을 짓누를 수 있는 요소는 지녔지만 한두 명에게만 통할 뿐이다. 많이 봐주어도 십여 명을 넘지 못한다.

싸움 상대가 파해 무공을 지녔을 때와 지니지 않았을 때의 승산은 천지 차이다.

"마야, 이런 말을 묻기는 뭐하지만……."

마도가 힘들게 운을 뗐다.

"없어."

마야는 마도의 말이 끝나기도 전에 말했다.

"일견후즉파의 능력을 지닌 자는 단언컨대 중원무림에 나 혼자야. 과신이라고 해도 좋고, 오만이라고 해도 좋지만 싸우는 모습만 보고 파해법을 만들어내는 자, 본 적이 없어. 두 번째 물음. 파해법, 잠결에라도 입 밖에 낸 적 없다."

마야는 묻지도 않은 것까지 대답했다.

물론이다. 마야가 그랬다고 생각해 본 적은 꿈에도 없다. 지금 목에 칼을 맞고 죽어도 그런 생각은 하지 않는다.

궁금한 것은 누가 마야와 같은 능력이 있느냐이다. 일견후즉파라는 능력이 머리만 좋다고 생기는 것도 아니고, 무공만 강하다고 생기는 것도 아닌데 마야 외에 또 어떤 천재가 있는 것일까.

웃긴 것은 얼마 전까지만 해도 마야를 데려가지 못해서 안달했던 이유가 바로 그 일견후즉파 때문이라는 거다.

유계 주공이 주화입마라도 걸린 줄 알았는데…… 무공을 대성하지 못해 무림에 나서지 못하는 줄 알았는데…… 그래서 마야가 절대적으로 필요하다고 생각했는데…….

유계에 진정한 일견후즉파가 존재한다면 이제 마야는 필요 없다.

회유하여 유계로 데려갈 것이 아니라 죽여 없애야 하는 존재가 되었다.

유계에 또 한 명의 일견후즉파가 있는 건 사실인 것 같다. 그로 인해 유계의 난제가 싹 풀렸다는 것도 어렵지 않게 생각할 수 있다. 다가오는 마인들의 얼굴에 살기가 그득한 것을 보면 말이다.

"그럼 적멸주도?"

금연화가 궁금하다는 표정으로 물었다.

마야는 고개를 끄덕였다.

"독룡이 실패하는 즉시 시전해 봤는데……."

벌써 사용해 봤다? 놀랍지 않은가. 적멸주를 썼는데 이토록 멀쩡하다니. 이건 놀랍다 못해 경이적이다.

적멸주나 마령음은 귀가 열린 사람에게나 통한다. 비록 인간의 귀에 들리지 않는 소리라고는 하지만 그래도 청각을 두드리는 것만은 틀림없다.

다가오는 사람들은 듣지 못한다. 그래서 적멸주가 흘러들어 가지 못했다.

이들은 어떤 방법을 사용했을까?

단순히 귀마개를 한 정도로는 적멸주를 벗어나지 못한다. 실낱같은 틈만 있어도 음파가 기어들어 간다.

아예 고막을 터뜨려 버린 듯하다.

마야에 대한 대비까지 철저히 했다는 뜻이다.

그럼 콘이나 수에 대한 대비도?

수에 대한 대비는 한 것 같다. 다가오는 자들이 살기만 띨 뿐 여타의 감정 표현은 하지 않는 것으로 보아서 이지를 죽인 것 같다.

여색에 흔들릴 여지를 싹둑 잘라 버렸다.

오로지 무공만 남았다. 그것도 초식이 환히 드러났으며, 파해 무공까지 창안되었다고 생각하는 것이 속 편할 무공만.

"마야, 한마디 할 것 없어?"

마도가 답답해서 말했다.

마야는 싱겁게 피식 웃으며 대답했다.

"싸워야지."

第百三十二章

전도수(錢到手)
─완벽하게 준비되어 있다

휘익! 휘이익! 탁! 타악……!

해적들이 범선을 침탈할 때처럼 갈고리가 날아와 꽂혔다. 배를 끌어당긴다기보다는 마야의 배와 자신들의 배를 하나로 묶어서 요동을 없애려는 의도다.

마야는 승선하려는 의도를 빤히 보면서도 내버려 두었다.

굳이 줄을 끊을 필요가 없다. 어차피 싸움을 피할 수 없고, 남은 것이 무공뿐이라면 이쪽 역시 요동을 줄이는 쪽이 좋다. 변수를 최대한 줄인다는 의미에서 흔들림이 없는 것도 괜찮다.

"죽이는 거지?"

사천제일룡이 물어왔다.

"후후후!"

마야는 대답 대신 웃었다. 너무 감정이 실려 있지 않아서 얼음처럼 차게 느껴지는 웃음이다.

"그럼 시작할까? 독이 통하지 않는다고 두 손 놓고 있으면 말이 안 되지."

쒜엑! 쒜에엑!

말이 끝나기 무섭게 하늘 가득히 새까만 운무가 피어났다. 순식간에 피었다가 지는 흑화(黑花)다.

"크윽!"

"카아악!"

십여 명에 이르는 사람들이 고통을 이기지 못하고 발버둥치더니 힘을 잃고 풀썩 쓰러졌다. 뱃전으로 무너지는 것도 힘든지 강으로 빠지는 자도 보였다.

"암기라고 다 같은 암기가 아닌 것. 같은 칼도 요리사는 채소를 썰지만 백정은 소, 돼지를 잡지 않는가!"

쒜에엑!

다시 한 무리의 흑화가 피어났다.

"아아악!"

비명은 어김없이 터졌다.

마인들은 십여 명 정도밖에 타지 못하는 소선(小船)을 이용했다.

사천제일룡의 흑화는 배 한 척에 있는 사람들을 전멸시켜 버린 것이다.

"우모침(牛毛針)도 저리 쓰니 신병(神兵)일세."

마도가 감탄을 토해냈다.

사천제일룡이 암기를 던져 내는 수법은 신기에 가까웠다. 사람이 무려 백여 개에 이르는 우모침을 던져 낸다는 것도 감탄스럽거니와 살상 범위를 배 한 척에 고정시키고 고루 펼쳐 내는 광경은 차라리 아름답기까지 했다.

그가 노린 배는 죽음의 배가 되었다. 배에 탄 사람치고 죽음을 벗어나는 사람이 없었다.

"십 대 일의 싸움이군. 이거 괜찮은데, 마야?"

수검이 상황을 판단한 끝에 마야를 불렀다.

사천제일룡의 공격은 가장 단순하면서도 생각지 않았던 사실을 일깨워 주었다.

마야 일행은 큰 무리만 봤다. 배를 타고 오는 마인들 모두와 싸울 생각만 했다. 그런데 사천제일룡은 배 한 척씩을 무너뜨리고 있다. 전체와 싸우는 것이 아니라 십여 명과 싸우는 것이다.

좋은 싸움이지 않은가.

계속 이런 싸움을 유지해 나가야 하지 않겠나.

방법이 없는 건 아니다. 다가오기를 기다릴 것이 아니라 이쪽에서 먼저 쳐나가면 된다. 적의 배에 뛰어올라 십 대 일의 싸움을 유도하면 된다.

수검은 마야의 의중을 물은 것이다.

마야는 아무 소리도 묻지 않았다. 그러고도 수검이 부른 뜻을 알아챘다.

"어차피 각개 싸움이니까. 우리 초식을 알고 있는 자들이란 건만 항시 염두에 둬."

"좋지."

"잊을 리가 있나."

마도와 수검이 거의 동시에 대답했다. 그리고 누가 많이 죽이나 내기라도 한 듯 뱃전을 박차고 뛰어나갔다.

"저희도……."

금연화도 수검과 같은 뜻으로 말을 내비쳤지만 대답은 뜻밖에도 반대였다.

"배는 우리의 구심점이오. 구심점을 잃어버리면 아무래도 힘을 못 쓰지. 좌측을 맡아주시오."

마도나 수검은 믿고 금연화는 믿지 못한다는 뜻이 아니다. 그런 마음은 일 점도 포함되어 있지 않다. 말하는 사람도 듣는 사람도 그런 쪽으로는 생각조차 하지 않았다.

"좋아요. 한 명도 올라서지 못하게 하죠. 일령!"

"마야, 우리 내기할래요? 마야는 언니와 함께 우측을 지켜요. 우린 좌측을 지킬게요. 저놈들, 먼저 올라서게 하는 쪽이 지는 거예요. 어때요?"

일령이 장난스럽게 웃으며 말했다.

"나는 쓸 게 이것밖에 없는데?"

다담선자가 유엽도를 들어 보였다.

"그거야 언니 사정이죠. 그런 것까지 봐줘요? 호호호!"

"에구! 무서워. 좋아! 내기해. 옥가락지 하나 사주기. 어때?"

"좋아요. 호호호!"

여인들은 심각한 상황인데도 평정을 잃지 않았다. 적을 경시하지도 않았지만 경직될 필요도 없었다.

다담선자는 무인이었다. 금연화는 제이무신가의 금궁 강화명을 죽일 무렵에서야 무인이 되었다.

일령은 가장 늦다. 그녀에게 무인이라는 말이 어색하지 않은 때는 가장 마음의 상처를 깊게 받았을 때, 혈유가 죽을 무렵이었다.

무공만 높다고 무인이 아니다. 사람을 많이 죽였다고 무인이 아니다. 사람을 죽일 수 있으되 흥분을 느끼지 말아야 하며, 자신의 죽음 또한 담담하게 받아들일 줄 알아야 무인이다.

삶의 의미를 잃어서도 안 된다.

노한 마음, 공허한 마음, 허무한 마음, 퇴폐적인 마음, 자괴적인 마음은 금물이다.

죽음에 이르는 마지막 순간까지는 최선을 다해서 살아야 한다. 무공을 추구해도 좋고, 행복을 추구해도 좋다. 무엇인가 삶의 질을 높일 수 있는 긍정적인 방향으로 나아가야 한다.

여인들은 그런 경지에 이르렀다.

'훗!'

마야는 속으로 웃었다.

절정무인이라는 말이 어색하지 않은 여인들…….

마야로서 말하건대 이 여인들은 일파를 이끌 정도의 무공을 지녔다. 여건이 되어 문파를 일으킨다면 조그만 지역의 패주 정도에 그치지 않고 대문파 반열에 올라설 게다.

이런 사람들과 먼 길을 동행한다는 건 늘 새로운 사람과 만나는 것만큼이나 신선하고 재미있다.

마야는 마음속에 깃들어 있던 일말의 불안감을 말끔히 털어냈다.

자신이 여인들을 걱정하는 것이나 여인들이 자신을 걱정하는 것이나 무게가 똑같다. 비무를 한다 해도 누가 누구를 이긴다고 장담할 수 없는 처지다.

모두가 각기 마음속으로는 상대를 대적할 방법이 있을 것이며, 자신이 최고라는 자부심 또한 지녔을 터이다. 굳이 비무를 하면서까지 우열을 나누고 싶지 않다는 게 일반 무인들과 다를 뿐이다.

"콘, 수!"

마야는 콘과 수에게 선미(船尾)를 맡겼다.

콘과 수는 이지가 상실된 후에도 이상하리만치 서로에게 집착한다. 두 사람 모두 머릿속이 백지처럼 텅 비어 있을 텐데 서로를 의식하고 찾는다.

어떤 행동을 취하지는 않는다. 아무 감정도 느끼지 못하고, 또 그것이 정상이다. 단지 조금만 멀리 떨어져 있어도 안절부절못하는데, 정녕 이해할 수 없다.

마야는 두 연인을 떼어놓지 않았다. 같이 있기를 간절히 원하니 싸우는 순간에도 같이 싸우게 해준다.

"내가 이쪽?"

사천제일룡이 다시 한 무더기의 흑화를 뿌려내며 뱃머리 쪽으로 걸어갔다.

쒜엑! 철컥! 쒜엑! 철컥……!

수검의 사흡검법은 눈부셨다. 그는 눈 깜빡할 사이에 열두 번이나 발검했다. 그리고 시퍼런 검광이 세상을 접할 때마다 새빨간 혈화가 한 폭의 그림을 그렸다.

마도의 혈염도법 역시 섬광이다.

혈광(血光)의 궤적을 쫓다 보면 섬뜩한 혈화를 보게 된다. 혈화와 마도의 얼굴이 겹쳐 보인다. 그리고 입가에 핏물이 잔뜩 묻어 있는 악귀가 연상된다.

수검은 얼음같이 차가운 빙귀(氷鬼)고, 마도는 활화산처럼 열화를 토해내는 화귀(火鬼)다.

두 사람은 아주 잘 어울렸다.

어깨를 나란히 하고 같이 살아온 나날 때문일까? 서로 자신의 적수는 상대밖에 없다고 생각해 온 탓일까? 언젠가 한 번은 맞붙을 것이라고 예감해 왔기 때문인가?

초식이나 감각은 판이하게 달랐지만 속도나 파괴력은 우열을 논할 수 없었다.

배 두 척이 유령선으로 변하는 건 순식간이었다.

두 사람은 거기서 만족하지 않았다. 만족할 리 없었다. 만족하려면 적진으로 뛰어들지도 않았다.

마도와 수검은 다른 배를 찾아 훌쩍 도약했다. 순간!

좌악! 좌아악! 좌악……!

사방에서 그물이 확 펴지며 두 사람을 휘감아왔다.

사망혈인의 화탄을 되돌려보냈던 상피망이다.

"하찮은 수작!"

마도가 고함을 터뜨리며 혈염도를 뻗어냈다.

그때다. 물결 소리가 들리지 않는다. 사람들의 숨소리도 들리지 않는다. 세상에 존재하는 모든 소리가 침묵했다. 그리고 뚜렷하게 한 목소리가 들려왔다.

―물러섯!

쒜에에엑……!

그물이 허공을 가르며 소리를 흘려낸다. '철썩!' 하고 강물이 뱃전을 두들긴다.

소리들이 되돌아왔다.

마도는 즉시 위험을 예감했다.

상피망을 자를 계획이었다. 고무처럼 탄력있는 상피망이라도 물조차 베어버리는 빠른 도법 앞에서는 썩은 짚단처럼 잘려 나갈 것이다.

그는 바위처럼 단단한 것에서부터 찰떡처럼 물렁물렁한 것까지 모두 베어낼 자신이 있었다.

하나 머릿속을 울린 경고는 다른 결과를 예시한다.

혈염도가 상피망을 두들기면 그의 생각과는 전혀 다른 결과가 나타난다.

뭘까? 아교라도 발라놨나? 혈염도가 달라붙기라도 하나? 상피망에 암기라도 숨겨져 있나?

마도에게는 생각할 시간조차 오래 주어지지 않았다.

상피망이 눈앞에 다가왔다. 혈염도를 계속 쳐내든 피하든, 양자택일을 해야 한다.

쳐나가면 위험하다. 하니 피해야 한다. 한데 피할 곳이 없다. 그물 범위가 너무 넓고 전력으로 신법을 펼쳤던 탓에 달려나가던 속도가 너무 빠르다.

충돌이 불가피하다.

마도는 진기를 더욱 거세게 끌어올렸다. 난폭함이고 정교함이고 따질 겨를도 없이 더욱 빠르게 혈염도를 휘돌렸다.

도가 뻗어나간다. 진기도 딸려간다. 육신도 도를 쫓아간다.

혈염도는 상피망을 치지 않았다. 혈염도에 깃든 원심력은 그의 육신까지 휘돌렸다.

상피망이 스치듯 흘러갔다.

방금 전까지만 해도 눈을 가득 채우던 상피망이 사라지고 한바탕 도살을 벌였던 뱃전이 보인다.

완벽하게 돌아섰다. 그러고도 혈염도에 깃든 여력이 그를 계속 이끈다. 뱃전으로.

"순발력 하나 좋군."

옆 배에서 수검의 음성이 들려왔다.

힐끔 돌아보니 그도 낭패를 당했는지 미간을 찡그리고 있다.

"마야가 알려줬나?"

수검은 상피망에서 눈을 떼지 않은 채 고개만 끄덕였다.

두 사람이 배에 뛰어들고 마인들을 도륙한 것은 순간에 지나지 않는다. 정말 짧은 순간이었다.

유계 마인들은 그 짧은 순간을 잡아챘다.

열 척의 소선이 두 사람이 탄 배를 에워쌌다. 둥근 원진을 형성하여 빠져나갈 공간을 주지 않았다.

그러면 뭐 하나? 마도와 수검이 배를 움직일 것도 아니고 다른 배에 올라타면 그만인 것을.

유계 마인들이 기본 중에 기본을 모르랴.

그들은 가까이 다가오지 않는다. 신법으로 도약하여 올라탈 공간을 주지 않는다. 전력을 다해야 올라탈 수 있는 거리까지만 다가온 후 사태를 주시한다.

공격을 유도하는 것이다.

경거망동하여 앞뒤 재지 않고 달려들었다가는 마도나 수검 같은 낭패를 당한다.

낭패는 아직 끝난 것이 아니다.

쉬이익! 쉬이익! 쉬이이익……!

유계 마인들은 서두르지 않았다. 침착하게 허공을 향해 상피망을 던졌다.

열 척에서 던져진 상피망이 허공에서 맞물리는가 싶었다.

척! 척! 척……!

짐작은 맞아떨어졌다. 상피망과 상피망은 살짝 닿았다 싶은 순간 자석처럼 빨려들며 맞물렸다.

마도와 수검은 서로를 쳐다봤다.

마인들의 다음 수는 익히 짐작된다.

하늘 가득히 펼쳐진 상피망이 마도와 수검의 머리 위로 떨어질 것이다.

이는 이미 쏘아진 화살과 같다. 마인들도 어쩔 수 없다. 상피망을 거두고 싶어도 거둘 수 없다. 허공에 던져진 그물을, 그것도 둥글게 원을 그리며 맞물린 그물을 무슨 수로 거둔단 말인가.

다행히 피할 구멍은 있다. 강으로 뛰어들면 된다. 상피망의 포획 범위가 넓다고 하지만 물속까지야 따라오겠나.

그들이 서로를 쳐다본 것은 자존심이 상해서였다. 한낱 졸개들에게 쫓겨 강에까지 뛰어든다면 체면이 말이 아니지 않나.

수검은 대답을 못했다.

자존심은 상하지만 딱히 대응할 방도가 없다. 부딪쳐서는 안 되는 그물로 밀고 들어오니 어떻게 할 도리가 없다. 그때,

"독룡!"

등 뒤에서 사망혈인의 음성이 울렸다. 굉장히 다급한 음성이다.

사천제일룡에게 무슨 일이 생겼나? 궁금증이 고개를 쳐들었

지만 발등에 떨어진 불부터 꺼야 한다. 뾰족한 수가 떠오르지 않지만 방도를 강구해 내야 한다. 한데,

"마도! 수검!"

사천제일룡이 사망혈인의 말을 곧바로 받아 두 사람을 불렀다.

마도와 수검은 고개를 돌리지 않을 수 없었다. 상피망에서 눈길을 뗀다는 것도 안 될 말이다. 한편으로는 떨어져 내리는 상피망을 주시하고, 다른 한편으로는 곁눈질로 사천제일룡을 쳐다봤다.

사천제일룡은 두 사람을 왜 불렀는지 말하지 않았다. 대신 행동을 취했다.

행동은 사망혈인으로부터 일어났다. 그가 자그마한 철환(鐵丸)을 꺼내 강으로 던졌다.

사천제일룡이 즉시 다음 행동을 취했다.

쒜엑! 쒜에엑!

그가 던진 유엽도 두 자루는 정확히 철환을 가격했다. 철환의 안쪽과 바깥쪽을 각기 때려 방향을 틀었다.

마도와 수검은 두 사람의 의도를 간파했다.

미친 짓이다! 지금 무슨 미친 짓을 하는 건가!

사망혈인의 뱃속에 기생충이 얼마나 들었는지까지 알 정도로 함께 살아왔다. 그가 만든 화탄은 몇 종류나 되며, 어떤 성질을 지녔는지 거의 짐작한다.

처음, 사망혈인이 시험 삼아 던진 화탄은 밀랍으로 화약을

감싼 탓에 유엽도를 꽂아 넣어도 상관없었다. 유엽도가 화약을 건드린 충격이 폭발로 이어지기까지는 약간의 시간이 필요했다.

지금 던진 철환은 종류가 다르다.

이건 미미한 충격에도 즉시 폭발해 버린다. 화약 중에서도 성질 더러운 쪽에 속하는 놈이다.

사천제일룡은 그런 철환을 유엽도로 쳐냈다.

방향을 틀기 위해서라지만 마도와 수검을 재로 만들어 버릴 수도 있었다.

맨 정신으로는 취할 수 없는 도박적인 행동이다. 하기는 독룡에게 올바른 정신을 요구하는 게 잘못된 건가?

철환은 빠른 속도로 날아왔다.

내버려 둘 수 없다. 촌각만 지나면 뱃전에서 폭발하리라. 상피망이 올 때까지 기다릴 필요도 없다. 그전에 먼지 하나 남기지 않고 사라지리라.

두 사람은 생각할 틈도 없이 뱃전에 나뒹구는 노를 집어 들었다. 그리고 눈을 질끈 감고 날아오는 철환을 냅다 후려쳤다.

꽈앙!

환청이 들렸다. 강렬한 열기가 육신을 휘감고, 화약 특유의 매캐한 연기가 후각을 마비시키는 듯했다. 그리고 순식간에 일어날 의식 마비를 기다렸다.

꽈앙! 꽈아앙!

폭음은 잠시 후에 들려왔다.

열기도 없었고, 화약 냄새도 미미했다.

'살았어!'

화탄은 즉시 터지지 않았다. 노를 맞고 멀리 날아갔으며, 어딘가에 부딪친 후에 터졌다.

두 사람은 상피망부터 쳐다봤다.

활로가 생겼다. 아교로 붙여놓은 것처럼 찰싹 달라붙은 상피망이 찢어져 있다.

기다릴 필요도, 망설일 이유도 없다.

쒜엑! 쒜에엑!

마도와 수검은 누가 먼저랄 것도 없이 신형을 쏘아냈다.

몸 하나 빠져나갈 공간만 있다면 상피망의 위협은 어린아이 헛손질에 지나지 않았다.

치이익……!

상피망은 강력한 열기를 지녔다.

그물에 닿은 나무는 불에 달군 쇠젓가락으로 지졌을 때처럼 하얀 연기를 피워내며 타 들어갔다.

마도와 수검의 머리 위로 빨갛게 달궈진 쇳물을 뿌린 것과 진배없었던 상황이었다.

"지독한 놈들!"

한숨 돌린 수검이 치를 떨며 말했다.

나무도 타고 시신도 탄다. 소선에 남아 있던 것은 모두 탄다. 촘촘한 그물망에 갇혀 석쇠 자국을 남기며 탄다.

사망혈인이 상대했던 상피망과 두 사람이 만난 상피망은 종류가 달랐다. 모양은 같았지만 성질은 완전히 달랐다.

이런 종류의 공격은 상대하기가 참 까다롭다.

다음에 만난 그물은 어떤 성질을 지녔을까? 부딪쳐야 하나, 피해야 하나.

온갖 망상은 행동을 위축시킨다.

결론은 하나다. 무조건 피하게 된다. 맞설 수 있는 상황인데도, 단순한 그물을 던졌어도 피하게 된다. 자라 보고 놀란 가슴 솥뚜껑 보고 놀란다고, 그물만 보면 물러선다.

마도나 수검이라고 다를 리 없다.

사망혈인과 사천제일룡 덕분에 사지를 벗어났다.

허공에 띄워진 상피망이 죽음만 가득한 소선을 두들기는 동안, 두 사람은 배를 세 척씩 박살 냈다.

원래의 진형은 깨졌다. 하나 남은 배들이 둥그런 진형을 다시 짜며 다가온다.

열 척 정도가 원을 그리면 상피망을 던져 낼 것이다.

방법은 하나다. 진형이 갖춰지기 전에 도선해서 쳐야 한다. 하나 그것도 어렵다. 마인들은 진형이 갖춰지기 전에는 신법으로 뛰어들 만한 공간을 주지 않는다.

땅 위라면 달려가기라도 하련만, 강 위에선 건너뛰는 것 외에는 방도가 없다.

노를 젓는 것은 어리석은 행동이다. 소선이라지만 열대여섯 명을 태울 수 있다. 한 사람이 노를 젓기에는 작지 않은 배다.

두 사람이 곤혹스러워할 때, 또 한 번의 울림이 뇌리를 쳤다.

—독수전(禿手箭).

'독수전?'

독수전은 죽은 혈유의 병기다. 손으로 던지는 수전(手箭)이지만 혈유가 던져 낼 때는 어떤 암기보다도 강한 위력을 선보였다. 사혈만 꿰뚫었기 때문에 죽음이라는 의미를 담아서 사전(死箭)이라고 부르기도 했으며, 나무로 만들어서 사용했기 때문에 목전(木箭)이라고도 불렀다.

마야는 독수전을 말했다.

독수전으로 뭘 어쩌라고? 어쩔 수 있어도 그렇지, 없는 독수전을 어디서 구하라고?

"독수전!"

마도가 아랫입술을 잘끈 깨물었다.

알겠다. 마야가 왜 독수전을 말했는지.

독수전을 사용하라는 게 아니다. 사람을 죽이는 살상 도구가 도만 있는 게 아니라는 뜻이다. 혈유는 가장 빠른 신법을 지녔고 거무튀튀한 묵검을 사용했지만 남들이 전혀 알지 못하는 독수전도 지녔었다는 걸 상기하라는 뜻이다.

검을 사용한 사람은 검 이외의 병기는 눈에 넣지 않는다. 도역시 마찬가지다. 어떤 난관에 처해져도 자신의 병기로 해결

하려고 한다.

검도 사용하고, 도도 사용하고, 창도 사용하고…… 주변의
모든 병기를 손에 잡히는 대로 사용하는 무인도 있지만 하나
의 병기에만 집착해 온 무인들은 그렇지 않다. 오로지 자신의
병기밖에 생각하지 않는다.

이러한 생각은 커다란 제약이지만 어처구니없게도 많은 무
인들이 같은 우를 범한다. 조금이라도 지닌 무공으로 해결할
기미가 보일 때는 더욱 그렇다.

혈염도를 버리면 눈앞의 난관은 난관도 아닌 것을.

마야가 직접 말하지 않고 독수전을 말해서 스스로 생각하게
만든 건 마도와 수검을 예우해서이다. 그들처럼 고강한 무인
이 가장 단순한 싸움 방법을 깨닫지 못할 때 어떻게 말해줄 터
인가.

주변의 모든 것을 이용해야 한다.

마도는 혈염도를 찔러 넣었다. 그리고 자신이 죽인 마인들
을 들어 올려 힘껏 내던졌다.

풍덩! 풍덩……!

그들은 깊이 가라앉았다. 하나 잠시 후 둥실 떠올라 좋은 다
리를 만들어주었다.

소선 한 척만 장악하면 다른 배로 건너갈 수 있는 방도를 찾
아낸 것이다.

"하하하하!"

"하하하!"

마도와 수검은 대소를 터뜨리며 신형을 띄웠다.

2

염수화와 상피망은 확실히 효과가 있었다.

사망혈인이 먼 산만 쳐다보는 지경이다.

사천제일룡은 염수화 때문에 두 손을 묶였다.

마도와 수검이 소선들 사이를 휘젓고 다니며 활약하지만 상피망은 여전히 두려운 존재였다.

휘익! 휘이익! 휘익……!

일자로 늘어선 소선들에게서 상피망이 솟구쳤다. 그물은 허공에서 하나로 묶였고, 다담선자를 향해 거침없이 내리꽂혔다.

"하!"

다담선자의 입이 절로 벌어졌다.

이번 상피망은 어떤 성질을 지니고 있을까? 물체에 닿는 즉시 불을 붙여 버리는 멸화(滅火)인가, 아니면 찰싹 달라붙어 떨어지지 않는 아교인가.

추명반을 쓸 수가 없다.

피하기도 곤란하다. 불의 성질을 지녔다면 당연히 피해야 한다. 하나 그리하면 상피망은 배의 한 귀퉁이를 태워 버릴 것이고, 태워진 만큼 운신할 수 있는 행동반경이 줄어든다.

암기를 던져 내는 것도 곤란해졌다.

마인들은 한 번은 당하지만 두 번은 당할 수 없다는 듯 암기가 날아들 공간을 원천봉쇄했다.

방패다. 방패로 전면과 머리 위를 틀어막았다.

배 한 척에 열 명이 타고 있다면 상피망을 쓰는 사람은 두어 명이고, 나머지는 방어에 치중한다.

참으로 곤란한 싸움이다.

가까이 다가오기나 해야 검을 휘두르지, 멀리서 그물만 던져 내는데 무슨 수로 싸우랴.

휘익! 척! 화아악!

다담선자는 어쩔 수 없이 물러섰고, 그녀가 물러선 자리에 그물이 덮쳤다.

치지직……!

불덩이가 물에 떨어졌을 때처럼 기이한 음향이 새어 나왔다. 연기도 모락모락 피어났다. 배 한 귀퉁이는 촘촘한 그물 모양으로 타 들어갔다. 불길은 보이지 않으면서 물체는 태우는 기이한 불이다.

"빌어먹을! 정말…… 정말인가!"

사천제일룡이 알지 못할 소리를 흘렸다.

"후후후! 독룡, 아무래도 당문을 등진 사람은 독룡만이 아닌 것 같소이다."

사망혈인이 눈빛을 빛내며 말했다.

"누군가?"

마야가 물었다.

"숙부……."

사천제일룡이 작은 소리를 흘렸다. 너무 작아서 귀를 기울이지 않으면 들을 수 없었다.

"숙부라면…… 당문에서는 다섯 손가락 안에 꼽을 독인일 텐데, 유계와 손을 잡았군."

마야의 단정적인 말은 사천당문에게는 사망선고나 다름없었다.

당문이 마인들의 집합체나 다름없는 유계와 손을 잡았다니 말이 되는가. 이 사실이 널리 알려지면 사천당문은 그날부로 지상에서 사라진다.

그러잖아도 마(魔)라면 이를 가는 중원 무인들이 내버려 둘리 없다. 남도문이, 오대세가가…… 만인들의 본보기로 당문을 제거할 것이다. 뿌리조차 남기지 않고 철저히.

그렇다. 오늘은 사천당문에 사망선고가 내려진 날이다.

상피망에 붙어 있는 독은 강력한 인화성(引火性) 독이다.

독명은 지옥겁화(地獄劫火).

오직 당문에서만 볼 수 있는 독이고, 철저하게 관리되는 금독이며, 손댈 수 있는 사람도 열 손가락을 넘지 않는다.

사천당문 사람으로 북무림에 들어와 금독을 제공할 사람은…… 숙부, 숙부뿐이다.

혈마지신의 맹렬한 독기를 이겨냈단 말인가?

공기마저 독기로 바꾸어 버리는 맹독을 정통으로 맞고도 살아남았단 말인가.

　사천제일룡의 이성이 흔들렸다. 순간,

　쉬이익!

　무엇인가 지척에서 어른거린다 싶었는데, 옷자락 펄럭이는 소리가 들렸는가 했는데, 어느 틈에 마야가 다가와 정수리에 손을 올려놓고 있다.

　"봉인이 풀리는 걸 원치 않는다. 혈마지신을 끄집어내면 넌 죽어. 내가 죽인다."

　마야의 음성에서 살기라고는 눈을 씻고 찾아봐도 발견할 수 없었다. 그런데도 마음먹기에 따라서 당장 죽을 수도 있다는 죽음의 공포가 몰아쳐 왔다.

　혈마지신이란 봉인되는 게 아니다. 검집에 들어가 있는 검처럼 꺼냈다 집어넣었다 하는 게 아니다. 움직이지 않는, 움직일 수 없는 독지처럼 몸에 달라붙으면 영원히 없앨 수 없게 된다.

　독마가 괜히 독마던가. 독마가 되는 순간 말을 걸 사람도, 밥을 같이 먹을 사람도, 잠자리를 같이 할 사람도 없게 된다는 말이 괜히 나온 건가.

　혈마지신이 된다는 건 세상을 홀로 사는 외톨이가 된다는 뜻이다.

　마야는 혈마지신마저 봉인해 버렸다.

　독의 흐름을 꺾어서 밖으로 유출되지 않고 몸속으로만 흐르도록 경혈을 막아버렸다.

그의 능력은 어디까지가 한계인가. 어떠한 무공이든 한 번만 보면 파해법을 창안해 낸다는 말은 수없이 들었지만 설마 혈마지신까지 무너뜨릴 줄이야.

사천제일룡은 봉인을 순순히 받아들였다.

마야 일행과 섞이기 위해서는 아니다. 사람과 섞이기 위해서도, 외로움이 싫어서도 아니다. 그런 말은 독인 중에 독인이라는 독마를 무시하는 말이다.

혈마지신이 봉인될 경우에 얻게 될 득실을 생각한 후에 내린 결단이다.

잃는 건 크다. 경락이 막히면 당연히 진기의 흐름도 끊긴다. 절정을 향해 치달려야 할 진기가 중도에서 뚝 끊긴다. 정상까지 오르지 못하고 중간에서 방향을 틀어 내려오는 격이다.

당연히 위력은 반감된다.

십성의 무공을 지닌 사람에게 오성만 사용하라고 주문하는 셈이니 이토록 답답한 일이 또 있으랴.

사천제일룡은 군소리없이 받아들였다.

혈마지신까지 경험한 사람이 봉인된 후의 일을 알지 못하랴. 봉인이 어떤 식으로 이루어지는지까지 알고 있다. 어떤 경혈에 어떤 영향이 미치는지도 안다.

혈마지신의 봉인에 대해서 안다는 말이다.

단지 자신만이 알아야 할 일을 마야가 손쉽게 파악해 낸 것에 놀랄 뿐이다.

당연히 봉인을 풀어낼 방법도 안다.

막아놓은 경혈을 무식하게 힘으로 뚫으면 된다. 그리하면 막혔던 독이 미친 듯이 흘러나갈 것이다. 혈마지신이 평소 내 뿜던 독보다 배는 강한 독이 뛰쳐나갈 게다.

혈마지신은 독을 담는 그릇이다. 하나 봉인을 푸는 순간 독이 너무 강해서 그릇이 녹아버리고 만다. 혈마지신조차 감당할 수 없는 극독이 방출되는 거다.

위력? 말할 필요도 없다.

최소한 삼십여 장 이내의 모든 생명체를 죽인다.

요행은 바랄 수 없다. 모두 죽는다. 개미새끼 한 마리 살아남지 못한다. 지하 깊숙이 숨어사는 두더지조차 살지 못한다.

금제를 풀 경우에 표출될 독은 지상 최강, 최고의 독이다. 그 이상의 독이 있을 수 없다.

그런 독으로도 마야를 죽일 수 없다면 독으로 마야를 죽이겠다는 생각은 버려야 한다.

혈마지신은 사용해 봤다. 결과는 참패다. 마야를 죽이지 못했을 뿐만 아니라 제압까지 당했다.

사천제일룡이 선택할 수 있는 건 많지 않았다. 아니, 이제는 없었다. 당문이 지닌 어떠한 독이나 암기로도 마야를 죽이지 못한다는 교훈만 얻었다.

남은 건 오직 하나, 혈마지신을 봉인해 독기를 최대한으로 응축시킨 다음 폭발시키는 것이다.

마야를 죽일 수 있는 유일한 방법이다.

아니, 모른다. 그것으로 마야를 죽일 수 있을지 죽이지 못할

지는 시도해 봐야 안다. 하나 그것이 아니면 시도조차 해보지 못하니 선택의 여지가 전혀 없다.

마야가 봉인하지 않았어도 사천제일룡 자신이 봉인할 참이었다.

울고 싶은 아이 뺨 때린다고, 봉인밖에 길이 없던 참에 마야가 손을 써줬으니 웃으면서 달게 받았다.

그런 봉인을 이렇게 풀 수는 없다.

숙부가 혈마지신을 이겨냈다는 사실이 잠시 이성을 마비시켰다.

혈마지신의 봉인은 의지로 풀어야 되는데, 상한 감정 때문에 풀릴 뻔했다.

마야가 제지하지 않았으면 천추의 한이 되었을 게다.

어떤 결과가 벌어졌을까? 사망혈인은 죽었을 테고, 금연화와 일령도 보호막이 없다. 그녀들이 지닌 신법이나 절기로는 혈마지신의 폭발을 이겨내지 못한다. 다담선자도 같은 경우…… 죽는다.

마야가 미지수다. 이겨냈을까, 아니면 죽었을까?

어쨌든 자신은 흔적없이 분쇄되었을 게고, 결과를 알아볼 틈도 없었으리라.

사천제일룡은 황급히 진기를 가라앉혔다.

"큭큭! 이제 알겠어. 내게 격분은 쥐약이군. 크크크! 금제를 당할 때는 끝이다 싶었는데, 의외로 봉인을 푸는 방법이 간단하군. 왜? 다른 금제도 가할 텐가?"

"가급적 화내지 마라."

"이거 목숨 아까워서 화라도 제대로 내겠나."

마야는 사천제일룡의 격분이 완전히 가라앉았음을 확인한 후에야 손을 뗐다.

"숙부에 대해서 듣자."

"뭘?"

"어떤 사람이야?"

마야와 사천제일룡은 말을 나누면서도 연신 몸을 움직였다.

일단은 상피망을 피해야 했고, 두 번째로는 상피망을 막아 낼 방도를 찾아야 했다.

암기도 던져 보고 긴 장대로 밀쳐 내기도 했다.

시도가 실패로 끝나서 결국에는 뒤로 물러설 수밖에 없었지만 그래도 손에 잡히는 대로 무엇이든 해보아야만 했다.

육지에서라면 큰 위협이 안 되었을 텐데.

강심(江心)이라는 제한된 공간과 배를 파손시키면 안 된다는 절대적 과제를 안고 있으니 외통수에 몰려 있는 것과 진배 없다. 더군다나 상대는 상피망으로 장군을 부른다.

상대는 철저한 준비를 갖추고 다가온 반면 마야는 입고 있던 옷 한 벌밖에 없다.

고전(苦戰)을 자초한 셈이다.

"공명정대하신 분이다. 죽으면 죽었지 하늘이 무너져도 마와 손잡을 분이 아니야."

한데 손잡았다. 마인들에게 당문 금독을 전해주었다. 독만 전해준 것이 아니라 사용법까지 친절하게 일러주었고, 전술적 운용에 용이하도록 개조까지 해주었다.

사천제일룡이 그토록 미웠던가.

하루아침에 당문 최고의 희망에서 최악의 마인으로 변모했으니 숙부가 느꼈을 실망감이야말로 표현할 수 없으리라.

그래도…… 그래도…… 마인과 손잡을 분은 아닌데. 사람이 이렇게 변할 수도 있는 거구나. 하기는, 조카란 놈이 친족을 잔인하게 녹여 죽이는 모습을 보고도 손을 쓰지 못했으니 그 비감함이야 피눈물을 한 됫박 쏟아내도 모자랐으리라.

"당문 사람이 북무림에 들어선 건 죽음을 각오한 건데?"

"날 죽이러 오셨다."

"혼자?"

"당문십기와 함께."

"당문십기는 죽었겠군."

"……."

침묵은 저간의 사정을 세세히 설명하는 것보다 더 많은 말을 했다.

"유계만 해도 벅찬 판에 당문의 힘까지. 꽤나 힘들겠군."

마야는 그렇게 말했지만 크게 걱정하는 투는 아니었다.

그럴 수도 있다. 호채마는 마야의 피를 복용해서 독에 대한 면역력이 높다. 더군다나 독을 체외로 방출시키는 비기까지 지녔다. 마야처럼 만독불침까지는 가지 않았어도 웬만한 독쯤은 우습게 여긴다.

우리에 갇힌 맹수는 두려움을 주지 못하는 것처럼 독을 아는 독인은 독을 두려워하지 않는다. 그렇다고 경시한다는 말은 아니다. 주의는 하지만 걱정하진 않는다는 뜻이다.

"지옥겹화도 숙부가 가져온 건가?"

숙부에 대한 물음은 끝났으리라 생각했는데, 마야는 또 물어왔다.

"아니, 이곳에서 제조한 것 같아. 지옥겹화를 만들기 위해서는 금황린(錦黃燐)이 필요한데, 강남에서는 나지 않아. 강북, 그것도 섬서 쪽에서만 구할 수 있거든."

그렇다고 당문에 금황린이 없는 건 아니다. 있다. 남북대전으로 남북 교류마저 끊긴 상태이지만 그럴수록 목숨을 걸고 밀수하는 자들은 많아진다.

쓰레기 있는 곳에 파리가 꾀고, 이문이 있는 곳에 장사꾼이 모이는 법이다. 강북에서 캐어내 강북에다 소진하는 것보다 강 하나만 넘어가면 이문이 몇 배나 늘어난다.

누군가는 반드시 한다.

당문은 금황린을 많이 보유하고 있다. 하지만 지금처럼 물 쓰듯 쓰지는 못한다.

상피망에 발라져 있는 지옥겹화는 강북에서 만든 거다.

"숙부가 모든 비기를 넘기기로 작심했을 경우, 가장 위협적인 건 뭐지?"

사천제일룡은 잠시 생각했다.

생각나는 대로 불쑥 답할 성질의 것이 아니다.

얼핏 들으면 당문에서 가장 강한 독, 혹은 가장 강한 암기가 무엇이냐는 질문처럼 보이지만 그게 아니다.

독이나 암기는 결코 우열을 논할 수 없다.

꿩 잡는 게 매라는 말처럼 목표를 제거할 수 있는 게 가장 강한 것이다.

아무것도 모르는 농부를 죽이는 데는 세침(細針) 하나면 된다. 세침까지도 쓸 필요가 없지만 굳이 무엇을 써서 죽여야 한다면 세침만으로도 충분하다.

이 경우, 농부에게는 세침이 가장 강한 무기가 된다.

마야를 죽이기 위해서는 무엇을 동원해야 할까?

아무것도 없다. 당문에 존재하는 그 무엇도 마야를 죽이지 못한다. 그나마 한가닥 기대를 가지고 있는 건 혈마지신의 폭발이다.

사람마다, 상대마다 쓰는 독이 각기 다르다. 암기가 다르고, 사용하는 방법이 다르다.

'숙부가 유계에게 줄 것이……'

우선 생각해야 할 것이 숙부가 누굴 상대하느냐이다.

마야인가, 자신인가?

만독불침인가, 혈마지신인가?

물어볼 것도 없이 자신이다. 혈마지신이다.

하면 혈마지신을 죽일 방도는 무엇인가? 독이나 암기 중에서 고르라면?

염수화는 혈마지신의 독기를 어느 정도 막아낸다. 앞에 일

대나 이대 정도는 쉽게 죽이겠지만, 그다음부터는 염수화를 젖히기가 쉽지 않다.

혈마지신이라고 해도 무한정으로 독기를 흡취당한다면 견딜 재간이 없다.

독기를 풀어낸 다음에는 무엇을 할까?

결정적인 일격을 가해야 한다. 마야도 있고, 다담선자도 있고…… 많은 사람들이 있으니 근접전으로는 어림도 없다. 원거리에서 공격하되, 결정타 한 방을 날려야 한다.

숙부는 독이 없다. 당문을 떠날 때는 많은 것을 가져왔지만 자신과 싸우면서 모두 소진했다. 무엇을 만들든 강북에서 새롭게 만들어야 한다.

'지옥겹화…… 금황린…… 원거리…… 파쇄노…… 파쇄노! 지옥겹화! 천붕흑우(天崩黑雨)!'

사천제일룡의 안색이 하얗게 탈색되었다.

사천당문에 천고의 절학이 있다. 당문이 사천 땅에 자리 잡은 이후, 단연 으뜸으로 손꼽히는 절기다. 어떤 사람은 사천당문하면 꽃비를 연상한다.

만천화우(滿天花雨).

인간이 암기로 펼쳐 낼 수 있는 최상의 절기다.

두 손, 열 손가락으로 떨쳐 내는 암기가 무려 삼천여 개.

눈 깜빡할 순간에 방원 십여 장을 죽음의 도가니로 만들어 버리는 가공할 절기다.

만천화우만 건재했다면 중원에 무신은 일곱 명이 아니라 여덟 명이 되었으리라.

아니, 이런 말은 필요없다. 소림사도 그렇고, 화산파, 무당파도 그렇고 대문파란 곳치고 천하를 떨쳐 울릴 절기 한두 개쯤 안 가지고 있는 문파는 없다.

현재 사천당문은 만천화우를 완벽하게 재현해 내지 못한다.

기재란 사람들이 불철주야 수련하고 있지만 턱 끝에도 미치지 못하는 실정이다.

이런 점은 살날보다 죽을 날이 더 가까운 사람들도 마찬가지다. 문주를 비롯하여 장로, 원로라는 사람들도 최강의 걸작을 소화시키지 못하고 있다.

그래서 차선책으로 탄생한 것이 천붕흑우다.

인간의 손으로 만천화우를 펼치지 못한다면 기관장치의 힘을 빌어서 재현해 보자는 의미에서 개발되었다.

죽통 같은 곳에 암기를 담아 허공으로 쏘아내면 꽃비가 내리는 건 당연하다.

한데 문제가 생겼다. 기관장치를 사용하면 발사되는 힘이 너무 강해서 필요 이상으로 높이 솟구친다는 것이다.

사람을 겨냥해서 직접 발사하는 것보다 못하다면 굳이 만천화우를 고집할 이유가 무엇인가.

만천화우가 최강 절기로 자리매김한 것은 절대적인 조건, 피할 수 없다는 점 때문이다.

암기를 맞고 사느냐 죽느냐는 차후 문제다. 일단 맞아야 한다.

오랜 연구 끝에 천붕흑우가 탄생했다.

만천화우와 결과가 똑같아서 그야말로 완벽한 재현이라는 찬사를 얻기도 했다. 하나 많은 사람이 동원될 뿐만 아니라 여러 단계에 걸쳐서 완성되는 관계로 실효성 면에서는 가치가 없다는 정반대의 평판도 함께 얻었다.

천붕흑우는 한때 불같이 일어났지만 곧 사장되고 말았다.

그 천붕흑우가 이곳에 나타났다.

사방에 둘러친 상피망은 움직임을 죽이는 수단이다. 강심이라는 지형 조건도 천붕흑우를 펼치기에는 최상이다. 하늘로 날아갈 수 없고, 땅속으로 꺼질 수도 없다.

물속으로 뛰어들 수는 있다. 동물의 살을 최고의 먹이로 여기는 물벼룩, 흘공흘조(吃空屹蚤)가 두렵지 않다면.

마인들이 펼쳐 낸 게 천붕흑우가 맞다면, 지금쯤 강에는 흘공흘조가 가득 뿌려져 있을 것이다.

다음 수는 파쇄노와 지옥겁화로 펼치는 백화만무(百花滿舞)다.

똑같은 지옥겁화가 아니다. 앞으로 쏘아질 것은 상피망에 바른 것보다 열 배는 정순하게 제련된 것이라 허공에 대고 쏘는 순간 하얀 불꽃을 보게 된다.

하얀 꽃비가 너울너울 떨어질 때, 상피망과 흘공흘조에 둘러싸인 건 모조리 태워진다.

"살길이 없어. 발악이라도 하고 싶으면 사망혈인보고 지닌 것 모두 한꺼번에 터뜨리라고 해. 지금! 우린에겐 살길이 없을 뿐 아니라 시간도 없거든."

사천제일룡은 침울했다.

숙부에게 졌다. 역시 숙부가 한 수 위다.

모두가 쓸모없다고 버린 천붕흑우를 이토록 완벽하게 쓸 수 있다니 감탄이 절로 나온다.

자신은 어떤가? 이토록 위급한 순간에 혈마지신을 펼친다 한들 얼마나 쓸모있는가.

한데 마야가 숨 막히는 말을 해왔다.

"천붕흑우, 맞나?"

사천제일룡은 믿을 수 없다는 표정으로 마야를 쳐다봤다.

"사람 질리게 하는 데는 도가 텄군."

"지옥겁화를 봤을 때부터 혹시나 했지. 절대 마와 손잡지 않을 사람이 유계와 손잡았고, 마인이라면 원수처럼 미워하는 사람이 지옥겁화를 사용할 정도라면……."

"그래, 내가 죽일 놈이야."

"물속에는 흘공흘조, 상피망을 사방에 둘러쳐 벽을 만들고……. 이제 남은 건 백화만무뿐인가?"

"천붕흑우를 어떻게……?"

마야는 천붕흑우를 손바닥 들여다보듯이 안다. 실전에서는 쓸 수 없다고 하여 당문 사람들도 거들떠보지 않는 절학이건만 정작 외인인 마야는 세세하게 연구한 듯하다.

"포위를 아나?"

마야는 뜬금없이 물어왔다.

세상에 포위를 모르는 사람이 어디 있나.

"세상에서 가장 완벽한 포위망을 천라지망(天羅地網)이라고 하지. 아나?"

천붕흑우는 천라지망에 바탕을 두었다.

만천화우는 한 사람이 던져 낸 암기가 자연스럽게 천라지망을 형성해 압박해 들어가지만, 천붕흑우는 천라지망부터 만들어야 하기 때문에 여러 단계를 거친다.

그걸 알면 뭐 하는가. 너무 알아버린 것을. 지금은 천붕흑우가 완성되기 직전이다. 이제는 어쩔 수 없이 백화만무를 맞이해야 한다.

마야가 말했다.

"세상에 완벽한 천라지망이란 없어. 포위는 할 수 있어도 잡기는 어렵다는 거지. 마도! 수검!"

마야의 외침을 들었는가! 마도와 수검이 쏜살같이 치달리며 소선들 사이를 누볐다.

포위망이 찢긴다. 천라지망 한 귀퉁이가 갈라진다.

'저, 저곳이! 저곳이!'

사천제일룡은 입을 쩍 벌릴 뿐 말을 잇지 못했다.

화아아아악!

소선에 탄 마인들이 일제히 하늘을 향해 백색 화무(花霧)를 쏘아냈다. 너무도 아름다운 하얀 불꽃이다. 또한 호채마를 죽음으로 인도하는 살화(殺火)다.

사천제일룡은 백화만무가 진정 아름답게 보였다.

공격자의 입장이 아니라 방어자의 입장에서 백화만무를 본 것도 처음이지만 아름답게 느끼기까지 할 줄은 진정 몰랐다.

탈출로가 있을 때, 백화만무는 대낮에 펼친 불꽃놀이였다.

第百三十三章

불점아(不點兒)
―아주 작다

1

마야가 탄 배는 난파선이나 다름없게 변했다. 여기저기 온통 부서지고 뜯겨졌다. 불에 타거나 그슬린 곳도 많다. 사실 멀쩡한 곳을 찾기가 더 어렵다.

가라앉지 않은 것이 용하다.

"몇 명쯤 되나?"

마야가 침통한 음성으로 물었다.

강에는 많은 시신이 떠다녔다.

도에 베이고, 검에 찔리고, 암기에 격중되고…… 죽은 원인은 각기 달랐지만 부시독에 중독된 사람처럼 급속하게 살이 썩어 들어가고 있다는 점은 같았다.

강물은 석 달 이상 걸려야 될 정도의 부패를 두어 시진 만에 끝내놓고 있었다.

"천 명은 훌쩍 넘을 것 같은데……."

마도가 대답했다.

그의 모습은 악귀나 다름없었다. 머리며, 얼굴이며, 옷이며 붉은 피가 낭자하게 번져 있어서 살짝만 움직여도 피비린내가 진동했다.

그만 그런 게 아니다. 다른 사람들도 다 그렇다. 남자고 여자고 가릴 것 없이 배 위에 서 있는 사람들의 모습은 핏빛 일색이었다.

유계 마인들은 끝없이 몰려왔다.

처음에는 이백여 명 정도에 불과했다. 한데 시간이 지나면 지날수록 수가 늘어나더니 종래에는 얼마나 되는지 헤아릴 수조차 없었다.

한 시진, 두 시진, 세 시진…….

병기를 얼마나 휘둘렀는지, 얼마나 죽였는지, 무슨 초식을 사용하고 있는지, 진기의 흐름은 어떤지……

모든 걸 망각하고 죽이는 데만 열중했다.

유계 마인들은 물러갔다.

강에는 천여 명쯤 되는 시신들이 둥둥 떠다닌다.

빨리 부패한 것은 실은 흘공흘조가 먹어치운 것이지만, 하얀 뼈를 드러내고 있어서 비위 약한 사람은 쳐다보기도 힘들었다.

"온 세상이 적이군."

사천제일룡이 말했다.

그는 지친 기색을 숨기지 않았다. 뱃전에 두 손 두 발을 활짝 펴고 누워 거친 숨을 몰아쉬었다.

현재 그의 몸에는 단 하나의 쇠붙이도 존재하지 않았다. 암기란 암기는 모두 써버렸다. 하다못해 손에 들고 있던 유엽도까지 던져 낸 후, 마인들의 검을 탈취해서 검공을 펼쳤다.

사천제일룡이 구사하는 검공을 보는 건 흔한 일이 아니다.

"북검문과 싸울 때는 정도가 적, 싸움이 끝나고 나니까 이번에는 마인이란 놈들이 죽이겠다고 달려들고. 온 세상이 적이야, 검을 든 놈은 모두 적이야."

옛날부터 그랬다. 호채마에게 벗은 몇 되지 않았다. 중원을 통틀어 몇 명이나 되는지 숫자로 제시하는 게 어렵지 않다면 말 다한 것 아닌가.

정도 무인도, 마인들도 호채마와는 어울리지 못했다. 엄밀히 말하면 마야를 추종하는 무리들과는 상종을 하려고 하지 않았다.

"유계가 공격해 올 거라는 건 어떻게 안 거야?"

수검이 물어왔다.

마야는 피식 웃었다. 그리고 두 눈을 지그시 내리감으며 말했다.

"북검문과 남도문. 이 두 문파를 떼어놓고 생각하면 안 돼. 북무림, 남무림을 따로 생각할 수 없듯이 북검문과 남도문도 같은 운명이야. 흥하면 같이 흥하고 망하면 같이 망하고."

모두 조용히 귀를 기울였다.

이것이야말로 마야가 밤을 꼬박 밝히며 생각한 것이다.

"북무림이 탈태환골(奪胎換骨)을 한다면 남도문은 가만히 있을까? 아니, 모르긴 몰라도 남도문 역시 변화가 일어나고 있을 거야. 무신 삼가(三家)로 대변되는 체제에서 강력한 힘을 낼 수 있는 문주 중심 체제로 전환했을 거야."

마야의 말을 듣고 있고, 믿으면서도 그런 일이 일어날까 싶다.

지금 마야는 제이무신가와 제삼무신가의 멸문을 말하고 있다. 제일무신가로의 흡수 혹은 병합이라고 해도 좋다. 어느 쪽이든 만사무불통지와 궁왕의 가문은 소멸되었음을 의미한다.

마야가 말을 이었다.

"어느 세력이나 마찬가지지만…… 뭐든지 새로 개편했을 때는 내부부터 다지는 것이 순리야. 밖에 일을 처리하는 건 내부 기반이 다져졌을 때나 가능한 것이고. 그런 과정을 거치지 않고 우릴 치기 위해 문도를 보낸다면, 그건 상대하기 쉽지. 불안한 구석이 있는 자들과는 싸우기 쉬워."

말은 쉽지만 생각하기는 어렵다.

마야는 눈과 귀가 막혔다. 바로 옆에서 일어나는 일도 모를 정도로 중원 소식이 꽉 막혔다. 개방은 예전에 떨어져 나갔고, 하오문의 정보조차 전해지지 않는 실정이다.

민가에 들르지도 못한다.

태반이 부풀려진 소문조차 전해 듣지 못하는 것이다.

그런 상태에서 북검문과 남도문의 일을 짐작하는 건 불가능에 가깝다. 설혹 짐작하거나 추측되는 일이 있어도 확신이 서지 않으니 행동에 보탤 수 없다. 불확실한 판단에 기인한 행동은 자칫 큰 실수로 이어질 수 있으니까.

마야가 한 말들은 북검문 천비대나 남도문 야광처럼 정보에 치이는 기관들이 몇십 번에 걸친 사실 확인까지 끝낸 후에야 발설할 수 있는 중차대한 사항이다.

"유계가 올 것도 예상했는데……."

마야는 말한 적이 있다. 유계가 공격해 오면 힘든 싸움이 될 것이라고.

힘든 싸움을 치렀다. 하나 이 정도라면 견딜 수 있다. 강에 수많은 주검이 떠다니고 있지만 아직도 싸울 힘은 충분하다.

"유계가 왔으니…… 휴우! 앞으로는 정말 힘든 싸움이 될 거야."

또 그 소리다. 힘든 싸움이 될 거라는. 힘들기는 하지만 못 견딜 정도는 아닌데.

"유계가 왔다는 건 북검문과 남도문이 유계의 출현을 양해했다는 뜻이거든."

"뭣!"

"뭐라고요!"

모두 놀랐다. 경악성을 내질렀다. 좀처럼 대화에 끼어들지 않던 금연화까지 되물어왔다.

유계가 북검문, 남도문과 사전 조율이라도 했다는 건가? 정도무림이 마인을 용납했다는 말인데, 이게 말이 되나!

만약 이 말을 마야가 하지 않고 다른 사람이 했다면 단번에 핀잔을 들었을 게다.

"이런 말을 하는 근거, 있지. 첫째, 큰 싸움은 우리가 한 게 아냐. 중원 무인 대 유계의 싸움이었어. 한데 유계는 중원무림에 반격을 가하지 않고 우릴 쳤어. 둘째, 유계가 공공연히 모습을 드러냈는데 북검문이 나서지 않아."

유계 마인들은 수십 년이란 세월을 숨어살았다. 한마디로 중원 무인들 눈을 속이는 데는 일가견이 있다는 말이다. 하나 아무리 그렇더라도 천여 명이나 되는 자들이 한곳에 출몰할 수 있다는 건 좀처럼 납득하기 힘들다.

마야의 말처럼 북검문이 길을 열어준 건가?

"하나 더 추측해 볼까? 유계와 북검문은 절대 맞부딪치지 않을 거야. 유계가 동으로 움직이면 북검문은 서로 움직이고, 유계가 북쪽을 더듬으면 북검문은 남쪽으로 다니겠지. 남도문도 마찬가지고."

"꿀꺽!"

수검이 마른침을 삼켰다.

일령은 혀를 내밀어 입술을 핥았다.

마도는 소매를 들어 흘러내리지도 않는 땀을 닦았다.

마야의 말은 대변화를 예고한다. 중원무림이 발칵 뒤집힐 엄청난 사건이다.

마야의 말이 사실이라면 이건 단순히 북검문과 남도문이 유계를 용인한 선에서 그치지 않는다.

차후, 중원무림의 판도는 어떻게 정립될까? 북검문과 남도문과 유계가 공존할까?

언뜻 보면 세 개의 큰 세력이 중원을 삼분한 것처럼 보이지만, 실은 그렇지 않다.

북검문과 남도문이 유계를 용납하면 그 순간부로 중원 무인들의 지지를 잃게 된다. 지지를 잃은 맹주 또한 존립 기반이 사라지는 건 어쩔 수 없는 노릇이고…….

북검문과 남도문은 껍데기만 남는다. 중원을 호령하는 무림 중추에서 지방의 큰 세력 정도로 전락한다.

세력으로 따지자면 구파일방 정도다. 거기에 절대 강자인 무신이 세 명, 네 명 있으니 구파일방 중 두 개 문파 정도를 합친 정도라고 봐야 한다.

엄청난 손해이지 않은가!

하면 유계에서 그에 상응하는 대가를 얻어야 하는데, 북검문주나 남도문주 같은 절대 강자, 마음만 먹으면 무엇이든 할 수 있는 절대자들을 만족시켜 줄 게 무엇이란 말인가.

북검문주와 남도문주가 미치지 않은 이상 망할 장사를 할 리 없다.

이 이야기는 다른 방향에서 생각해야 한다.

북검문이나 남도문이 용납할 수밖에 없는 상황이 생긴 게다. 나쁘게 말하면 유계를 상대하기 벅차진 것이다. 남도문, 북검문 어느 한 문파가 유계를 제압할 수 있는 상황이 지나 버렸다고 보면 어떨까?

북검문이 기존 무인들을 밀쳐 버리고 새 무인들로 갈아치운 것과 남도문에서 벌어질 새 변화도 유계와의 싸움에 대비해 전력을 가다듬는 방향 쪽으로 생각하는 게 맞을 것이다.

유계가 강하기는 했지만 하루아침에 너무 강해졌다.

개방이 유계를 칠 때까지만 해도 숨어 있기에 급급한 자들이었는데, 그 사건을 기화로 마치 알을 깨고 나온 독수리처럼 온 세상을 휘젓고 다닌다.

"앞으로 우린 어떻게 해야 돼요?"

다담선자가 물었다.

전에도 부평초(浮萍草), 지금도 부평초, 앞으로도 같은 신세.

물 위를 떠다니는 풀잎처럼 정처없이 떠다니는 생활을 싫어한 적은 없다. 앞으로도 마야와 함께라면 어디든 흘러갈 수 있다.

문제는 이제 흘러갈 곳도, 떠다닐 곳도 없어졌다는 거다.

보보혈투(步步血鬪), 보보답시(步步踏屍).

한 걸음 움직이려면 한 번을 싸워야 하고, 시신 한 구를 밟아야 하리라.

마야가 태평스럽게 말했다.

"앞으로는 모르겠고, 우선은 쉬지. 이 배로는 나아갈 수도 없으니 강가로 가자고. 밥도 짓고, 고기도 굽고. 오랜만에 음식다운 음식으로 배 좀 채우고, 푹 쉬자고."

마야를 지켜보는 눈은 많다.

하나같이 적의를 가득 담고 혹여 생길지도 모를 기회를 노린다.

표면적으로 그들은 정도 무인이다. 하나 그들 중 일부는 정도인을 가장한 유계 마인이다.

정도 무인들도 자신들 속에 마인이 섞여 있음을 안다. 누군지 대충 짐작까지 한다. 하나 내버려 둔다. 예전처럼 마인이라고 무조건 죽이려고 하지도 않는다.

마야를 죽이겠다는 같은 목적이 양립할 수 없었던 정과 마의 경계를 무너뜨렸다.

그렇다고 쉽게 달려들지도 못했다.

빈틈은 많이 보인다. 아무런 방비도 없이 편히 드러누워 잠을 청하기까지 한다. 당장이라도 달려들면 목을 쳐낼 수 있을 것 같다.

그래도 공격하지 못했다.

마야는 이미 절대자였다. 무신이라 불려도 손색이 없을 절대 강자였다.

다만 무신들이 있기에 무신으로 부를 수 없을 뿐이다.

무신이라고 불릴 수 있는 사람은 오직 무신이 평가한 후에 인정을 해줘야 하므로. 마야가 무신이 되기 위해서는 현 무신들의 인정이라는 절차가 남았다.

그만큼 마야는 강하다.

마야를 따르는 무리도 강하다. 어느 한 사람 약한 자가 없다. 남녀노소 불문하고 쉬워 보이는 자가 없다. 이건 어찌 된게 하나같이 일파의 장문인과 버금가지 않는가.

이들은 북검문 천랑대, 그리고 칠성군과 잇달아 싸우며 자신들의 실력을 입증했다. 뿐만 아니라 절대 이길 수 없을 것 같던 유계와의 싸움도 승리로 이끌었다.

이들은 남무림으로 내려가 상조문을 멸문시켰고, 철사문을 봉문하게 만들었으며, 독조림을 지상에서 지워 버렸다.

남도문의 코앞에서 저지른 행위다.

북무림에 와서도 살생을 멈추지 않는다.

올 사람은 얼마든지 오라는 듯 거침없이 행보한다.

그럴 만한 무공이 있다. 그럴 수 있는 강자들이다.

군웅들은 지켜보는 것으로 만족했다.

유계가 또 공격할 것이다. 북검문도 이대로 주저앉지는 않을 게다.

파상적인 공세는 지속될 것이고, 그러다가 군웅들의 힘을 필요로 할 때가 오면 아낌없이 목숨을 던지리라.

때를 기다리며 병기를 손질했다.

밤이 깊었다.

달이 밝다. 보름달이다. 별도 총총하다. 불을 켜지 않아도 어둠을 직시하는 데는 불편함이 없다.

날이 밝아온다. 새로운 날…… 어떤 일이 벌어질지 예측할 수 없는 신비로운 하루가 다가온다.

완전히 날이 밝았을 때, 군웅들은 마야를 추종하는 무리 중에 몇몇이 사라졌다는 것을 알아챘다.

"다담선자라는 계집이 없잖아?"

"콘과 수도 없어."

"마도!"

"사망혈인이라는 인간도 없는데!"

다섯 명, 다섯 명이 감쪽같이 사라졌다.

빙 둘러싼 군웅들을 헤집고 유유히 지나가 버린 것이다.

그들이 손을 썼다면, 살심을 품었다면…….

군웅들은 자신도 모르게 목을 움츠렸다.

*   *   *

꽃잎에 맺힌 이슬이 옷깃을 적신다.

깨끗한 물로 목욕하고 갓 지은 의복으로 갈아입었건만 아직도 몸에서는 피 냄새가 풍긴다.

혈향이 코에 배어 떨어지지 않는다.

눈에 보이는 산천초목이 모두 핏빛이다. 멀쩡하던 시냇물도 눈길을 주기만 하면 핏물이 스며든다.

죽으면 지옥에 가리라.

지옥에서도 악귀처럼 싸우며 피 냄새를 맡으리라.

마도는 이슬을 밟으며 걸었다.

목표는 금방 눈에 들어왔다.

사오 리 정도 가다가 쓰러지기 직전인 폐가를 찾을 것이며,

십 보마다 큰 돌이 하나씩 놓여 있는 곳이면 틀림없이 그가 있을 것이라고 했다.

마도는 들었던 것과 한 치도 틀림없는 폐가를 찾았다. 열 걸음마다 돌 하나씩 있는 것도 확인했다.

그는 성큼성큼 걸어가 폐가 안으로 들어섰다. 그러자,

"멈춰라!"

온기라고는 한 점도 섞이지 않은 일갈이 고막을 두들겼다.

마도도 무척 차가운 사람이다. 하나 상대의 일갈은 마도마저도 등줄기에 소름이 돋게 한다.

"내가 누군가는 알 터, 나와라."

"후후후! 건방진 놈."

상대는 마도를 안다. 크게 경계하지도 않는다. 솔직히 말하면 너 정도는 언제든지 죽일 수 있다는 경시가 깔려 있다.

상대가 나왔다.

흑색 경장을 입고, 얼굴에도 흑색 복면을 써서 용모를 알아볼 수 없는 자다.

마도도 이자를 몇 번 보기는 했다. 하나 지금처럼 늘 복면을 쓰고 있어서 어떻게 생겨먹은 놈인지는 알지 못한다.

"잔접."

굵고 짧게 말했다.

나타난 복면인은 잔접이다. 열한 번째 잔접이다.

"네놈이 웬일이냐? 우린 당분간 만나지 않기로 하지 않았나?"

"만날 일이 있으면 오는 거지."

마도의 입가에 웃음이 흘렀다.

잔접이 흘리는 웃음과 같은 종류의 웃음이다. 너 정도는 언제든 죽일 수 있으니 조심하라는 위협이다.

"좌우지간 네놈들은 마음에 안 들어. 네놈과 긴말 노닥거릴 시간 없으니 용건만 말해. 뭐 하러 왔어?"

"마야의 말을 전한다."

"전한다? 흐흐흐! 건방이 하늘을 찌르는군."

그러거나 말거나 마도는 할 말을 했다.

"잔접을 소집해라."

"뭐! 너 지금 뭐라고 했어?"

"잔접의 눈과 귀가 항상 널 쫓아다닌다는 것, 알아. 아니지. 그놈들은 잔접이 아니라 귀축마(鬼畜魔)라고 불리는 놈들이지. 그놈들에게 전해. 잔접 회합을 여기서 소집한다고."

"네가 미쳤구나?"

그때였다. 또 한 사람이 실실 웃으며 폐가 안으로 들어섰다. 사망혈인이다.

"끝났나?"

"네, 끝냈습니다."

사망혈인은 마도의 말에 공손히 대답했다.

마도가 잔접을 보며 말했다.

"지금부터 이 폐가를 중심으로 반경 이십 장은 죽음의 밭이다. 보보마다 화약이 매설되어 있으니까 빠져나갈 수 있으면 빠져나가 봐. 너와 우리, 이곳에서 잔접들이 모두 모일 때까지 꼼짝하지 않는다. 모이든 굶어 죽든 하겠지."

"……."

잔접은 말을 하지 않았다. 무서운 눈길로 노려보기만 했다.

그가 이곳에 있는 것은 마야가 요구했기 때문이다. 유계를 치는 동안 잔접의 도움을 받아야만 할 때가 생기면 도와달라고 했었다. 그때까지는 사오 리 정도 간격을 두고 뒤따르며 지켜보기로 했다.

이렇게 불쑥 찾아와 잔접 회합 같은 중차대한 요구를 해서는 안 될 일이다.

마야가 왜 이런 무리수를 두었을까?

한 가지 분명한 건, 마야는 이유없이 행동하지 않는다는 것이다.

"흐흐흐! 난 퇴출된 잔접이야. 퇴출된 놈은 귀축마가 처리해야 하나, 잔접일 경우에는 목숨을 부지시켜 주지. 내 경우가 그런 경우. 하지만 더 이상 지원도 없어. 귀축마가 따라다닌다고? 말도 안 되는 소리. 이놈아! 네놈이 주위를 샅샅이 뒤지며 찾아봐라. 사람 그림자라도 보이면 내 손에 장을 지진다."

마도는 잔접을 돌아보지 않았다. 그는 벌써 폐가 한구석을 차지하고 드러누웠다.

"연락을 취하든 말든 알아서 하고. 난 잘 테니까 말 걸지 마."

마도는 안하무인이었다.

잔접은 그런 마도를 불태워 버릴 듯 뜨거운 눈길로 노려보다가 가벼운 한숨과 함께 내버려 두었다. 그리고 그도 폐가 한 구석에 주저앉아 육포를 뜯어먹기 시작했다.

　마도의 요구대로 잔접 회합을 추진할 생각은 전혀 없는 듯 했다.

　그 시간, 다담선자는 마도보다 오 리를 더 질주한 끝에 아담한 다루를 찾아냈다.

　동서남북, 어디에서나 들락거릴 수 있도록 사방이 확 트인 공간에 지붕만 얹어놓은 다루다.

　그녀가 찾는 사람은 열두 번째 잔접인 곡설연이다.

　그녀는 차를 마시고 있었다. 그녀 앞에 양리리, 양리완 자매도 앉아 있었다.

　"어서 와요."

　언제나 고운 얼굴인 곡설연이 반갑게 맞이했다.

　"흥!"

　양리완의 반응은 달랐다. 그녀는 몹시 불쾌한 듯 아미를 찡그리며 코웃음을 쳤다.

　"리완! 그럼 못써."

　"못쓰긴 뭐가 못써요! 그럼 살인귀들을 데려와 말 듣지 않으면 죽이겠다고 위협하는 사람을 반갑게 맞이하란 말예요? 아이구! 반가울 사람이 따로 있지. 전 죽으면 죽었지 그렇겐 못해요."

양리완이 톡 쏘고 있을 때, 양리리가 살며시 손을 잡으며 말했다.

"언니, 미안해요. 언짢아하지 마세요."

다담선자는 빙그레 웃었다.

예상했던 일이다. 콘과 수의 기는 워낙 강해서 양리완 같은 영매의 감각을 속이지 못한다. 비록 멀찍이 떼어놓긴 했지만 일 리나 이 리 정도 떨어져 있어도 눈치 챌 사람이다.

"저희 사정을 이해해 주세요. 마야가 그러더군요. 이번 일에 우리 운명을 걸자고."

다담선자는 조곤조곤 말했다.

왜 이런 일을 벌였는지, 곡 부인에게 요구하는 게 무엇인지.

마야에게 들은 말은 사실대로 모두 말했다.

호채마와 십일잔접, 그리고 십이잔접의 관계는 많이 다르다. 십일잔접과는 신뢰가 싹트지 않았지만 곡 부인과는 속내를 털어놓고 지내왔다.

일이 성사되지 않는 경우가 생기더라도 숨기거나 속이는 게 있어서는 안 된다.

"……."

곡설연, 곡 부인은 쉽게 대답할 수 없는 듯 찻잔만 만지작거렸다.

"마도와 사망혈인이 십일잔접을 묶어놓은 것, 알아요. 십일잔접과 우리 리완이는 서로 통하는 데가 있어서. 후우! 내게 너무 큰 짐을 안기는 것 아녜요?"

다담선자는 진정 미안한 마음을 표정에 담았다.

금연화가 파악한 바에 따르면 잔접은 상호 보완한다. 제각각 떨어져 있는 것 같지만 두 사람이 한 조를 이뤄 서로를 살핀다.

직접적인 접촉은 하지 않는다. 멀리서 지켜보며 변고가 일어나는지만 파악한다.

십일잔접과 십이잔접은 같은 날에 퇴출당했고, 그런 이유로 둘이 함께 묶였다.

무엇인가를 잔접에게 보고할 경우, 한 사람이 보고한 것은 효과가 없다. 두 사람이 같은 보고를 해야 비로소 관심의 대상이 된다.

금연화는 이런 잔접들의 속성을 꿰뚫어 보았다.

그들에게 잡혀 있던 기간은 결코 짧지 않았다. 많은 것을 보았고, 감지했다.

이번 행동 계획은 그녀의 머리에서 나왔다.

십일잔접은 절대 잔접 회합을 소집하지 않으리라. 죽음으로 협박해도 소용없다. 잔접이 어디 죽음을 두려워하는 인간들인가.

방법은 있다. 그를 오도 가도 못하게 가둬놓는 것이다.

그런 사정은 십이잔접이 보고할 것이고, 십일잔접을 지켜보던 귀축마 역시 보고할 게다.

연후, 십이잔접이 잔접 회합을 추진한다.

문제는 십이잔접이 회합을 추진시켜 줄 것이냐인데…… 그동안 마야에게 보였던 호의를 보면 추진시켜 줄 것 같기도 하고, 잔접의 안위를 생각하면 절대 추진하지 않을 것이고…….

잔접은 자신들이 쳐놓은 울타리 안에서만 모인다. 그 외의 곳에서는 절대 모이지 않는다. 한꺼번에 몰살당할 위험까지 무릅쓸 경우는 결코 없으리라.

"십일잔접이 움직이지 못한다는 보고는 해주겠네. 하지만 잔접 회합은…… 이해해 줘야 돼. 우릴 지켜보는 눈이 있어. 만약 잔접이 한자리에 모이게 되면…… 한꺼번에 몰살당해."

"휴우! 할 수 없죠."

다담선자는 더 이상 강요하지 않았다.

잔접의 운명이 걸려 있으니 억지로 추진할 수 없는 노릇이다.

"한데 잔접 회합에 운명이 걸려 있다니? 잔접을 모두 만나서 뭘 하려고?"

곡 부인이 진정 알 수 없다는 표정으로 물었다.

"그건 저도 모르겠어요. 말해주지 않아서."

다담선자는 솔직히 말했다.

진정 그 부분만은 듣지 못했다. 그녀도 묻고, 십일잔접을 제압하기 위해 떠난 마도는 물었지만 마야는 웃음만 지어 보였다.

곡 부인이 양리완을 쳐다봤다.

다담선자를 믿긴 하지만 마야가 그녀에게까지 말해주지 않았다는 부분은 어쩐지 믿음이 가지 않는다는 표정이다.

양리완이 고개를 끄덕여 사실임을 말했다.

다담선자가 내뿜는 파동은 흔들림이 없었다. 진실을 말하고 있다는 뜻이다.

마야는 사흘 동안이나 강가에 머물렀다.

곡설연을 만나러 갔던 다담선자가 돌아오고, 십일잔접을 제압했던 마도와 사망혈인도 돌아왔다.

그는 곡 부인과 십일잔접의 반응을 자세히 들었다.

"그런가. 잔접…… 무림사를 좌지우지하는 자들로 봤는데, 한자리에 모이지도 못할 만큼 약한 자들이었나."

잔접은 강하다. 무엇보다 마야의 무공과 연관성이 있다. 하나 그들보다 상위에 포식자가 있으니 진정한 강자라고는 할 수 없다.

잔접은 은밀히 행동한다. 결코 겉으로 나서는 일이 없다. 종적이 발각되면 철저히 꼬리를 자르는 무자비함도 포식자로부터 자신들을 지키기 위한 고육책이다.

그들은 무림사를 형성하는 작은 톱니바퀴는 될지언정 큰 축은 되지 못한다.

알고 싶었다. 잔접의 비중이 얼마나 큰지.

나흘째 되는 날, 마야는 휴식을 깨고 일어섰다.

2

"지금 축시쯤 되었을 거야. 시간을 얼마쯤 주면 돼?"

여인의 음성은 낭랑했다. 즐거웠다. 기쁜 일이 있는지 날아갈 듯 상쾌했다.

칠신녀다.

하늘색 경장을 입어 청초함이 더욱 돋보인다. 이제 갓 이팔청춘을 벗어났음직한 동안(童顔)에 해맑은 표정은 세상의 어려움을 전혀 겪어보지 못한 철부지 소녀를 연상시킨다.

"한 시진이면 충분합니다."

"한 시진?"

여인의 음성이 급변했다. 더러운 벌레를 본 듯 미간을 찌푸리며 눈초리가 가늘어졌다.

"죄송합니다. 반 시진 안에 마무리 짓겠습니다."

"쯧!"

이번에는 혀를 찼다.

"이다경. 이다경이면 됩니다."

"이다경. 좋아. 차 두 잔이야. 석 잔째 들어서면 팔 하나를 내놓아야 할 거야. 넉 잔째는……."

"목숨을 내놓겠습니다."

"그래? 봐, 되잖아. 이다경이면 될 걸 왜 한 시진이나 끌려고 해? 세상에 나온 지 얼마나 됐다고 벌써부터 요령이야? 난 늘 푸른 나무가 좋아. 날이 조금 추워졌다고 낙엽 지고 앙상한 가지만 남기는 나무를 보면 콱 베어버리고 싶어."

"초심을 잃지 않겠습니다."

"그래야 할 거야. 난 예민해서 변화를 빨리 감지하거든. 그렇다고 싫은 걸 참아내는 성격도 아니고 말이야. 얼마나 같이 있을지는 모르지만 좋게 좋게 지내자고."

"일하겠습니다."

"그래, 이다경이라고 했지? 차를 따라. 첫 잔째야."

쪼르륵!

옆에서 숨죽이며 서 있던 시녀가 쪼르르 달려와 차를 따랐다.

쒜엑! 쒜에엑……!

사내들이 광풍을 일으키며 달려나가고 있었다.

"악!"

"아아악!"

처절한, 하지만 길게 이어지지 않고 짧게 끝나 버린 비명 소리가 산발적으로 울려 나왔다.

"흐음! 좋네. 경치가 아주 좋은 곳이야. 이런 곳에 터 잡고 살면 근심 걱정 없겠어."

그녀는 비명 소리를 벗 삼아 풍광을 즐겼다.

"한 잔 더 마시자."

그녀의 말이 떨어지기 무섭게 시녀가 차를 따랐다.

또로록……!

풀잎의 풋풋한 냄새가 푸른 물과 함께 풍겨난다.

"벌써 일다경이 지났고, 이다경째인데…… 넌 어떨 것 같니? 팔 하나 내놓을 것 같니?"

"제, 제가 어찌……."

"너도 사람이잖아. 생각은 있을 것 아냐."

"전 생각이고 뭐고 아무것도 없습니다요. 전 그저 시키신 일이나 부지런히……."

"난 생각 없는 사람은 싫은데."

"새, 생각 있습니다. 제 생각에는 이다경 안에 필히 일을 마치실 거라고……."

"못하면?"

"네?"

"너도 팔 하나 내놓을래?"

"네에?"

"그래, 그게 좋겠다. 백검이 일을 마치지 못하면 너도 팔 하나 내놔. 이러자. 백검은 오른팔을 자르고 넌 왼팔을 자르는 거야. 그리고 둘이 서 있으면 보기 좋을 것 같은데."

"사, 살려주십시오!"

시녀가 털썩 무릎을 꿇고 머리를 조아렸다.

그녀는 부들부들 떨고 있었다.

"아아악!"

멀리서 비명 소리가 들려왔다.

목청껏 내지른 소리가 희미하게 들리는 것으로 보아 꽤 멀리서 터진 소리 같다.

"홋! 제법이야. 이다경 만에 끝냈네."

여인이 찻잔에 든 차를 홀짝 마셨다. 그와 동시에 뭇 사내들과 함께 떠났던 백검이 모습을 드러냈다.

"끝냈습니다."

"무슨 보고가 그래?"

여인은 심드렁했다.

"환갑 이상 노인 스물한 명, 아녀자 열두 명, 어린아이 열아홉 명, 사내 열다섯 명. 도합 예순일곱 명을 죽였습니다."

"무공이라고는 손 올리는 것도 못하는 무지렁이들을 죽이면서 숫자가 무슨 자랑이야? 그런 건 예순이 아니라 육백이라도 상관없잖아. 정작 중요한 게 뭔지 몰라?"

"빠져나간 사람은 없습니다. 일 리 안에 살아 있는 사람은 우리와 잔접뿐입니다. 죽은 자는 다시 한 번 기도(氣道)를 따내 죽음을 확인했습니다."

백검은 잔접을 거론했다.

"확실해?"

"확실합니다."

"좋아."

여인은 마시던 차를 마저 비운 후 몸을 일으켰다.

칠신녀가 발길을 옮긴 곳은 다 쓰러져 가는 폐가였다.

"잔접이라기에 기대가 컸는데 뭐 이래? 커다란 나비는커녕 날갯죽지 부러진 것도 없잖아."

칠신녀는 폐가 곳곳을 뒤적였다.

폐가에는 사람이 있었다. 검은색 일색의 복면인이다.

그는 뒷짐을 지고 먼 하늘을 바라보았다. 여인이 들어와 이 곳저곳을 뒤지고 다녀도 그의 눈에는 보이지 않는 듯했다.

칠신녀도 같은 행동을 했다. 복면인을 보지 못한 듯 자기 할 말만 했다.

"뭐라고 불러야 돼?"

"……."

"열한 번째 잔접? 십일잔접? 아님 다른 호칭이 있나?"

"……."

"너흰 상당히 성가셔. 그래서 죽이려고 하는데, 할 말 없 어?"

"……."

"살길이 없는 건 아냐. 세상사 모두 사람이 하는 일인데 안 되는 게 어디 있어? 살고 싶다면……."

"하하하! 역시…… 아직 철없는 철부지 계집애에 불과했 어."

"뭐야?"

"아이야, 똑바로 듣거라. 무인이 가장 소중히 여겨야 하는 건 바로 자존심이란다. 죽여야 할 때는 깨끗이 손을 쓰는 게 도리야. 네 사부가 그런 것도 일러주지 않든? 사부가 누구냐? 아주 형편없는 작자인 듯하구나."

"뭐? 호호호! 재미있는 사람이네. 입만 매운 거야, 손도 매운 거야?"

"……."

"잔접에 대해서 불어. 누군지 불기만 해. 이미 짐작했겠지만 입을 나불거릴 사람은 너 말고도 또 있어. 그쪽은 계집들이니까 아무래도 너보다는 뼈마디가 말랑말랑하겠지? 이미 끝난 거야. 불어. 불기만 하면 목숨은 살려줄게."

잔접이 고개를 돌려 칠신녀를 쳐다봤다.

"쯧! 철딱서니없기는. 그렇게 말해줘도 말귀를 모르니."

"한 번만 더 그따위로 말하면……."

"잔접이 왜 잔접인 줄 아느냐? 세상에 보이지 않기 때문에 잔접인 게야. 여기 오기 전에 일 리 안에 있는 사람들을 모두 죽이더구나. 그중에 귀축마가 있다고 생각한 거겠지. 그래, 맞아. 평소 같으면 그래. 귀축마는 잔접 주위에서 크게 벗어나지 않아. 많이 벗어나야 일 리 정도지. 그렇게 보면 어느 정도 정보는 얻어들은 게로구나."

"귀축마가…… 없었다는 이야기야?"

"그러게 철없다는 소리를 듣는 게다. 확실히 알지도 못하면서 애꿎은 양민만 죽여대는 꼴이라니. 그러면서 일다경이 어떻고, 이다경이 어떻고. 쯧! 한심한 계집애 같으니."

"너! 진정 네가!"

칠신녀는 분기를 참지 못하고 파르르 떨었다.

"쯧! 수양이 덜되도 한참 덜된 계집애군. 북천신검도 죽을 때가 다 됐나? 어찌 이런 계집에게 절기를 넘겼을꼬."

쒜엑!

검광이 번뜩였다.

빛, 그냥 빛. 더도 덜도 아닌 빛.

파아아앗!

잔접의 가슴에서 혈화가 솟구쳤다.

빛 한줄기가 가슴을 뚫고 들어와 등 뒤로 빠져나갔다. 아니다. 빠져나갔다 싶은 순간 다시 거슬러 돌아갔다. 그리고 갑자기 전신 혈도가 제압된 사람처럼 사지가 무력해진다.

"천광일섬…… 정말 빠르군."

잔접이 탄성을 토해냈다.

빛줄기를 보았을 때, 피하고 싶었다. 목석처럼 서 있다가 당하고 싶지는 않았다.

천광일섬을 피할 틈도 주지 않았다. 그대로 다가와 가슴을 뚫었다. 그와 칠신녀 간의 공간이 순식간에 사라져 버린 듯했다.

잔접은 칠신녀 앞에서 자신이 얼마나 무력한지 절실히 깨달았다.

그는 칠신녀와 대화를 나눴다.

그냥 말을 섞은 게 아니다. 칠신녀를 약만 올린 게 아니다. 그의 말에는 진기가 가득 스며 있었다. 마야까지 당황하게 만들었던, 마야를 휘청거리게 만든 적멸주가 담겨 있었다.

칠신녀는 모두 받아냈다. 기가 막히게도 적멸주 같은 건 아예 신경조차 쓰지 않았다. 그리고 피할 수 없는 번개를 쳐냈다.

자신이 익힌 모든 무공이 빛 한줄기 앞에서 무력해졌다.

그렇다. 북검문주 북천신검의 안목은 정확했다. 그의 무공을 이어받을 사람은 칠공자 중에서 오직 칠신녀밖에 없었다.

천광일섬은 초식을 안다고, 구결을 안다고 아무나 익힐 수 있는 무공이 아니다.

수련을 했다고 해서 천광일섬이 나오는 것도 아니다.

지금처럼 오직 빛밖에 보지 못했는데 가슴이 뚫리고 마는, 이런 검공을 펼칠 수 있는 사람은…… 모르겠다. 이런 무공을 익힌 사람이 또 있을지 모르지만 잔접은 오직 두 명밖에 알지 못한다. 북검문주와 칠신녀.

"지금부터라도 입조심해. 고통을 즐기겠다면 어쩔 수 없고. 아! 말하지 않은 게 있네. 난 널 쉽게 죽이지 않을 거야. 뭐? 무인의 자존심? 호호호! 고양이가 쥐 잡아먹는 것 본 적 있어? 있을 거야. 그럼 배부른 고양이가 쥐 잡아먹는 건? 난 배불러. 네가 아니라도 나불대 줄 사람은 많으니까. 그래서 지금부터 가지고 놀려고 해. 그러니 넌 말하고 싶으면 하고, 하고 싶지 않으면 하지 마."

잔접은 피식 웃었다.

칠신녀가 정말 모르는 게 있다.

자신과 곡설연이 왜 축출까지 당했느냐 하는 것이다.

단지 몇 사람이 알고 있다는 이유 때문이다. 몇 사람까지도 가지 않는다. 이 세상에 단 한 사람만 알고 있어도 축출당한다.

잔접은 철저한 비밀 때문에 존재한다.

한 꺼풀이라도 비늘이 벗겨지면 잔접을 위해 모든 걸 희생한 사람이라도 가차없이 내쳐진다.

껍질이 벗겨진 비밀은 시간이 흐를수록 노출되는 부위가 더욱 많아지게 되어 있고, 그러다 보면 반드시 지금처럼 검을 들이대는 사람이 나타나기 때문이다.

다시 말해서 축출되는 순간부터 필연적으로 다가올 죽음을 생각하며 살아야 한다는 거다.

귀축마? 그는 애꿎게 죽었다.

칠신녀가 맞다. 귀축마는 방원 일 리 안에 거주하며 잔접을 살핀다. 잔접의 신변에 변고가 생기면 즉각 보고하기 위해서.

그는 자신의 몸에 검이 꽂히는 순간에도 평범한 농부처럼 비명을 질러댔을 게다. 그것만이 살인자에 대한 최대한의 복수니까. 귀축마를 죽였음에도 불구하고 죽었는지 아닌지 판단할 수 없게 만드니까.

운이 좋으면…… 정말 운이 좋으면 곡설연을 감시하는 귀축마는 화를 피할 수 있을지도 모른다.

그럼 됐다. 보고가 정상적으로 이뤄질 테니까.

'마야…….'

잔접은 마지막으로 마야를 떠올렸다.

그의 품에는 사망혈인이 남기고 간 화탄 한 알이 숨겨져 있다.

마도가 그를 건드리려고 온 순간부터 지금 이 순간을 예감한 것 같다. 뭔지 모르지만 상당히 불길했으니까. 그래서 화탄 한 알을 얻어냈는데, 요긴하게 쓰게 생겼다.

"철없는 계집."

"호호호! 아직도야? 정말 고통을 즐기는구나. 몰랐네."

쒜엑!

빛줄기가 번뜩였다.

'이때!'

잔접은 한순간도 망설이지 않았다.

빛이란 정말 빠르다. 눈으로 볼 수 없고, 감각으로도 잡지 못한다. 아! 하고 느끼는 순간 왔다가 간다.

느꼈다. 빛이 폭사되는 걸.

칠신녀를 잡을 수 있을까? 천광일섬이 빠를까, 아니면 화탄이 빠를까. 화탄이 몸에 검을 쑤셔 넣는 순간에만 터져 주어도 약간의 손상은 입힐 수 있을 것 같은데.

화탄은 살상 반경이 넓다. 천광일섬처럼 빛의 속도로 생명체를 박살 낸다.

믿을 수밖에……

그는 진기가 가득 집중된 손으로 화탄을 힘껏 움켜잡았다.

꽈앙!

화탄은 반경 오 장을 휩쓸었다.

예상보다는 살상 범위가 좁지만 대신 파괴력은 상당히 커서 깊은 구덩이가 움푹 파였다.

잔접은 산산조각나서 사방에 흩뿌려졌다.

여기저기 흩어져 있는 조그만 살점과 핏덩이만이 누군가가 죽었음을 말해준다.

"뭐야, 이건?"

칠신녀가 자신의 경장을 살피며 말했다.

그녀의 옷은 말끔했다. 피 한 방울 묻어 있지 않았다. 그래도 찝찝한 듯 연신 이곳저곳을 살폈다.

"현 무림에 이만한 성능의 화탄을 만들어낼 수 있는 사람은 몇 되지 않습니다. 그중…… 잔접이 접촉한 적 있고, 얼마 전까지만 해도 말을 주고받던 자라면 의심을 피할 수 없겠죠."

"사망혈인이 만든 거란 말이야? 아! 아무래도 찝찝해서 안 되겠어. 갈아입어야지. 야! 옷 가져와!"

시녀가 종종걸음으로 옷을 가져왔다.

그녀가 입고 있는 옷과 똑같은 하늘색 경장이다.

그녀는 이십여 명에 이르는 사내들이 즐비하게 늘어서 있는데도 개의치 않고 옷을 벗었다.

하늘색 경장이 하늘하늘 떨어지며 우윳빛 살결이 드러난다.

그녀는 속옷을 입지 않았다. 경장을 벗자 도톰하게 융기한 가슴이 톡 튀어나왔다.

백검이 등을 돌렸다. 사내들도 뒤돌아섰다.

칠신녀는 경장을 벗어 더러운 물건처럼 내던졌다.

고의(袴衣)조차 입지 않은 완벽한 나신이 백주대낮에 환히 드러났다.

군살 한 점 찾아볼 수 없는 완벽한 몸이다.

주위에는 아직도 매캐한 화약 냄새가 가득하다. 곳곳에 떨어져 있는 살점에서는 익은 고기 냄새가 난다. 그래서인가? 칠신녀의 나신이 더욱 아름답게 보이는 것은.

그녀는 감각이 마비된 여인처럼 시녀의 시중을 받으며 경장을 갈아입었다.

"아까 이자가 한 말 들었어? 일 리 안에 귀축마가 없다는 말 말이야. 어떻게 생각해?"

"거짓말입니다."

백검은 등을 돌린 채 답했다.

"그럼 확실히 죽인 거야?"

"저희가 죽인 예순일곱 명 중에 분명히 있습니다."

"어떻게 그럴 수 있지?"

"……?"

"귀축마를 찾아내지 못한 것 말이야. 시간을 충분히 주었는데도 찾아내지 못했어. 그래서야 천비대와 다를 게 뭐야?"

"죄송합니다!"

백검은 허리를 굽혔다. 등을 돌린 채. 먼 산을 향해 인사를 올린 격이다. 하려고 해서 한 것이 아니라 습관적으로 허리가 굽혀진 게다.

"한 시진 줄 거야. 가서 귀축마를 찾아."

"……."

백검은 대답하지 못했다.

칠신녀의 말뜻을 모르는 게 아니다.

그녀는 지금 곡설연에게 가서 그녀를 감시하고 있을 귀축마를 찾으라고 한다.

말은 알아들었지만 이행할 수 없는 명이다. 지금까지 전력을 기울여 찾아보았지만 찾지 못했다. 귀축마는 무인이 아니라 농부들 속에서 선별한 듯 철저히 숨어 있어서 찾을 수 없었다.

그를 찾을 수 있는 유일한 방법은 곡설연을 건드리는 것이다.

시비를 걸어 팔 하나 정도 떼어내면, 귀축마는 반드시 움직인다. 무슨 수를 써서든 연락을 취할 게다.

곡설연을 건드리지 않고 귀축마를 찾기란 너무 어렵다.

한데 이제 와 찾으란다. 그것도 한 시진 만에.

결코 받들 수 없는 명이다. 이행하고 싶어도 할 수 없다. 차라리 주변에 있는 사람을 모두 죽이라면 그건 쉽다. 철저히 씨를 말려줄 수 있다.

"병신."

"죄송합니다."

백검은 다시 허리를 조아렸다.

"꺼져. 이번에는 이 리야. 이 리 안에 있는 인간들은 모두 죽여. 한 명이라도 빠져나갔다간 숨통 끊어질 줄 알아."

"알겠습니다!"

백검의 음성에 힘이 깃들었다. 반드시 이행하겠다는 의지가 포함되었다.

쉭! 쉬익! 쉭……!

그는 수하들을 이끌고 신형을 날렸다.

백검과 그의 수하들이 완전히 사라져 보이지 않을 즈음, 칠신녀 앞에 한 명의 중년인이 터덜터덜 걸어왔다.

황토색 도포를 입은 문사, 육능자다.

"허허! 조심하시라고 일러 드렸는데, 낭패를 당하신 듯합니다."

육능자가 주위를 둘러보았다.

"왜? 즐거워?"

"그럴 리가요."

"고마워. 화탄을 말해주지 않았다면 꼼짝없이 당했을 거야."

"도움이 되셨다니 기쁠 뿐입니다."

육능자는 잔접이 입고 있던 옷을 뒤적였다. 조각이 되어버려 옷이라고 할 수도 없는 걸레다.

"뭐 찾는 것 있어?"

"허허! 혹시나 하고 뒤적여 보는 거지요. 이런 자가 뭔들 남겨놨겠습니까."

"어떻게 알았어? 화탄이 있는 건?"

"마야는 묘한 놈입니다."

"……?"

"흑조편복을 아십니까? 잔접의 명을 받고 마야를 죽이려던 놈이죠. 한데 놈은 마야를 위해 여행에 필요한 물품을 제공했습니다. 남만에 도착할 때까지, 그 먼 길을."

"그래서?"

"사천제일룡을 아십니까?"

"……"

"마야를 죽이겠다고 발버둥 치면서도 마야 곁에 있는 놈이죠. 마야를 위해 독과 암기를 아낌없이 쓰면서."

"말하고 싶은 게 뭐야?"

"남만에서 온 자들도 있죠. 산주, 콘, 수. 콘은 궁왕의 자식이니 더 웃기는 일이고. 어쨌든 그자들도 마야를 위해 분골쇄신하지 않습니까. 그들뿐인가요? 얼마 전에는 개방이 마야를 위해 정보란 정보는 모두 전해주었죠."

"……"

"마야는 그런 놈입니다. 적이든 아군이든 자신을 위해 일하게끔 만드는 놈. 누가 되었든 놈과 마주 앉아 한 시진만 이야기하면 놈을 위해서 일하게 될 겁니다."

"호호호! 이야기를 듣고 보니 그러네. 동감해. 마야, 그 사람 묘한 매력이 있어."

"잔접과 마야는 오랜 시간 같이 보낸 사이입니다. 일정한 거리를 뒀다고 생각하지만 실은 거리란 게 없었던 거죠. 호채마들은 사람을 보는 기준이 다 똑같습니다. 자신들과 함께 고락을 같이할 사람인가 아닌가. 죽음을 함께할 수 있는 사람인가. 잔접은 이미 그런 사람이 된 겁니다. 거기에 사망혈인과 밤까지 함께 보냈는데 화탄 한 알 얻지 못했다면 말이 안 되죠."

"머리 좋은 사람은 앉아서 천 리를 본다더니 맞는 말이네."

"천 리는 아니어도 일 리는 보죠. 백검, 아마도 애꿎은 사람만 죽일 겁니다."

"귀축마를 놓친단 말이야?"

"곡설연을 놓칠 겁니다. 곡설연에게는 양리완이 있다는 사실을 잊으셨군요. 그녀의 영감이야말로 당대 제일. 누군가가 죽이려고 하는데 불길함을 느끼지 못하겠습니까. 몸을 빼도 벌써 뺐을 겁니다."

"뭐야, 그럼! 잔접을 놓친 거잖아!"

"그래서 제가 온 거죠."

육능자는 품에서 지도를 꺼내 활짝 펼쳤다.

"여기가 곡설연이 있던 곳입니다. 사통팔달(四通八達), 어디든 갈 수 있는 목 좋은 곳입니다만…… 그녀의 움직임은 마야에게서 벗어나지 않습니다. 요건 둘, 사람 눈에 띄지 않게 움직여야 할 겁니다. 소문나지 않으려면. 그것도 여자 셋이요."

칠신녀가 눈빛을 반짝였다.

여자 셋이 사람들 눈에 띄지 않게 움직이면서 마야 주위를 맴돈다?

지형만 상세히 알면 찾는 건 그리 어렵지 않을 것 같다.

"다행이야."

"그렇습니까?"

"그때 널 죽이지 않아서 다행이라고."

육능자는 칠신녀를 쳐다보며 마른침을 삼켰다.

그녀는 청순함으로 가장한 악마였다. 한때나마 이런 여인이 너무 안쓰러워 도와줄 수 있는 게 없을까 찾아보기까지 했다니.

"휴우!"

육능자는 남몰래 한숨을 내쉬었다.

칠신녀는 앞서 걷고 있었다.

第百三十四章

반충격(反沖擊)
ㅡ역습하다

마야는 태강(太康)에 이르자 방향을 바꿨다.

"북으로 간다."

"목적지가 어딘데?"

"……."

"제길! 답답해서 미치겠군."

마야는 호채마에게도 목적지를 가르쳐 주지 않았다.

무조건 북상한다.

태강에서 일직선으로 나아가면 여러 문파와 맞닥뜨린다.

제일 먼저 만나는 문파가 개방이다. 그다음은 소림사이며,
그대로 나아가 섬서성으로 들어서면 화산파와 직면한다.

"개방을 칠 거야?"

"……."

"자식들이 비열하긴 했어도 그리 나쁜 놈들은 아니잖아? 우릴 도와준 것도 있고. 꼭 쳐야겠어?"

수검이 물었다.

객잔에서 하룻밤을 유한 후, 아침 식사를 하던 때였다.

마야는 여느 때처럼 대답하지 않았다. 하지만 수검의 물음은 곧 사실로 변질되어 퍼져 나갔다.

"정말 개방을 치려는 모양이네."

"언젠가 한 번은 은원을 정리해야 하니까. 이번 기회에 하려는 모양이지 뭐."

"개방도 참 답답하겠다."

"좋은 구경거리지. 구파일방의 진력을 볼 수 있는 기회잖아. 어쩌면 마야 때문에 구파일방의 판세가 바뀌겠는데."

"북검문주가 그렇게까지 내버려 두진 않겠지. 개방이 여간한 문파라야 말이지. 요즘 좀 기어오르는 것 같던데, 코만 좀 납작하게 찌그러뜨린 다음에 손을 쓰지 않을까?"

"이래저래 죽어나는 건 개방뿐이군. 마야는 터무니없이 강하고, 북검문에 도움을 받으면 수족이 되어 일해줘야 하고. 그것참…… 자네 같으면 어느 쪽을 택하겠어?"

군웅들은 개방이 자신의 문파라도 되는 양 안타까워했다.

그들 중 일부는 마야를 앞질러 개방으로 향했다. 조금이라도 보탬이 되고자.

개방의 선택은 뜻밖에도 전자였다.

일전불사(一戰不辭).

중원 전역에 퍼져 있던 개방도에게 일제 소집령이 하달되었다.

개방도라면 이제 갓 입문한 백의개(白衣丐)라도 집합하라는 총동원령이다.

개방도가 몇 명이나 되는지는 용두방주조차 모른다.

오만에서 십만이라는 설(說)도 있고, 이삼십만은 족히 될 거라는 말도 있다. 오육십만, 백만이라는 말까지 나온다.

그들이 모두 모일 수는 없다. 그러기에는 마야가 너무 가까이 있다. 까딱 잘못하면 하남성에 있는 문도조차 모으지 못할 만큼 가깝다.

마야는 관도로 천천히 다가온다.

사람이 다니지 않는 산길만 택해 은밀히 다니던 지난날과는 전혀 다른 위상이다.

체력을 비축하기 위해서인지 쉴 것 다 쉬고, 먹을 것 다 먹으면서 북상한다.

그렇지 않았다면, 빠른 말을 타고 치달렸다면 단 하루 만에 도착하고도 남았다.

그만큼 마야는 가까이에 있다.

용두방주의 소집령은 전 중원에 보내는 전갈이다.

마가 정을 치려고 한다. 절대마가 구파일방을 삼키려고 한다. 의기가 있다면, 의협을 말한 사람이라면 개방을 도와라. 육십만, 아니, 백만의 개방도가 고마움을 잊지 않을 것이다.

대문파의 체면상 대놓고 도움을 청하지는 못하지만 가장 강력한 방법으로 도움을 구한다는 의사표시를 했다.

많은 사람들이 개방으로 운집했다.

그 수가 얼마나 되는지 헤아릴 수조차 없다고 한다.

개봉부는 건드리기만 하면 바로 터질 만큼 긴장감이 고조되었다.

"저 사람들은 뭐예요?"

일령이 길가에 있는 사람들을 쓸어보며 물었다.

많은 사람들이 거지나 다름없는 생활을 하고 있었다. 천막이라도 친 사람들은 나은 편이다. 막대기 몇 개 꽂아놓고 거적으로 덮어놓은 곳에서 생활하는 사람이 태반이었다.

음식도 길이나 들판에서 해먹고, 아무 곳이나 드러누우면 그곳이 잠자리였다.

"싸움을 피해 피난 나온 양민들이야."

다담선자가 말했다.

"싸움요? 무슨 싸움요?"

"싸움이 벌어지려나 봐."

"어디서요? 누가 싸우는데 피난까지 나와요? 이건 싸움 수준이 아니라 전쟁 난 것 같은데."

"호호호! 넌 어디 갔다 왔니? 소문도 못 들었어?"

금연화가 재미있다는 듯 깔깔 웃었다.

"무슨……?"

"우리랑 개방이랑 싸우잖아."

"우리가요? 정말요?"

"호호호!"

"하하하하!"

이야기를 듣는 사람은 모두 웃었다.

요즘 일령은 새로운 무공을 창안하는 데 온 심혈을 기울였다.

그녀의 무공은 공방이 선유비조신법과 염화옥수로 이루어진다. 신법으로 방어하고, 수공(手功)으로 공격하기에 비교적 단조롭다. 더욱이 이러한 무공은 다수를 상대하는 데는 썩 좋다고 할 수 없다.

호채마는 그동안 참 많은 싸움을 했다.

그 싸움 대부분이 수많은 사람들의 연수합공이었다. 온갖 병기, 온갖 암기가 난무하여 무(武)는 없고 죽음만이 존재하는 싸움이었다.

일령은 자신의 무공이 이런 종류의 싸움에 적합하지 않다고 판단했다. 사람을 살상하려면 가장 약한 사람을 상대하더라도 한 번 도약해야 하고, 한 번 손을 내밀어야 한다.

약한 상대는 도약하면서 무너뜨릴 수 없을까?

각법(脚法)의 접목이다.

필요한 초식은 금연화의 자하쌍구검에서 따왔다.

그녀는 소문에 귀 기울일 틈이 없었다. 천천히, 여유있게 가는 것을 천만다행이라고 생각하며 자나 깨나 무공 창안에만 전념했다.

마야가 개방을 치려고 북상한다는 소문이 생경한 건 당연하다.

그래도 그렇지 너무 우습지 않은가. 호채마 때문에 세상천지가 발칵 뒤집혔는데, 정작 당사자 중에 한 명인 자신은 아무것도 모르고 있다니.

"그런데…… 정말 개방을 칠 거예요?"

다담선자가 물었다.

수검이 물어도 대답하지 않았다. 사천제일룡도 물어본 적이 있다. 마도 역시 궁금증을 이기지 못하고 물어봤다. 대답은 없었다.

이제 다담선자가 물었다.

살을 섞고 같이 잠자리에 드는 여인이 웃는 낯으로 묻는다.

마야는 대답하지 않았다.

"됐어. 오늘은 여기서 쉬지."

이제 갓 정오를 지났을 뿐인데 마야는 멈춰 섰다.

길가에 '기현(杞縣) 이(二) 리(里)' 라는 팻말이 보인다.

내처 가면 저녁 무렵에는 진류(陳留)에 닿을 터이고, 개봉부와는 두 시진 거리밖에 남지 않는다.

"진류에 가서 쉬는 게 낫지 않아요?"

다담선자가 조심스럽게 물었다.

요즘 들어 마야의 얼굴이 부쩍 어두워졌다.

유계 마인들과의 싸움이 끝난 후, 잔접을 건드린 것부터 이해할 수 없다.

잔접이 어느 정도의 위치에 있는지 알고 싶었다고 하지만 누가 들어도 싱거운 변명에 지나지 않는다. 그 정도는 이미 짐작하고 있지 않았나.

무엇인가 좀 더 깊은 게 있다.

실제로 그 일이 있고부터 마야의 얼굴이 더욱 어두워졌다. 농담도 하지 않고 길을 오는 내내 생각에 몰두해 있다. 너무 깊이 생각해서 말을 걸기도 저어된다.

"여기가 좋겠어. 여기서 쉬어."

두 번 입을 여는 것도 허락지 않는 단호한 음성이었다.

허름한 객잔에서 하는 일 없이 한가롭게 오후를 보냈다.

개방이 지척이다. 하루에도 몇 번씩 개방도들이 기웃거린다. 가까이 다가오지는 못하고 멀찍이 떨어져서 뭘 하는지 염탐한다.

그들은 호채마의 행동이 이해되지 않는 모양이다.

앞에서는 쉬는 척하면서 뒤로 어떤 음모를 꾸미는 것으로 생각했는지 이곳저곳을 쑤석거린다. 객잔 주인을 불러내기도 하고, 점소이를 협박하기도 하면서 호채마의 동태를 낱낱이 캐낸다.

"저놈들도 헷갈릴 거야. 아무리 생각해도 이해할 수 없겠거든. 하긴, 쉬고 있는 우리도 이해할 수 없는데 저놈들이 어떻게 이해하겠어. 도대체 우리가 왜 여기 있는 거야?"

"후후! 개방과 싸우러 간다잖아요."

수검의 툴툴거리는 말에 사망혈인이 장난삼아 말했다.

싸우면 싸우는 것이다. 예전 같으면 개방이 태산처럼 높아 보였지만 지금은 그렇지 않다. 호채마도 많이 변했다. 무척 강해졌다. 당장 눈앞에서 기웃거리는 개방도를 보라. 전 중원에 도움을 청할 정도로 두려워하고 있지 않은가. 관도를 버젓이 걸어도 시비 거는 작자 한 명 없지 않은가.

개방과 싸우는 것이 두려운 게 아니라 영문도 모른 채 따라다니는 것이 답답하다.

말을 안 해줬다고 해서 섭섭하다거나 화난다거나 하지는 않는다. 궁금해서 묻기는 하지만 채근도 하지 않는다.

마야를 안다.

말해줄 것 같았으면 진작 말했다. 아직까지 입을 떼지 못하는 것은 본인 스스로 확신이 들지 않기 때문이다. 유일하게 딱하나, 제대로 된 판단을 내릴 수 없을 때만 말을 하지 않는다.

비밀을 지키기 위해서? 그런 건 없다. 아무것도 아닌 일도 비밀로 하라는 말을 들었으면 죽어 백골이 부서지는 순간까지도 비밀로 안고 갈 사람들이다.

유계가 공격해 올 것이라고 예견했을 때처럼 중차대한 변화를 곱씹고 있으리라.

저녁 식사를 하고 술잔도 기울였다.

"시마는 잘 갔겠지?"

"잘 가지 않고. 시마는 저 독룡과 사망혈인을 합쳐 놓은 것 같은 사람이야. 진짜 독한 마음먹으면 혈풍이 몰아칠걸? 시마를 건드릴 사람은 거의 없다고 봐야지."

"쯧! 노인네하고는…… 얼마나 더 살겠다고 물러나, 물러나기는. 칼을 뽑았으면 썩은 무라도 베어야지. 기왕 나선 것, 끝장은 봐야 할 것 아냐."

일행은 독한 화주를 마시며 이야깃거리를 만들어 나갔다.

그때, 저녁도 먹지 않고 방에 틀어박혀 있던 마야가 문을 열고 나왔다.

"나도 한 잔 줘."

"하하하! 좋지. 큰 잔으로? 작은 잔으로?"

"후후! 주고 싶은 잔으로 줘봐."

사망혈인이 냉큼 어른 머리만 한 사발에다 화주를 콸콸 따랐다.

"건배!"

"이걸?"

"에이, 마야가 이까짓 것 가지고 뭘 그래요. 자, 건배!"

모두 마야 주변으로 모여들었다.

그들은 마야가 술잔을 빨리 비우기를 바랐다.

마야의 얼굴이 평온해졌다. 세상의 모든 근심 걱정을 떠안은 듯한 표정이 사라졌다.

어떤 일인지 모종의 결론이 내려졌다는 것을 뜻한다.

마야는 방에서 나올 때 행낭 하나를 들고 나왔다. 등에 멜 정도로는 크지 않고 품에 찔러 넣기에는 너무 큰 크기다.

행낭 안에는 무엇이 들었을까? 왜 지금 가지고 나왔을까?

어쨌든 술 한잔을 마시고 나면 모든 궁금증을 풀어주리라.

정말 개방을 칠까? 왜 방향을 바꿔 북상했나? 유계를 쳐야 천멸도주를 구할 텐데, 유계는 언제 치나? 잔접은 왜 찝쩍거렸나?

"크윽! 독하군. 이놈의 화주, 정말 오랜만이군. 하하! 뱃속에서 불이 당겨지는 것 같은데?"

"……."

대꾸하는 사람은 없었다. 모두 빤히 얼굴만 쳐다봤다.

"우리…… 참 많이 싸웠지?"

마야가 드디어 입을 열었다. 궁금증에 대한 말을 꺼내기 시작했다.

"후후!"

마도가 가벼운 웃음으로 대답을 대신했다.

마야 곁에 올 때 실컷 싸우게만 해달라고 했었다.

원을 풀었다. 남만에서는 무신과도 싸워봤으니 한이 남을 리 없다. 조금만 더 욕심을 부린다면 무신 같은 사람과 다시 한 번 손을 섞어보고 싶다는 거다.

"싸울 만큼 싸웠어. 죽음의 공포도 느껴봤고. 우리 중 몇몇 사람은 무신과도 싸워봤으니 원이 없을 거야. 지난날을 돌이켜 봤을 때, 내가 가장 다행스럽게 여긴 것은 어떤 상황에서도 서로에 대한 믿음이 깨지지 않았다는 거야. 참 용케들 잘

해줬어."

"개방을 치는 거예요?"

일령이 참지 못하고 물었다.

"후후!"

마야는 피식 웃었다. 그리고 말했다.

"우린 여기서 흩어질 거야."

"네?"

마야에게서 이런 말이 나올 줄 꿈에도 짐작하지 못했던 호채마는 너나 할 것 없이 모두 놀랐다.

"유계를 친다…… 말은 좋은데 칠 수가 없어. 유계를 친다는 말은 두 가지로 해석할 수 있어. 하나는 주공을 처치한다는 것이고, 다른 하나는 유계를 없애는 거야."

모두 바싹 긴장했다.

마야는 유계를 치지 않겠다는 게 아니라 본격적으로 칠 생각이다.

"여기서 난관에 부닥치는데, 첫 번째 것. 주공을 처리한다는 것. 후후! 여기 누구 주공이란 사람에 대해서 아는 사람 있어? 없어. 아무도 없어. 잔접이 가져온 명부에도 없고, 정보에 능통하다는 개방이나 하오문도 주공에 대해서는 일언반구 언급이 없어."

바로 이것이었다.

유계와 싸움을 벌이면서도 유계에 대해서 알지 못하니 답답했다.

잔접이 안겨준 명부에는 유계 마인들의 초기 위치와 은폐된 신분만 기재되어 있다.

개방이 주도한 전 무림의 마도 척결이 실패로 끝난 지금, 잔접의 명부는 아무런 소용이 없게 되었다.

마인들은 어디론가 사라졌다.

치고 싶어도 칠 곳이 없다. 칠 사람이 없다. 지금까지처럼 싸움을 걸어올 때 응대하는 것이 최선이다.

"두 번째 것, 유계를 없애는 것…… 이것도 힘들어."

힘들지. 그들이 어디 있는지 모르니까.

"북검문과 남도문은 장장 삼사십 년이나 마인들을 제거해왔어. 그래도 살아남은 게 마인이야. 시마가 살았고, 마도가 살았고, 수검이 살았고…… 이 땅에 역사가 지속되는 한 정과 마는 서로 견제하며 공존하게 되어 있어. 후후! 만약 마가 사라진다면 이 세상은 지상낙원이 되겠지."

유계라는 집단을 무너뜨릴 수는 있다. 하나 살아남은 자들은 곧 다른 곳에 가서 유계란 이름으로 재기할 게다.

유계 마인들을 모두 죽였다고 쳐도 유계는 살아남는다. 마인들 가슴에 전설이 되어 계승된다. 누군가 강력한 세력을 키웠을 때, 쓰고 싶은 문파명으로 제일 먼저 떠오르는 게 유계이리라.

"먼저 우리 할 일부터 명확히 해야 돼. 유계를 없앤다는 말을 주공 휘하의 한정된 마인들을 제거한다는 뜻으로 고친다. 마인들을 상대하는 게 아니라 주공 휘하의 마인들만 상대한다는 뜻이야."

이것도 어렵다. 지하로 숨어들어 간 마인들을 무슨 수로 찾을까?

"길을 오는 동안 내내 생각했어. 우리에게 유계를 쳐달라고 요구한 곳은 잔접. 하면 잔접이 유계를 치는 데 필요한 정보를 제공해 주어야 하는데……."

마야는 말을 그치고 어깨를 으쓱해 보였다.

잔접에게서는 아무런 정보도 흘러들지 않는다. 개방은 적이 되었고, 하오문은 문내 정비에 정신없다.

아무도 길을 제시해 주지 않으며, 찾아갈 곳도 없는 상태다. 한마디로 공중에 붕 떠버린 것이다.

"그래서 잔접의 위치를 확인해 봤어. 다담."

마야에게서 말을 건네받은 다담선자가 조곤조곤 말했다.

"병법에 상옥추제(上屋抽梯)라는 게 있어요. 지붕 위에 올라가게 해놓고 사다리를 치워 버리는 거죠. 강에서 유계와 싸우기 전에 상공께서 깊이 생각하신 게 이거였어요. 전 무림이 유계 마인들을 공격했을 때, 겉으로 보면 마인들이 당한 것 같지만 자세히 들여다보면 기다렸다는 듯이 피했어요. 여기까지는 정보가 샜다고 볼 수 있죠. 문제는 그다음이에요. 유계 마인들은 당연히 개방을 쳤어야 해요. 한데 오히려 북검문이 우릴 쳤고, 이어서 유계가 공격해 왔어요."

모두 그럴 만한 상황이었다.

길게 늘여놓고 보면 그렇지만 당시는 당연하게 받아들였다.

"이쯤 되면 손해타산을 따져 봐야죠. 먼저 개방. 개방은 티끌만큼도 손해 본 게 없어요. 오히려 무림을 위해서 무언가는 하고 있다는 인정을 받았죠. 공격 대상자 유계를 볼까요? 유계는 오히려 더 잘됐어요. 반격을 빌미로 무림에 나왔으니까요."

무언가? 지금 무슨 소리를 하고 있는 건가?

"북검문도 살펴봐야죠? 북검문은 막대한 타격을 받았어요. 천랑대, 천검대, 천비대가 몰살당했고 거기에 칠공자까지. 천기수사와 만박선생도 죽었고요. 이만하면 봉문에 이르는 큰 타격이죠. 한데 멀쩡해요. 썩은 살 걷어내듯 완벽하게 탈태환골했어요. 현재 무림은 북검문에 기대를 해요. 우릴 제거해 줄 사람은 역시 북검문밖에 없다고 생각하는 거죠."

정도와 마도가 모두 잘됐다는 소리다. 도대체 뭐가 어떻게 돌아가는가.

"남도문은 어떨까요? 자세히 알 수는 없지만 들리는 소문에는 제일무신가를 중심으로 체재가 완전히 개편되었다고 해요. 우리가 건드리기 전보다 더 강력해졌다면 이해가 쉽겠죠."

마야가 바로 말을 받아 말했다.

"난 거기에 하나 더 생각했는데, 유계가 너무 자연스럽게 무림에 나섰다는 거지. 물론 그렇게 만들어준 사람이 누굴까? 우리야."

호채마의 얼굴이 딱딱하게 경직되었다.

중원 전 무림을 관통하는 커다란 음모가 있는 듯 보인다. 그리고 어쩌면 철저히 이용당했다는 생각도 든다. 어쩐지······

어쩐지…… 남무림을 그렇게 휘젓고 다녀도 가만히 내버려 두더라니.

"지금 우린 갈 곳이 없어. 할 것도 없고. 다담이 말한 상옥추제. 딱 그 꼴이 되었어. 유계가 공격해 오지 않았다면 내 가정이 잘못된 건데, 유계가 공격해 왔어. 가정이 맞았다는 소리야. 북검문주, 남도문주, 유계의 주공. 이 세 사람은 적이 아니다. 서로 긴밀히 협조하고 조율하며 무림을 통치하고 있는 거야."

"뭐!"

"에이, 설마……."

마야를 철석같이 믿는 호채마도 이 말만은 쉽게 받아들여지지 않았다.

"처음부터 다시 되짚어보면, 주공은 음지에서 마인들을 거둬 마계를 다스렸어. 북검문주와 남도문주는 장강 싸움을 빌미로 남북무림을 지배했고. 지금까지는 잘 지내왔는데, 어떤 이유에선가 유계가 밖으로 나올 수밖에 없는 사정이 된 거야. 한데 튀어나오기만 하면 정도라는 사람들이 내버려 두지 않거든. 당연히 마인들도 살기 위해서 전력을 다할 테고. 북검문과도 싸워봤고, 유계와도 싸워봤으니 느낌이 있을 거야. 유계는 결코 북검문이나 남도문에 못지않아. 아주 강해. 그런 힘들이 정면에서 부딪치면."

"양패구상(兩敗俱傷)이군요."

금연화가 말했다.

"손해는 보지 않고 자연스럽게 유계를 내놓으면서 무림 장악력조차 유지하는 방법. 우린 그 일을 해준 거야. 한 가지 아쉬운 점은 내 생각이 맞는지 알아보기 위해서 잔접 회합을 요구했는데, 성사되지 않았고. 그렇다고 전혀 성과가 없는 건 아냐. 우리가 물러선 후, 칠신녀가 십일잔접을 죽였어. 그건 잔접과 북검문은 최소한 벗은 아니라는 소리지."

"그래요?"

금연화가 불쑥 말했다.

잔접이 적인가, 아군인가 하는 문제에 금연화만큼 신경 쓰는 사람도 없으리라.

연유야 어찌 되었든, 저간 사정이 어떻든 혈귀대주가 잔접과 모종의 연관을 가진 것만은 틀림없다. 또 그의 죽음조차 각본의 일환이라면 잔접이야말로 마야를 무림에 끌어들여 분란을 일으킨 장본인이다.

여기까지만 보면 잔접은 분명히 적이다. 혈귀대주도 적이 된다. 친구를 위험에 빠뜨렸으니 아주 나쁜 인간이 된다.

혈귀대주가 여전히 벗으로 남아 있기 위해서는 잔접이 적이 아니라 친구가 되어야 한다.

유계, 북검문, 남도문이 하나로 연결되고, 잔접이 그들과 싸운다면 혈귀대주는 의인(義人)으로 남게 된다.

'다행이야, 다행……'

그녀는 자신도 모르게 가슴을 쓸어내렸다.

"이제부터 바싹 긴장해야 돼. 내가 지금까지 한 말이 맞다면 우린 아주 곤란해졌어. 유계는 물론이고 중원무림 전부가 우리를 죽이려고 달려들 거야. 북검문이 전면에 나선다는 점도 다를 거고."

"북검문이 전면에 나선다면……?"

"삼원로가 나선다는 거지. 이용가치가 끝났으니 제거해야지 않겠어? 유계에서도 지금까지와는 다른 공격을 해올 거야. 다수로 밀어붙이지 않고 진짜 고수가 나오겠지."

"후후후! 이거 기분 더러운데……."

마도가 중얼거렸다.

지금까지 그토록 무림을 핍박해도 무신들은 나서지 않았다. 무신이라면 호채마의 능력을 정확히 꿰뚫어 봤을 텐데, 천랑대처럼 상대하기에는 역부족인 상대를 내보냈다.

마야의 잔인함과 가공함을 보여주기 위해서다.

현재 마야 일행은 무신과 버금가는 정도로 대우받는다.

삼원로가 되었든, 유계의 고수가 되었든 호채마를 죽이는 자는 다시 한 번 절대무(絶大武)의 상징이 되는 것이다.

마야의 말이 사실이라면 앞으로 상대할 자는 아마도 삼원로보다는 유계 쪽 고수가 될 가능성이 높다. 그래야 유계 역시 무신 정도의 고수가 있다는 것을 알리게 되고, 정도무림인들로 하여금 죽여 없애야 한다는 말을 함부로 하지 못하게 만든다. 지금 마야가 누리는 효과를 고스란히 가져가는 게다.

"이대로 당해야 하는 거야?"

수검이 물었다.

마야는 고개를 살래살래 흔들었다.

"지금 무림은 우리와 개방 싸움에 모든 촉각이 곤두서 있어. 우린 개방과 싸우지 않아."

마야가 방에서 가지고 나온 행낭을 내밀었다.

"이 안에는 밀서가 들어 있어. 무슨 내용인지는 묻지 마. 무조건 믿고 따라줘. 밀서를 뽑으면 혼자 보고 바로 행동해. 이건 장기와 같아. 졸(卒)의 임무가 있고, 차(車)의 임무가 있어. 하지만 모든 아귀가 잘 짜였을 때 내가 원하는 결과를 얻게 돼. 어떤 임무를 맡게 되더라도 최선을 다해주고……. 분명한 건 이 행낭에 들어 있는 밀지가 모두 이행되었을 때, 유계가 무너진다는 거야."

마야의 반격 계획이다.

아무리 생각해도 움직일 곳이 없는데, 유계를 무너뜨릴 계획까지 세웠다니 정말 놀랍다. 또한 그런 말을 들으니 행낭 속에 무엇이 들었는지 궁금해진다. 자기 것만이 아니라 다른 사람들 것까지도 모두 보고 싶다.

'궁금해도 참아야 돼. 알면 내 일에 방해가 되니 알려고 하지 말라는 거겠지.'

마야의 말에 의문을 품은 사람은 없었다.

"어쩌면 이게 우리 마지막 만남이 될지도 모르겠다. 우린 사자였어. 사자는 맹수의 제왕이면서도 함께 뭉쳐 다녀서 더욱 적수가 없지. 한데 이제 뿔뿔이 흩어지게 되면…… 아무래도 함께 다닐 때만은 못할 거야. 각별히 조심들 해."

"하하! 마야, 아니, 궁주. 우리 궁은 어디 있는 거요? 이건 어찌 된 게 궁주란 사람이 수하들에게 궁조차 보여주지 않으니. 유계를 무너뜨리고 난 다음에 꼭 마궁을 세웁시다. 아니지. 이건 내가 할 말이 아니지. 궁을 꼭 보여주쇼."

수검이 툴툴거리며 말했다.

호채마는 서둘지 않았다. 행낭이 탁자 위에 놓여 있지만 먼저 손을 내미는 사람은 없었다.

인사를 나눴다. 지난날을 되돌아보기도 했다.

중첩된 임무가 없다고 한다. 함께 하는 임무도 없고, 어떤 계획인지 모르지만 홀몸이 되어 무림에 나서야 한단다.

밖에는 이리가 들끓는다. 그중 가장 무서운 사람은 삼원로다.

솔직히 무신이라는 말만 들으면 주눅이 드는 건 어쩔 수 없다.

몇몇은 영영 보지 못할 게다.

그들은 천천히 마지막 회포들 풀었다.

술과 음식을 즐겼다.

2

밤이 지나고 날이 밝아오자 마도가 먼저 일어섰다.

"한 명에 하나씩이라고 했지. 가장 힘든 놈이 걸려야 될 텐데. 그나저나 남자, 여자 구분도 없으니 남이 보면 어지간히 사람이 없다고 하겠어."

"흥! 아저씨! 여자라고 무시하는 거예요!"

일령이 뾰로통하니 입술을 내밀며 말했다.

"너도 그래. 어려서부터 같아 다녀서 잘 모르는 모양인데, 넌 이제 소저(小姐)야, 소저. 조신하지 못하고."

"흥!"

마도가 행낭 속에서 밀지 한 장을 꺼내 내용을 살폈다.

생각 같아서는 밖에 나가 혼자 보고 싶다. 굳이 모두가 있는 자리에서 임무를 확인하고 싶지는 않다. 하나 임무 여하에 따라서 사천제일룡이나 콘, 수를 데리고 가야 한다니 확인하지 않을 수 없다.

"음……!"

무슨 임무인지 마도의 미간이 찌푸려졌다. 그러나 곧 활짝 웃는 낯으로 바뀌었다.

"어차피 모두 떠나야 한다면 나 먼저 간다. 모두들 몸 성히."

마도가 모두를 쳐다보며 정중히 포권지례를 취했다.

"아저씨도 몸 성히."

일령이 언제 삐쳤나 싶게 다정히 말했다.

모두 떠났다.

마도의 뒤를 이어 수검이 밀지를 꺼냈다.

마도와 수검은 항상 붙어 다녔다.

검과 도라는 병기 선택에서부터 수련한 무공까지, 두 사람은 항상 앙숙이면서 제일 친한 벗이었다.

이제 떨어진다. 십여 년 만에 처음으로 떨어져 본다.

"이건!"

밀지를 보던 수검이 깜짝 놀라 경악성을 토해냈다. 하나 그도 곧 표정을 추스르고 모두에게 인사했다.

"살아서 보자고."

사망혈인도 문을 나섰다.

허리를 절반이나 굽히며 인사하는 것으로 보아 상당히 중한 임무인 듯 보인다.

"쳇! 싱거운 것만 남은 것 아냐?"

일령이 투덜거리며 밀지를 집어 들었다.

손을 떤다. 바르르 떤다.

"언니……."

눈물이 가득 맺힌 눈으로 금연화를 쳐다봤다.

"나중에…… 나중에 봐요."

일령은 떨어지는 눈물을 숨기려는 듯 황급히 뛰쳐나갔다.

모두가 목숨을 건 임무인 듯싶다. 실망하는 기색은 전혀 없다. 놀랐다가는 만족한다.

금연화가 밀지를 뽑아 내용을 살핀 후 일어섰다.

"이승에서 받은 은혜, 저승에서라도 꼭 갚을게요."

그녀는 마야를 쳐다보며 살며시 미소를 베어 물었다.

"어려운 일인 것 같군."

"완수할게요."

마야는 고개를 끄덕였다.

금연화가 산주를 보며 말했다.

"중원에 더 있을래요?"

"갑자기 왜……?"

"전 남만으로 가요. 같이 안 갈래요? 마야나 언니랑 가고 싶으면 그러고요."

산주는 마야를 쳐다봤다.

사천제일룡이나 콘, 수처럼 그에게도 선택권이 없었다.

사천제일룡은 약조에 따라 합류한 사람이다. 명을 받들어야 하는 입장인 게다. 콘과 수는 이지를 상실했다. 단독으로 움직이지 못하고 누군가가 이끌어줘야 한다.

산주는 입장이 전혀 달랐다.

그는 남만의 제왕이었다. 남만을 호령했다. 하지만 지금 선택권이 없는 것은 그의 무공이 너무 약하기 때문이다. 다른 사람들처럼 홀로 내보냈을 경우, 십 리도 채 못 가서 죽을 것이라는 판단이다.

마야가 고개를 주억거리자, 그는 보기 드물게 밝은 웃음의지으며 일어섰다.

"중원 땅은 물부터 맞지 않아서…… 가겠습니다. 후의(厚意), 잊지 않겠습니다."

산주는 무릎을 꿇고 대례를 취했다.

마야는 앉은 자세 그대로 대례를 받았다.

남만 풍습에 따르면 생명의 은인이나 노비가 주인을 배알할 때 대례를 취한다. 대례를 피하는 건 절을 하는 당사자를 모욕하는 것이나 진배없다.

"마궁이 세워지면 놀러 오세요."

다담선자가 웃으며 말했다.

"동생, 우리 술 안 마셔봤지? 나중에 실컷 마셔보게."

"그래요, 언니. 나중에 꼭 마셔요."

금연화와 산주는 어깨를 나란히 하고 멀어져 갔다.

"다담 차례야."

마야가 행낭을 내밀었다.

다담선자는 웃기만 했다. 행낭은 거들떠보지도 않았다.

"저까지 속일 거예요?"

"……."

"저와 상공 것까지 밀지는 모두 일곱 장. 밤새 쥐어짠 계획은 몇 개죠? 여덟 개 아닌가요?"

"다담, 그게 무슨……."

"지금 저들에게 건네준 밀지는 사실 구명책 같은데, 틀려요? 언뜻 보면 지극히 위험해 보이죠. 정말 위험할 수도 있어요. 그만한 일이 아니면 떠나지 않을 사람들이니까요. 하지만 그게 어떤 일이 되었든 상공이 하려는 일보다는 죽을 위험이 덜한 거죠. 아네요?"

"다담!"

"행낭 안에 있는 밀지 두 개 중 어느 것을 뽑아도 상공과는 상관없잖아요. 상공은 다른 일을 할 거니까요."

"하하하! 다담, 그건 너무 억지야."

"그래요?"

다담선자는 행낭에서 밀지 두 장을 한꺼번에 꺼냈다. 그리고 조금도 망설이지 않고 활짝 펴 보였다.

"그럼 말해줄래요? 누가 독룡과 함께 가죠? 어느 거에도 독룡과 함께 가라는 말은 없네요? 아! 콘과 수도 있죠? 두 사람도 데리고 가야 할 텐데, 누가 데려가요?"

"뭐야, 이거! 다 사기였어?"

옆에서 지켜보던 사천제일룡이 불쑥 끼어들어 밀지를 읽었다.

궁왕(弓王) 살(殺).

한 장의 밀지에는 단 석 자가 적혀 있었다. 하지만 읽는 것만으로도 숨이 막히는 내용이었다.

"미쳤군, 미쳤어. 이걸 일령 같은 애가 뽑았으면 어쩔 뻔했나. 일령과 궁왕? 미쳤어, 미쳤어. 가만…… 이게 가짜? 궁왕을 죽이는 게 가짜라고? 그럼 뭐야? 다른 놈들은 무슨 임무를 받은 거야? 죄다 이런 거야? 설마 무신 일곱 명을 모두 죽이겠다는 건 아니지?"

사천제일룡은 횡설수설하며 두 번째 밀지를 읽었다.

대막삼제(大漠三帝) 살(殺).

사천제일룡은 고개를 갸웃거렸다.

첫 번째 밀지가 너무 충격적이어서 두 번째도 그와 버금갈 줄 알았다. 만사무불통지 정도를 죽이라는 명령이 아닐까? 아니면 삼원로 중 한 명을 지목할 수도 있고.

'대막삼제'라는 별호는 처음 듣는다.

별호에 '대막'이 들어가니 사막 어딘가에 터를 잡은 자 같은데, 별로 유명하지는 않은 모양이다. 몇 번이고 별호를 되뇌어봤지만 한 번도 들어본 적이 없다.

대막삼제란 자가 누구인가?

대막삼제가 누구인지 모르니 말을 할 수 없지만 호채마 모두가 선택할 수 있었던 임무이니 녹록한 자는 아닐 것 같다.

어쨌든 이 중 하나는 다담선자의 몫이었고, 다른 하나는 마야 차지였다.

다담선자 대 궁왕? 궁왕의 활과 다담선자의 추명반 싸움인데, 냉정히 말하면 다담선자 쪽이 조금 밀리고 좋게 봐주면 양패동사로 끝날 공산이 크다.

자신과 콘, 수와 마야 대 궁왕.

이건 그림이 된다. 오히려 저울추가 이쪽으로 기운다. 천하의 궁왕이라도 이 네 명의 조합 앞에서는 어쩔 수 없으리라.

아니다. 이건 아니다. 아무리 그래도 그렇지 자식보고 아비를 죽이라는 법은 없다.

콘은 제외해야 한다.

만약 다담선자가 대막삼제를 골랐다면 마야는 어쩔 수 없이 궁왕을 쳐야 되는데, 콘을 데리고 간다는 게 말이 안 된다.

역시 사기다.

"뭐 하자는 거야."

사천제일룡이 밀지를 툭 내던졌다.

모두들 비장한 표정으로 떠났다. 두 번 다시 만날 수 있을지 모르겠다며, 꼭 다시 만나자는 말을 인사로 남겼다.

그 모든 게 사기라면 어떤 심정들이 될까? 가장 마지막에 떠난 금연화는 남만까지 가야 되는 모양인데, 사기로 그 먼 길을 보낸다는 게 말이 되는가.

사천제일룡이 기막혀할 때, 다담선자는 뚫어지게 마야를 쳐다보고 있었다.

마야가 담담히 말했다.

"때로는…… 때로는 말이야, 다담. 알아도 모르는 척할 때가 좋은 거야. 후후! 다담 눈을 속일 수 없었다니 의외야. 어디서 실수했지? 완벽했는데."

"상공은 먼 곳을 쳐다봤지만 전 상공만 쳐다봤거든요."

다담선자의 말에는 성냄도, 실망도 담겨 있지 않았다. 평소처럼 포근하게 말했다.

"그거였군. 여자의 직감."

"사랑하는. 사랑이 빠졌어요. 사람을 사랑하게 되면 눈이 멀지만 마음은 활짝 열려요. 이 사람이 고민하고 있구나. 혼자

있고 싶어하는구나. 나를 원하는구나. 말하지 않아도 촉촉이
적셔와요."

"다담, 나 혼자 가게 해줄 수 없나?"

"삶과 죽음. 함께해요."

마야는 무슨 말인가를 하려고 입을 벙긋거렸다.

말은 새어 나오지 않았다. 마령음으로 전한 것도 아니다. 설
득할 수 없다는 사실을 깨닫고 입을 다문 것이다.

한참 동안 다담선자를 지켜보던 마야가 힘들게 고개를 끄덕
였다.

"나의 가장 큰 약점은 다담이야."

"어멋! 그래요! 몰랐네요."

다담선자의 음성이 몰라보게 밝아졌다.

"그럼 가지."

마야가 일어섰다.

"어디로요?"

"북검문."

"옛?"

생글생글 웃으며 일어서던 다담선자의 몸이 뻣뻣하게 굳었
다.

사천제일룡도 마찬가지다. 투덜거리다 말고 눈을 부릅떴다.

"우리가 가지 않으면 그들이 와. 기왕 맞이할 거라면 우리가
선택하자고."

마야는 아무것도 아니라는 듯 휘적휘적 걸어갔다.

"대막삼제가 누굽니까?"

"못 들어봤어요."

"밀지 봤죠?"

"얼핏요."

"궁왕을 죽이라는 것하고, 또 하나가 대막삼제를 죽이라는 거였는데, 대막삼제란 인물을 들어본 적이 없어서……."

"저도 마찬가지예요. 처음 들어봤어요."

사천제일룡과 다담선자는 느닷없이 불쑥 튀어나온 낯선 인물에 대해서 이야기를 주고받았다.

알지 못하는 인물을 죽이라는 임무가 떨어졌으면 어떻게 수행할까?

대막삼제가 어디 사느냐부터 수소문해야 한다. 그러려면 정보가 많은 곳을 기웃거려야 한다. 아니면 무림인에 대해 정통한 자를 찾아가거나.

정보가 많은 곳은 있다. 하나 어느 곳도 기웃거릴 입장이 아니다.

결국 만사무불통지 같은 사람을 찾아가야 한다. 무림사에 정통한 사람, 당금 무림은 물론이고 구시대의 인물에 대해서도 해박한 정보수집가.

무림인은 무림인이 가장 잘 안다. 아니다. 잘 아는 것처럼 보일 뿐이다. 무인은 자신에게 영향을 미치는 사람이나 연관 있는 사람만 알지, 저 멀리 대막이나 천축에 있는 무인까지는 알지 못한다. 평생 가도 만나지도 못할 사람인데 알 필요가 없지 않은가.

동서를 가로지르고, 남북을 관통하는 폭넓은 정보는 행상들이 더 낫다.

상인!

거상(巨商) 이약도(李躍濤)!

오귀궁의 오귀와 함께 멸신구관을 만들었을 것으로 추측되는 사람!

대막삼제는 상인과 밀접한 연관이 있지 않을까? 거상 이약도와 어떤 관계가……?

"마야, 잠깐만! 잠깐만 쉬었다 가자고!"

사천제일룡이 궁금증을 참지 못하고 기어이 마야를 불러 세웠다.

"도대체 대막삼제가 누구야?"

마야는 뒤돌아보지도 않고 내던지듯 툭 말했다.

"유계의 자금줄."

"뭣! 그, 그걸 어떻게?"

"다담도 모르겠어?"

마야가 뒤돌아 다담선자를 보며 말했다.

"우리에게도 장사 잘하는 사람이 있죠. 금적금노. 유계의 자금줄을 찾으라고 시켰군요?"

"멸신구관에 갈 때부터 찾으라고 했지. 상당히 오래 걸렸어. 다친 사람도 많고. 유계의 뒤를 캔다는 게 얼마나 어렵고

위험한지 뼈저리게 느꼈다면 될까?'

금적금노는 자기 사람을 무척 아낀다.

사람을 쉽게 믿지 않아서 사람을 오래 두고 쓰지 않는다. 하나 믿기 시작하면 곳간 열쇠까지 맡긴다. 유계의 뒤를 캐려면 자물쇠를 채워놓은 듯 입이 무거운 자가 필요할 것이고, 그런 자는 측근 중에서만 찾을 수 있다.

금적금노가 대막삼제라는 별호를 얻어내기 위해 얼마나 피눈물을 흘렸을지 짐작된다.

금적금노만 유계에 대해서 알고자 했던 게 아니다.

중원 남북무림 모두가 눈에 불을 켜고 찾았다.

정보수집에 대단한 역량을 발휘하는 곳도 많다. 개방을 비롯하여 천비대, 야광 등등…… 그들의 이목을 완전히 따돌리는 건 상당히 어렵다.

금적금노가 한 일은 만사무불통지가 입에 거품을 물 정도로 대단한 일이었다.

어떻게 그런 일이 가능했을까? 아무도 찾지 못한 자를 금적금노는 어떻게 찾았을까?

그가 마인이기 때문이다.

마야는 유계 마인이 아니다. 어느 집단에 속해 있지도 않았다. 홀홀단신이었다. 그럼에도 그의 존재를 아는 사람은 없었다. 무림에 나서기 전까지는.

마도나 수검, 시마, 혈유 등등은 강자들과 비무까지 하고 다녔는데도 종적이 드러나지 않았다.

이유는 간단하다.

그들은 정도인들이 가지 않는 곳만 골라서 다녔기 때문이다.

쥐가 고양이를 피해 다니듯 정도인들의 모습만 비쳐도 몸을 숨겼으니 발각될 리 없다.

고양이도 고양이 나름이다. 병든 고양이도 있고, 갓 태어난 새끼 고양이도 있다. 그들은 약해서 강한 쥐라면 오히려 잡아 죽일 수 있다.

그런 경우에도 마인들은 몸을 숨겼다. 무조건…… 이유없이 정도인들만 나타나면 숨었다.

오랜 경험으로 팔 하나만 드러나도, 아니, 손톱 한 올만 내비쳐도 집중 공격을 받는 건 시간문제라는 걸 알고 있기 때문이다.

금적금노는 정보수집의 대가들이 뒤지지 않는 곳을 뒤졌고, 대막 한가운데서 대막삼제라는 인물을 찾아냈다.

수많은 정보 전문가들이 반성해야 할 사건이다.

"그럼 그 대막삼제라는 놈, 꼭 죽여야 되잖아? 해도 그만 안 해도 그만이 아니네?"

사천제일룡이 커다란 눈을 끔벅거리며 말했다.

말은 쉽지만 대막삼제가 유계의 자금줄이라면 그를 제거하는 것 또한 쉽지 않다. 굳이 어렵기로 따지자면 궁왕을 죽이는 것만큼이나 어렵다.

상권은 흐르는 물이다. 항상 움직인다. 또 움직여야 돈이 되지, 움직이지 않으면 있는 것도 나간다.

움직임이 많은 만큼 노출될 가능성도 아주 높은 것이다.

대비책이 아주 강하다고 봐야 한다. 사방천마 정도 되는 자들이 즐비하게 늘어서 있다고 보는 편이 낫다.

대막삼제를 제거하는 임무는 결코 만만치 않다.

"가만…… 그럼 궁왕은? 궁왕도 유계와 관계있는 거야? 궁왕은 왜 죽이라고 한 건데?"

"죽여야 할 것 같아서."

참으로 애매한 대답이다.

사천제일룡은 이유를 더 묻고 싶었다. 하나 그럴 수 없었다. 그들 앞에 강이 나타났다.

"지금부터는 물속으로 이동할 거야. 이삼 리만 흘러갔다가 올라오자고."

이제는 중원무림에서 감쪽같이 증발할 차례다.

유계가 숨었던 것처럼 호채마도 숨는다. 두 눈에 불을 켜도 찾아도 찾을 수 없으리라.

마야가 갈대를 꺾어 입에 물었다.

"호채마가 사라졌다!"

중원은 다시 한 번 발칵 뒤집혔다.

호채마를 감시하는 사람은 많았다. 개방이 지척인지라 개방도는 온 신경을 곤두세워 일거수일투족을 감시했다. 마야의 움직임은 곧 개방의 흥망과도 직결되는 중요한 순간이었다.

무림 군웅들도 지켜봤다.

마인들을 척결해야 한다는 생각에 운집했던 무인들은 거의 대부분 돌아갔다. 마야가 북검문, 그리고 유계와 싸우면서 보여준 신위는 대부분의 무인들에게 절망감을 안겨주었다.

그런데도 많은 사람들이 남았다.

목숨이 끊어질 것을 각오하고, 정도를 위해 마지막 한 판을 준비하겠다는 사람들이다.

이들은 선천적으로 마를 싫어한다. 마인이라면 자다가도 벌떡 일어나 검을 잡는 사람들이다. 마에 대한 증오가 골수까지 뿌리깊게 박혀서 마인과는 절대 공존할 수 없다.

또 한 부류가 있다.

그들에게는 정과 마의 구분이 모호하다. 명확하게 악행을 저지른 자이거나 패륜적인 무공을 사용하지 않는 한은 마인으로 규정짓지 않는다.

그들에게 마야 일행은 마인이 아니다. 단지 정도무림에 섞이지 못한 이단자 정도로 생각한다.

그들이 마야에게서 보는 것은 강한 무공이다.

마야는 강하다. 마야를 따르는 무리도 강하다. 그들을 제거하기 위해 싸우러 올 사람도 강할 것이다.

마야를 지켜본다는 건 절대 고수들의 싸움을 구경할 수 있는 좋은 기회이기도 했다.

절대 강자들의 싸움.

생각만 해도 전율이 치민다.

평생 한두 번 볼까 말까 한 진풍경을 볼 수 있을 게다.

그들은 생각하는 바는 달랐지만 마야에게서 한시도 눈을 떼지 않았다.

마야는 기현 객잔에 들었고, 밤새도록 술을 마시며 노닥거렸다.

거기까지는 모두 봤다.

새벽녘에 한두 명 나가는 것을 본 사람이 있단다. 객잔을 나와 모두 다른 방향으로 흩어져서 주의 깊게 보지 않았단다. 마야가 안에 있으니까 다시 돌아오리라 생각했단다.

그렇다. 사람들은 마야를 보았지 호채마를 보지 않았다.

마야만 움직이면 모두 움직이는 것이고, 다른 사람들이 모두 움직여도 마야가 앉아 있으면 움직이지 않은 거다.

드디어 마야가 움직였다. 당연히 지켜보는 눈들도 따라 움직였다.

마야가 있고, 다담선자가 있으며, 사천제일룡이 있다. 거기에 콘과 수까지 함께한다. 먼저 간 사람들이 있지만 신경 쓰지 않았다. 그들은 마야에게로 돌아오게 되어 있으니까.

그들이 증발해 버린 건 강에 닿았을 때다.

강가에서 머뭇거리는 것까지 봤는데, 감쪽같이 사라져 버렸다.

갈대밭에 가려 보이지 않는 것으로만 생각했다.

궁금해도 가까이 다가갈 수는 없었다. 수색? 어림도 없는 소리다. 현재 마야는 독 오른 뱀이나 마찬가지다. 누구든 다가오기만 하면 베어 넘긴다. 다가오지 못하도록 독을 뿌려놨을 수도 있다. 마야 근처에 간다는 건 자살하겠다는 말이나 다름없다.

군웅들은 사시를 넘기고서야 마야의 증발을 눈치 챘다. 그리고 그제야 먼저 사라진 마인들을 찾아 나섰지만 어느 누구도 그들을 봤다는 사람은 없었다.

마야는 어디로 갔나? 개방을 치러 간 건가? 정면승부보다는 암살을 택한 건가? 용두방주나 장로들을 암살할 생각인가? 그래서 숨었나? 마야는 언제나 정면승부만을 벌였으니 치사한 방법은 쓰지 않을 것 같은데.

온갖 추측이 난무했다.

개방은 더욱 바싹 긴장했다. 개방도란 개방도는 밤낮을 가리지 않고 온 사방을 쏘다녔다. 사람이 사는 곳은 물론이고 도저히 다닐 수 없을 것 같은 곳까지 샅샅이 뒤졌다.

마야와 호채마는 그 어디에도 없었다.

第百三十五章

이목장(耳目長)
―정보가 빠르고 많다

1

사람들을 떼어놓고 은밀히 이동하는 것도 닷새가 지났다.

하루 이동 거리는 지극히 짧았다. 평범하게 걸어 두 시진 정도면 도달할 거리를 하루에 걸쳐서 걸었다.

닷새 동안 걸었어도 하루 거리도 안 된다.

어림짐작으로 개방 총단이 있는 개봉부 부근이 아닌가 싶다.

마야는 마인들만 다니는 길, 없는 길만 택해서 걸었다.

다른 때와 달라진 건 없었다. 한데 정오쯤 되었을까? 마야의 행동이 굉장히 조심스러워졌다. 걸음을 떼어놓을 때도 젖은 창호지 위를 걷는 것처럼 온 신경을 기울였다.

"여기가 어디예요?"

다담선자가 낮은 목소리로 속삭이며 앞을 주시했다.

별로 주의할 건 없었다. 초가가 십여 호쯤 되는 산골 마을이 있기는 한데, 특별히 주의할 건 없어 보였다. 어디서나 볼 수 있고, 여태껏 수백 번도 더 지나친 어느 마을이나 다름없어 보였다.

"독룡, 독을 쓸 수 있을까?"

이제 산골 마을은 더 이상 평범한 마을이 아니다. 특별히 주의해야 할 마을이 되었다.

"뭐? 후후! 새삼스럽게 왜 이래? 이럴 때 써먹으려고 질질 끌고 다닌 것 아냐? 어디다? 저기다?"

사천제일룡이 산골 마을 가리켰다.

"저 마을은 위장이야. 정작 중요한 건 마을 밑에 있어. 상당히 넓지. 저 마을보다 대여섯 배는 클 거야. 내가 아는 건 이것뿐이야. 마을에 몇 명이나 있는지, 지하로 어떻게 들어가는지 아무것도 몰라. 그러니 살상하지 말고 혼절만 시켜줘. 아주 은밀히. 보초에게 이상이 생기면 즉각 지하에 경고를 울리게끔 되어 있는……."

"저, 저게 실존했다니!'

사천제일룡은 경악했다. 너무 놀라 방금 전에 마야가 무슨 말을 했는지도 잊어버렸다. 아니, 듣지도 못했다. 그의 눈과 머리는 온통 산골 마을에 집중되어 있었다.

"알아보았군."

"알아보다마다. 알아보다마다. 십충반악진(十衝反握陣). 십충반악진. 십충반악진……."

사천당문은 독과 암기로 유명하지만 기관진식 또한 중원제일이다.

사천제일룡이 기진(奇陣)을 알아보는 건 당연하다. 마야가 알아보는 것보다 그가 먼저 알아봤어야 한다.

"저게 십충반악진이에요?"

다담선자도 놀라서 쳐다봤다.

대답을 듣고자 물은 게 아니다. 다담선자 역시 너무 놀라서 되물은 것이다.

각 초가는 무작위로 세워졌다. 산골 마을을 보며 어떤 질서나 규칙을 찾기는 어렵다. 아무 곳에나 기분 내키는 대로 집을 지어 반듯한 골목을 찾아볼 수 없다.

밖에서 봤을 때 그렇다.

마을 안에서 보면 사정은 완전히 달라진다.

한 집을 네 집이 경호한다. 각기 엇갈려서 한 집을 네 집이 본다. 그렇게 열 집이 서로를 주시한다.

이것만 해도 충분히 복잡한데 더 복잡한 구도가 있다.

각 초가는 네 집을 보는 이외에 다른 한곳을 더 주시한다.

바깥이다. 산에서 내려오는 길, 들길, 논, 밭…… 주어진 방향을 주시한다. 열 집이 사방 열 곳을 보며, 주시하는 각이 서로 겹쳐서 삼십육 방을 모두 본다.

한마디로 은밀히 잠입하기 위해서는 열 집을 한꺼번에 폭삭 주저앉혀야 한다.

한데 그것도 문제가 있다.

땅 위에 세워진 초가 열 집은 말 그대로 보초들뿐이다. 정작 중요한 것은 지하에 숨겨져 있으며, 보초 하나가 당하면 즉시 경계령이 발동된다.

십충반악진은 잠입을 불허하는 철통같은 방어진이다.

"어때? 가능하겠어?"

"곤란하게 됐군."

천하의 사천제일룡이 난감해했다.

십충반악진의 경이로운 점은 초가 열 개의 간격에 있다.

현존하는 어떤 화약이나 독 또는 암기도 열 집을 한꺼번에 무너뜨릴 수 없다.

"죽이는 것도 안 되고, 혼절만 시켜야 된다 이거지. 십충반 악진을 상대로…… 독을 쓴다. 후후후! 독마(毒魔)와 천진(天 陣)의 대결이라. 후후후! 주어진 시간은?"

"얼마든지 써. 남는 게 시간이니까."

"지금부터 말 걸지 마. 숨소리도 내지 말고."

사천제일룡은 활활 타는 눈으로 산골 마을을 노려보았다.

"정말 방법이 없는 거예요?"

"독룡은 해낼 거야."

"방법이 있군요?"

"십충반악진의 곡로(曲路)에 해답이 있어. 바람도 십충반악 진을 통과할 때는 휘어가. 여기에 주안점을 두고 하독하는 거야. 여기서 하독하면 신방(申方:서남서)이 제일 먼저 닿겠군. 반 시진 후에 쓰러지게끔 미독(微毒)을 쓰고, 재빨리 이동하여 저쪽 능선에서 하독하면 인방(寅方:동남동)이 닿을 거야. 여기서 이동하는 시간을 고려해서 중독(中毒)을 쓰면 이다경 후에 쓰러지겠지. 인방을 노린 독은 신방을 거치지 않도록 주의해야 하고. 이렇게 네 군데만 점하면 일시에 쓰러뜨릴 수 있어."

"세상에! 잊을 만하면 일견후즉파를 생각나게 만드네요."

다담선자는 감탄을 토해냈을 뿐, 사천제일룡에게 달려가지 않았다.

독룡은 아직 숙제를 못 풀었다. 십충반악진을 노려보며 끙끙댄다. 하지만 말해줄 수 없다. 독, 암기, 기관진식에 있어서만은 천하제일이라고 자부하는 사천당문의 긍지를 세워주어야 한다. 그것이 마야가 원하는 것이란 걸 안다.

다담선자는 움직이는 대신 다른 걸 물었다.

"저기가 어디예요?"

"개방."

"개방요? 저기가요?"

"낙서고(落書庫)라고 들어봤어?"

"낙서고요?"

다담선자는 말을 하면서 고개를 가로저었다.

촌로들이나 살 초가에 개방도가 있다는 것도 기문이다. 개방도가 번듯한 집을 가졌다니. 낙서고라는 말도 들어본 적이 없다. 짐작컨대 서고인 모양인데, 개방과 서고가 어울리기나 하나.

"낙서고가 뭐 하는……."

다담선자는 말하다 말고 입을 꾹 다물었다.

사천제일룡이 움직이기 시작했다. 앉은 자리에서 한참을 꿈지럭거리더니 벌떡 일어나 치달렸다.

눈길이 자연스럽게 사천제일룡을 쫓았다.

'하나…… 둘…… 셋…… 넷…… 다섯?'

마야는 네 군데만 점하면 십층반약진을 무너뜨릴 수 있다고 했다.

사천제일룡은 한군데를 더 점했다.

두 사람 중 한 사람은 셈을 잘못했다. 마야가 틀렸다면 다행이지만 사천제일룡이 틀려서 과수(過手)를 둔 것이라면 몇몇 초가가 예상보다 빨리 무너질 수 있다.

이것도 사천제일룡이나 되니 과감히 손을 쓴 것이지 다른 사람 같으면 엄두도 내지 못했으리라.

바깥에서는 초가 안의 사정을 전혀 알 수 없다. 몇 명이나 있는지, 누가 있는지, 내공은 어느 정도인지…… 중독에 필요한 기본 사항들을 전혀 모른 상태에서 하독을 한다는 건 큰 모험이다.

하독을 끝낸 사천제일룡이 달려왔다.

"끝났어. 바람 세기로 봐서…… 반 각 정도만 기다리면 돼."

"후후! 해낼 줄 알았어."

마야는 사천제일룡의 어깨를 툭 건드렸다.

생각대로라면 산골 마을은 텅 비어 있어야 한다. 숨이 붙어 있는 것은 모조리 깊은 잠에 취해 있어야 한다. 사람을 노리고 뿌린 독이지만 개나 닭, 오리 같은 집짐승들에게도 영향이 미치니 마을 전체가 공동묘지처럼 음산하고 적막해야 한다.

마야는 더욱 조심스럽게 걸었다.

한 발 떼어놓고 한참을 두리번거린 다음 또 한 발을 내딛었다.

"너무 조심하는 것 아녜요?"

"마을을 지켜보면서 사람들이 오가는 것 봤어?"

"아! 그러고 보니……."

"아마 곳곳에 함정이 설치되어 있을 거야. 위험을 가하는 함정이 아니라 지하 사람들에게 경고를 보내기 위해서겠지. 뭐든 의심나는 것은 건드리지 마. 돌 하나도."

다담선자는 뒤를 돌아봤다.

제일 염려되는 건 콘과 수다.

그들은 이지가 없다. 생각을 할 줄 모른다. 무조건 뒤만 쫓아온다. 그런 사람들에게 '주의' 운운하는 건 어불성설이다.

마야가 손을 번쩍 들어 올렸다.

무엇인가 있다. 움직이면 안 된다.

마야는 조심스럽게 허리를 숙인 후, 손으로 땅을 살살 훑어 냈다.

무엇인가 나오는 것 같다.

조금 더 땅을 훑자 동아줄이 뚜렷하게 드러났다. 땅에다 동아줄을 매설해 놓은 것이다.

"부토(腐土)?"

사천제일룡이 마야 옆으로 다가가 땅을 살폈다.

동아줄이 매설되어 있는 땅은 다른 곳에 비해 색깔이 조금 옅었다. 물론 차이라고 해봐야 자세히 관찰했을 때야 드러날 정도로 미미한 것이다.

손으로 만져 보면 느낌이 확연히 달랐다.

땅이 아니라 솜을 만지는 것처럼 푸석거렸다. 허공에 대고 입으로 불면 솜털처럼 날아갈 것 같았다.

"개방을 다시 봐야겠는데. 부토는 무척 가벼워서 그냥 깔아 놓기만 하면 바람에 흩어져 버려. 그래서 흙과 배합하는데…… 조금만 잘못해도 기대한 효과가 나타나지 않아."

동아줄을 밟으면 안 된다. 밟는 순간 부토가 푹 꺼지며 동아줄이 팽팽하게 당겨진다. 그 끝에는 불문가지, 경종 같은 것이 매달려 있으리라.

"눈에 보이는 화살은 피할 수 있는 법이지. 알았으니 됐어."

마야는 땅을 살피며 걸었다.

초옥에는 남녀가 널브러져 있었다.

각 초옥마다 남녀 한 쌍이 거주한 듯하다.

차를 마시다가 독에 당한 듯, 탁자에 놓인 찻잔에는 아직도 뜨거운 김이 모락모락 피어났다.

남녀의 나이는 마흔을 갓 넘은 것 같다. 손에는 굳은살이 박여 있고, 머리는 흑투성이다. 목숨을 내놓고 실전 수련을 통해 타구봉을 연마한 흔적이다.

이를 증명이라도 하듯 허리춤에는 타구봉이 꽂혀 있다. 집 안 곳곳에도 타구봉이 여러 개 발견되었다. 마루에도, 부엌에도, 침상에도…… 언제 어디서든 손만 뻗으면 타구봉을 집을 수 있게끔 만반의 준비가 갖춰져 있다.

놀라운 것은 두 남녀의 반응이다.

쓰러지기 직전에 이상한 기미를 눈치 챘는지, 타구봉을 잡아채고 있었다. 타구봉을 꽉 잡은 손에 집착이 남아 있다. 혼절하지 않으려고 안간힘을 다한 흔적이 보인다.

그 외에는 이상한 점이 없다.

개방도처럼 누더기를 걸치지도 않았다. 부엌에는 각종 야채가 그득하다. 항아리에는 쌀도 하나 가득 담겨 있다.

개방도가 걸인 생활을 하지 않고 정착 생활을 했다는 건 놀라운 일이다. 여자 개방도가 없지는 않았지만 이곳에서처럼 십여 명씩이나 한꺼번에 모여 있던 적도 없다.

지하로 내려가는 길을 찾았다.

온 마을을 이 잡듯 뒤지며 기관 장치가 있는지, 통로가 있는지 살폈다.

놀랍게도 마야 일행은 아무것도 발견해 내지 못했다.

사천제일룡의 해박한 지식은 아무 가치가 없었다. 마야의 심안도 단단한 흙을 뚫지 못했다.

"가아아아······."

마야는 마령음을 토해냈다.

박쥐는 음파로 사물을 구별한다. 쏟아낸 음파가 다시 돌아오기까지 걸린 시간으로 거리를 계산해 내고, 음파가 얼마나 넓게 퍼졌는지로 크기를 알아낸다. 음파의 변형으로는 온기를 감지해 내고, 모든 것을 종합하여 먹이 여부를 판별한다.

마야는 집 안 곳곳에 마령음을 쏘아냈다.

집 안에서 아무런 느낌을 얻지 못하자 마을을 돌아다니며 소리를 질렀다.

"어때요?"

물을 것도 없다. 마야의 얼굴에서 무엇을 발견했을 때의 밝음이 보이지 않는다.

마야는 엄지와 집게손가락으로 미간을 만지며 고민했다.

"어때요?"

이번에는 사천제일룡에게 물었다.

진법에 관해서만은 마야와 비등한 지식을 가지고 있는 유일한 사람이다.

사천제일룡은 고개를 흔들었다.

아무것도 발견하지 못했다. 진법을 알고, 건축을 아는 그가 지하로 통하는 입구 하나 발견해 내지 못했다.

다담선자도 개방을 다시 봤다. 이런 곳이 있다는 자체로 개방은 재평가되어야 한다.

"수!"

마야가 수를 불렀다.

다담선자는 깜짝 놀라 마야를 쳐다봤다. 사천제일룡도 급히 마야를 쳐다봤는데 놀란 표정이 역력했다.

수는 감각도, 이성도 없는 목석처럼 뚜벅뚜벅 걸어왔다.

"마야, 안 돼요. 이건…… 수를 쓰면 돌이킬 수 없는 결과가 벌어져요. 마야도 마찬가지예요. 강을 건널 수는 있지만 돌아올 수는 없어요. 수를 쓰는 것만은……."

"방법이 없어."

다담선자는 짤막한 한마디에 입을 다물었다.

마야의 심정을 읽을 수 있다.

근래 들어 마야는 무척 조급해한다.

아마도 개방이 유계 공격에 실패한 후부터다. 그때부터 생각이 깊어지고 번민이 늘어났다. 지금 여타의 방법을 고려치 않고, 더 찾아볼 생각도 하지 않고 대뜸 수를 쓰겠다는 것은 조급함의 절정이다.

마야는 사천제일룡을 쳐다봤다.

"휴우! 정말 수를 쓸 거야?"

"……."

"자기 것 자기가 쓰겠다는데 누가 뭐라나. 마음대로 해. 이놈 이거 꽤 근사하게 죽겠군. 정혈(精血)을 끝없이 쏟아내며 죽는 건 세상에서 가장 근사한 죽음이야."

사천제일룡은 손가락을 툭 튕겼다.

잠시 후, 초옥 안에 있던 일남일녀가 혼절에서 깨어나기 시작했다.

사내는 머리가 아픈지 손을 들어 머리를 짚었고, 여인은 목이 뻐근한지 머리를 휘휘 내둘렀다.

"난 나가 있을게. 나도 수 앞에서는 한낱 수컷이라."

사천제일룡이 밖으로 나갔다.

다담선자도 뭔가 말을 하려고 입을 벙긋거리다 가벼운 한숨만 내쉬며 나갔다.

'알아. 하지만 할 수 없어. 여기서도 해답을 못 찾으면 차라리 무림과 단절하고 은거하는 게 나아.'

세상은 혼란스러웠다.

머리를 정리하고 또 정리해도 두서가 잡히지 않았다.

이대로 간다면 죽음이 확실시된다. 두려운 건 아니지만 개죽음을 당할 필요는 없다.

돌아가는 사정을 살펴보면 혈귀대주는 스스로 죽음을 택한 듯하다. 잔접과 손을 잡았다. 그리고 스스로 죽었다. 궁왕이 활을 쏘았지만 자진한 것이나 다름없다.

그런 면에서 궁왕도 혈귀대주와 연관이 있다. 그렇지 않다면 궁왕 같은 자가 장강을 넘어 단문협에까지 올 리가 없다. 그토록 경거망동할 수는 없다.

잔접, 혈귀대주, 궁왕은 하나다.

그들이 무엇 때문에 자신을 끌어냈는가? 자신이 무슨 역할을 한 건가? 무엇을 원하는가?

모르겠다. 도무지 모르겠다. 그리고 이제는 영문도 모른 채 유계와 북검문, 남도문의 정예들을 맞이해야 한다. 무신이 직접 나설 수도 있다. 삼원로와는 이미 손을 섞어봤으니 또다시 죽이러 나타난다고 해도 이상하지 않다.

이대로 질질 끌려갈 수는 없다.

다소 인성을 잃는 한이 있어도 해답을 찾을 수 있는 곳, 이곳에서 머릿속을 정리해야 한다.

"수!"

수를 불렀다.

말에는 감정이 담겨 있다. 명령이 들어 있다.

사르륵……! 사륵……!

수가 옷을 벗기 시작했다.

백옥같이 매끄러운 어깨선이 드러난다. 우윳빛처럼 뽀얀 살결이 수줍은 듯 빼꼼 고개를 쳐든다.

"웃! 너흰……!"

"저, 적!"

방금 혼절에서 깨어난 두 남녀는 화들짝 놀라 일어섰지만 수를 본 순간 머릿속이 텅 빈 목석이 되고 말았다.

"아아…… 아아……!"

입으로 신음이 토해진다. 눈은 광채를 잃고 몽롱해지며, 뜨거운 열기가 몰려 빨개진다.

'용서를…….'

마야는 수의 등 뒤로 돌아가 독맥(督脈) 중 신주혈(身柱穴),

영대혈(靈臺穴), 명문혈(命門穴)을 연달아 가격했다. 신주혈은 오 푼의 힘으로, 영대혈은 삼 푼으로, 명문혈은 칠 푼을 사용하여 송곳을 틀어박듯 쑤셔 넣었다.

"칵!"

수가 악을 쓰듯 비명을 토해냈다.

파아아아······!

전해진다. 느껴진다. 전율이 치민다.

온 방 안이 수의 요염함으로 가득 찼다. 공기 속에 배어 있는 건 달콤한 욕정의 향연이다.

"하악!"

두 남녀가 거친 비음을 쏟아내며 정신없이 달려와 수를 껴안았다.

사내는 수의 귓볼을 핥았다. 여인은 입술을 빨아들였다. 손으로는 가슴을 더듬었다.

그들에게는 이성(異性)과 동성(同姓)의 구분이 없었다. 그 순간,

"갈! 정신 차리지 못할까! 이까짓 것으로 임무를 망각했느냐! 낙서고를 지켜야 하느니! 낙서고로 들어가야 하느니! 빨리 움직이지 못할까!"

벽력같은 고함이 두 남녀의 고막을 후려쳤다.

적멸주다.

소리는 단순한 고함 이상이다. 음파는 피부를 자극하고, 자극은 뇌리로 전해져 공포와 두려움을 최대한으로 이끌어낸다.

두 남녀는 화들짝 놀라 물러섰다.

흐리멍덩함과 경악이 반복적으로 교차되었다.

발길은 부엌으로 향하려 하지만 눈길은 수에게 머물러 떨어지지 않는다.

"수!"

손가락으로 부엌을 가리켰다.

수가 사뿐사뿐 걸었다. 실오라기 한 올 걸치지 않은 완벽한 나신에서는 농익은 육향이 물씬 풍겼다. 십이성에 이른 구혼음태가 욕정을 극한까지 끌어올렸다.

"크윽!"

두 남녀는 참지 못하고 달려들었다.

수는 걷는다. 두 남녀도 질질 끌려간다. 입술을 빨고, 가슴을 만지고, 비소(秘所)를 더듬으며 걷는다.

"갈!"

다시 한 번 적멸주가 천둥처럼 터졌다.

두 남녀는 깜짝 놀라 아궁이 속으로 들어가려고 했다. 하나 수에 대한 미련 또한 놓지 못했다. 아궁이 속과 수에 대한 갈망 사이에서 갈등했고, 수를 선택하고 말았다.

'저곳…… 이라니!'

마야는 아궁이 속을 들여다보며 피식 웃었다.

정말 기발한 발상이지 않은가. 아궁이 속에 비밀 통로를 만들어놓았으니 어떻게 발견하랴.

불 꺼진 아궁이가 아니다. 아직도 장작이 활활 타고 있는 불붙은 아궁이다. 아마도 일 년 열두 달 동안 한시도 꺼진 적이 없으리라. 쉬지 않고 타고 또 탈 것이다.

두 남녀 중에 한 명은 사주경계를 하고, 다른 한 명은 불길을 죽이지 않는 데 온 정신을 집중할 것이다.

유사시, 아궁이를 맡은 사람은 불길 속에 손을 집어넣어 쇠고리를 당긴다.

엄청난 극통이 치밀 것이다.

이들은 극통과 공포를 이겨내도록 훈련받았다. 그런 즉, 신호를 전달한 즉시 목숨마저 끊었을 가능성이 높다.

두 남녀는 알몸이 되었다. 수와 한 덩이가 되어 뒹굴었다. 수의 육신을 누가 더 많이 차지하는지 내기라도 하는 듯 치열하게 사랑했다.

'미안하지만……'

마야는 손을 들어 올렸다.

두 남녀의 머릿속은 마구 뒤엉켰다. 수를 떼어내도, 마령음을 토해내 제정신을 일깨워도 정상적인 인간으로 돌아오지는 못한다. 그래서 다담선자가 그토록 이것만은 안 된다고 했던 게다.

구혼음태는 정혈이 고갈되어 죽을 때까지 욕정을 이끌어내는 마물이다.

차라리 살수를 쓰는 게 저들에게는 편한 죽음이리라.

그때, 마야조차도 깜짝 놀란 일이 벌어졌다.

쒜에엑!

어느 틈에 날아왔는가, 어느 틈에 손을 썼는가!

알몸이 되어 구혼음태를 발산하고 있는 수 앞에 한 사내가 섰다.

그는 손에 짧은 단도를 들었다. 두 남녀의 백회혈을 찔러 즉사시켰다. 그리고 영원을 기약하는 눈으로 수를 쳐다본다.

"수……!"

"콘……!"

사내는 수를 불렀고, 수는 콘을 불렀다.

그들의 욕정은 아궁이 속의 불길이 무색할 만큼 뜨겁게 달궈지고 있었다.

2

마야는 아궁이에서 불을 빼내는 대신 장작을 더 집어넣었다.

불길은 더욱 거세게 타올랐다. 기관장치가 눈에 보인다고 해도 손을 집어넣는 건 어림없었다.

"참으로 지독한 놈들일세."

사천제일룡이 혀를 찼다.

출입구는 애당초 없었다. 죽은 두 남녀는 지하로 내려갈 방법을 알지 못했다. 그들이 아는 거라고는 불구덩이 속에 손을 집어넣어 쇠고리를 당기는 것뿐이었다.

쇠고리는 두 가지 역할을 한다.

누군가가 잡아당기면 연결된 줄을 통해 경종이 울린다.

또 하나의 역할은 온도에 있다. 빨갛게 달궈진 쇠가 식을 경우, 변고가 발생한 것으로 간주하여 경종을 울린다.

지상과 지하가 완벽하게 분리되었다.

지상에 있는 사람은 지하로 내려가지 못하며, 지하에 있는 사람도 올라오지 못한다. 쇠고리에 연결된 경종만이 그들을 연결해 준다.

같은 문도끼리, 같은 곳에서 폐쇄된 생활을 하는 사람끼리 서로 얼굴도 모른다는 게 지독하지 않은가. 어쩌면 이토록 철저히 희생만을 강요할 수 있으며, 또 고독하고 지독한 임무를 순순히 받아들인 사람들은 무엇이란 말인가.

"장작을 다 집어넣고 오긴 했지만 오래가진 않을 거예요. 빨리 방책을 강구해야겠어요."

다담선자가 부엌으로 들어서며 말했다.

열 집 중 어느 한 집도 빠져서는 안 된다. 모든 아궁이에 불길이 활활 타올라야 한다. 쉽게 오가지도 못한다. 땅에 매설된 동아줄을 피해 다녀야 한다. 실수로 건드리기라도 하는 날에는 만사휴의(萬事休矣)다.

"휴우! 아직도네요."

방 안에서 들리는 신음 소리가 신경에 거슬리는지 지나가는 말로 한마디 했다.

콘과 수는 반 시진이 넘도록 정사에 열중해 있다. 누가 있다는 것을 의식하지도 못하겠지만, 설혹 바로 옆에 사람이 있어도 정사를 멈추지 않을 사람들이다.

"이럴 때 언장은마가 있었으면……."

이번에도 지나가는 소리였다. 언장은마가 있었으면 대번에 땅굴을 파주었을 텐데.

"모르는 소리요. 이토록 치밀한 놈들이라면 땅굴도 예상했을 터. 흠……! 틀림없이 지하 밀실 주변에 어떤 장치가 되어 있을 거요."

사천제일룡이 말했다.

개방도에게 필요한 건 공격 수단이 아니다. 경고 장치다. 침입자가 있다는 사실만 알면 된다.

알면…… 알게 된 후에는 어찌하겠다는 것인가? 도주? 아니다. 기껏 도주나 하려고 이토록 치밀한 장치를 마련했을 리 없다.

분서(焚書)다.

낙서고 안에 있는 모든 것을 한 줌 재로 만들어 버리려는 거다. 모든 것을 태워 버릴망정 침입자에게는 단 한 줄도 읽게 하지 않겠다는 발상이다.

"독룡, 주변을 샅샅이 뒤져서 환기구를 찾아줘. 숨은 쉬어야 할 테니까."

마야의 생각은 맞았다.

사천제일룡은 마을 한복판에 있는 초옥에서 환기구인 듯싶은 구멍을 찾아냈다.

우물 중간 부분에 손가락 굵기의 구멍 이십여 개.

구멍은 한곳에 밀집되어 있는 게 아니라 우물을 빙 둘러가며 뚫려 있었다.

"흠!"

사천제일룡이 구멍에서 풍기는 냄새를 맡았다.

낙서고는 종이류를 보관하는 곳이다. 습기가 침범해서는 안 된다. 그런 이유로 우물에 환기구를 만든다는 건 몰지각한 행동이다.

개방이 모를까?

"제습망(除濕網)이 일곱 겹 정도 깔려 있는 것 같네. 습향(濕香)이 진했다가 옅어져."

사천제일룡이 두레박에 대롱대롱 매달려 의미심장한 미소를 베어 물었다.

"할까?"

다짜고짜 한 말이다. 한데 마야는 생각할 것도 없다는 듯 즉시 승낙했다.

"죽이지는 말고."

"쯧! 이러나저러나 원수 되는 건 마찬가지인데 뭘 그렇게 사정을 봐줘. 살려주면 고맙다고 인사라도 한데? 이미 죽은 연놈은 어떻게 할 건데?"

사천제일룡은 투덜대면서 검은 단환을 꺼내 들었다.

단지 품에서 꺼냈을 뿐인데, 우물 가득히 향긋한 냄새가 진동한다.

그는 단환을 조금씩 잘라 구멍에 발랐다. 그리고 우물물을 길어 발라져 있는 단환에 묻혔다.

치이익……!

검은 단환이 기이한 음향을 내뿜으며 흰색 연기를 쏟아냈다.

"빨리 뚜껑을 닫아. 저거 아주 지독한 미혼향(迷魂香)이거든."

사천제일룡이 급히 말했다.

그는 이미 우물 밖으로 나온 후였다.

무식하고도 단순한 방법이 동원되었다.

환기구를 파 들어갔다.

도착하기까지 얼마나 걸릴지 모르지만 현재로서는 안으로 들어갈 수 있는 유일한 길이다.

"이거 꼭 말벌 잡을 때와 같지 않나? 몰라? 그럼 말벌이 얼마나 사람 몸에 좋은지도 모르겠군."

사천제일룡이 바삐 손을 놀리며 말했다.

"말벌도…… 먹어요?"

사천제일룡이 파낸 흙은 다담선자에게 전해졌고, 마야가 우물 밖으로 퍼냈다.

"말벌로 담근 술을 노봉방주(露蜂房酒)라고 하는데 정력제로 그만한 것도 없지. 술 한 잔 걸치면 하물(下物)이 불끈거려서 꼭 수를 본 것처럼 미친다니까. 꼭 술을 담그지 않아도 괜찮아. 기름에 볶아 먹기도 하고 탕을 끓여 먹기도 하고…… 아주 맛있다고."

"아무리 맛있어도 별로 내키지 않네요."

"끄응! 한데 그런 맛을 보려면 위험을 감수해야 돼. 말벌은 꼭 보초를 세우거든. 하니 먼저 불로 보초를 태워 죽이고, 연기를 불어넣어 안에 있는 놈들이 못 빠져나오게 하고…… 그리곤 벌집을 뎅겅 따서 급히 보호망에 집어넣어야 돼. 이 중 하나라도 실수하면 집중 공격을 당하게 되지. 꼭 지금과 같지 않나? 밖에 있던 보초들을 잠재워 놓고, 안에 미혼향을 풀어 빠져나오지 못하게 하고…… 지금은 벌집을 따러 들어가는 거지. 가만…… 지금 시간이 한 시진쯤 흘렀지? 슬슬 미혼향이 풀릴 시간이야. 자, 비켜요, 비켜! 한탕 더 터뜨릴 테니까."

다담선자는 검은 단환을 보면서 우물 밖으로 빠져나왔다.

굴을 파는 데는 꼬박 하루가 걸렸다.

사천제일룡은 한 시진마다 한 번씩 미혼향을 살포했다.

언장은마 같았으면 불과 한 시진이면 족할 것을 세 사람이 쉬지 않고 파 들어가도 하루가 지나서야 서적들이 그득한 곳으로 들어설 수 있었다.

"이, 이게……!"

"어…… 쩜!"

사천제일룡과 다담선자는 벌어진 입을 다물지 못했다.

낙서고라 일컬어지는 곳은 책의 바다였다. 지하에 건축된 곳임에도 백여 장은 훌쩍 넘어 보였고, 높이도 상당해서 웬만한 서가는 사다리를 놓고 올라서게끔 되어 있었다.

개방도는 곳곳에 널브러져 있었다.

그들은 복색부터가 달랐다. 머리끝부터 발끝까지 흰 무명으로 둘렀으며, 손에도 수피(獸皮)를 낀 상태였다.

이들에게서 개방도의 모습을 찾기란 정녕 불가능했다.

다담선자와 사천제일룡은 개방도는 거들떠보지도 않았다. 두 사람의 공통점이라면 책을 좋아한다는 것이고, 이곳에는 무진장에 가까운 책이 있다.

그들의 시선은 당연히 책에 꽂혔다.

"이게 모두 몇 권이에요? 만 권? 이만 권?"

"이 정도면 십만 권도 넘겠는데……."

두 사람은 움직일 생각도 하지 못했다.

서적이 이렇게 많다면 체계있게 찾아가지 않으면 안 된다. 우선 목록부터 찾아야 한다. 개방도도 목록은 작성해 놨을 것이 아닌가.

마야는 두 사람이 연신 감탄을 토해내고 있을 때에서야 들어섰다. 육체의 향연에 여념 없는 콘과 수를 떼어놓기가 여간 어렵지 않았다. 그렇지 않았다면 같이 들어왔을 텐데.

"다담, 개방도를 묶어. 독룡, 다른 기관장치가 없는지 살펴 줘."

마야는 서둘렀다.

"여기서 뭘 찾아요?"

"뭐든지. 마(魔), 사(邪), 북검(北劍), 남도(南刀), 무신(武神), 잔접(殘蝶)…… 우리가 알고 있는 글자가 들어간 건 모두 다."

"그, 그걸…… 그건 너무 많아요."

"모두 다. 가져올 필요는 없어. 책을 찾았으면 바닥에 떨어뜨려 놔. 이곳은 연대별로 정리되어 있으니까 정리하기가 쉬울 거야."

어림도 없는 소리다.

다담선자와 사천제일룡은 낙서고가 어떤 곳인지 비로소 깨달았다.

낙서고는 정보 창고다. 개방이 모아놓은 모든 정보가 이곳에 있다. 개방이 탄생한 천 년 전부터 지금까지의 모든 기록이 세세하게 기록되어 있다.

목록? 목록 같은 건 없다.

서가는 열 칸으로 이뤄져 있고, 각 칸에는 백 권이 꽂혀 있다. 앞뒤로 따지면 이백 권이니, 서가 하나에 이천 권이 존재한다.

그런 서가가 육백 개이니 물경 백이십만 권이라는 어마어마한 양의 서적이 있다.

정보로 따지면 이야기가 또 달라진다.

각 서적마다 수많은 이야기가 실려 있다. 어떤 이야기는 길고, 어떤 이야기는 짧아서 책에 들어 있는 정보의 양은 추정조차 할 수 없다.

책 목록이 있어도 목록만 읽는 데 몇 년이 소요될 판이다.

하물며 목록조차 없단다.

"개방도 처음에는 목록을 만들었어. 연도별로, 사건별로…… 하지만 그건 침입자를 이롭게 하는 행동이라는 걸 알았고, 지금으로부터 약 칠백여 년 전에 지금과 같은 체제로 수정했어."

"어, 어떤 체제요?"

"여기 서적을 관리하기에 사람이 너무 많다고 생각하지 않아?"

그러고 보니 그렇다. 대수롭지 않게 지나쳤는데, 지금 생각해 보니 방대한 서고일망정 사람이 너무 많다. 대략 백여 명은 되지 않는가. 서고에 무슨 사람이 이리 많이 필요한가?

"이들이 바로 살아 있는 목록이야. 한 사람이 서가 여섯 개씩, 만 이천 권에 대한 정보를 머릿속에 담고 있어. 정확히 말하면 정보 목록이지."

"맙소사!"

놀랄 일은 다 겪었다 싶었는데 아직도 놀랄 게 더 남아 있었다.

"이들은 개방이 원하면 촌각도 지체치 않고 즉시 정보를 물어줄 수 있어. 하지만 다른 사람이 원하면……."

개방의 이런 정보관리 방식은 지독하다 못해 엽기적이다.

"고문하면 안 될까? 수는 어때? 수가 옷만 벗으면 이놈들 입

이목장(耳目長) 181

에 거품 물고 달려들 텐데. 웬만한 고문쯤은 나도 할 줄 알고."

수의 이용을 반대했던 사천제일룡이 이번에는 먼저 나서서 고문을 제안했다.

개방도의 도움을 받지 않고 서고를 뒤져 원하는 정보를 얻겠다는 건 미친 짓처럼 보였다.

서가는 연도별로 정리되어 있지 않다. 서가를 관리하는 개방도만 찾을 수 있게끔 무작위로 꽂혀 있다. 천 년 전 사건과 현재의 사건이 나란히 놓여 있는 경우도 볼 수 있다.

결국 서가 육백 개를 모두 둘러보아야 하며, 백이십만 권에 이르는 서적을 한 번은 들춰보아야 한다.

이것보다 미친 짓이 있으면 무엇일지 궁금해진다.

"이들이 여기 배치될 때는 그만한 이유가 있는 거야. 제일 먼저 받은 수련이 고문을 이겨내는 방법이겠지. 세상에 존재한다는 모든 고문을 한 번씩은 받아봤을 거야. 무슨 말인지 아나? 이들은 고문을 이겨낼 줄 알아. 고문 전문가라고 해도 좋을 거야. 수를 이용하든, 무엇을 이용하든 머릿속에 있는 걸 빼내가도록 방치할 인간들이 아냐."

"그럼 어쩌자는 거야?"

"아까 말했잖아. 뒤져야지. 자, 시작하자고."

마야는 정말 백이십만 권을 모두 뒤져 볼 요량인지 사다리를 타고 올라가 제일 위 칸부터 들쑤시기 시작했다.

낙서고는 무턱대고 뒤질 수 있는 곳이 아니다. 평생 동안 낙서고에 머물 생각이 아니라면 뒤지는 요령을 찾아야 한다.

마야가 찾고자 하는 게 그거였다.

처음 알아낼 것은 누가 어떤 서가를 맡고 있느냐이다. 개인별로 서가를 정리하는 취향이 다르다. 그러므로 육백여 개의 서가는 여섯 묶음씩으로 분류되어 있다고 봐야 한다.

두 번째로는 두말할 것도 없이 취향을 찾아야 한다.

세상에 무작위라는 건 절대 없다. 관리를 하기 위해서는 어떤 방식으로든 규칙을 세워야 한다.

서가 여섯 개가 어떤 규칙으로 짜였는지를 알아내는 게 정보를 얻어내는 관건이다.

마야는 나흘을 머물렀다. 그리고 원하는 것을 찾아냈다.

낙서고 바닥은 책으로 질펀했다. 책을 밟지 않고는 한 걸음도 옮길 수 없었다.

지난 나흘의 결과다.

남무림과 북무림이 견원지간(犬猿之間)이 된 사십여 년의 역사가 담겨 있는 서적들이다.

북검문과 남도문이 그때 탄생했다.

무신도 그때부터 이름을 떨치기 시작했고, 잔접이란 단체가 출현한 시기도 엇비슷하다.

마야, 다담선자, 그리고 사천제일룡이 알고 있는 모든 명칭들이 지난 사십여 년 동안 이뤄진 것이다.

이것을 찾기 위해 백이십만 권을 다 뒤질 필요는 없었다.

처음 몇 권만 뒤져 보면 규칙이 나오고, 규칙에 따라 책을 솎아내면 거의 틀림없이 맞아떨어졌다.

하지만 바닥에 떨어져 있는 책만 해도 거의 만여 권은 되지 않을까 싶다.

백 년 이전의 정보는 취사선택(取捨選擇)하여 옥석이 가려져 있지만 백 년 이내의 정보는 사실 위주, 수집 위주로 나열되어 있기 때문에 양이 많다.

"이제 어떻게 해요?"

"쉬어."

"네?"

"지금부터는 내가 할 일이야."

마야는 무엇을 찾는지 알려주지 않았다. 알려주고 싶어도 알려줄 수 없었다. 사실 그도 자신이 무엇을 찾는지 알지 못했다. 수만 권을 뒤져서 실낱같은 흔적이라도 발견하면 다행이라는 심정으로 낙서고를 방문했다. 그나마 깨알 한 알이라도 건질 수 있는 곳은 세상천지에 이곳이 유일하므로.

"제길! 이거 언제까지 이 짓거릴 해야 하는 거야! 내가 종이야 뭐야. 나도 미쳤지. 내가 이런 짓을 왜 하고 있는 거지?"

사천제일룡은 연신 투덜대며 독을 썼다.

그는 하루에 대여섯 번씩 지하와 지상을 오갔다.

처음에는 단순히 개방도를 혼절시키기만 하면 되는 거였지만, 시간이 흘러 열흘, 보름을 지나면서는 영양 상태까지 세밀히 보살펴야만 했다.

"차라리 죽여 버리자. 죽여 버리면 깨끗할 걸 이게 뭔 짓이야. 사람을 안 죽여본 것도 아니고 수십, 수백 명을 떼로 죽인 게 엊그제인데 이게 도대체 뭔 지랄이냐고."

그의 푸념은 선택권이 전혀 없는 다담선자에게만 쏟아졌다.

마야에게는 입도 벙긋하지 못했다.

그도 집중이란 것을 안다. 몰입이 무엇인지도 안다.

지금 마야는 바늘 떨어지는 소리도 삼가해야 할 만큼 극도의 집중 상태에 있다.

이걸 깨면 안 된다.

마야의 집중이 불러올 행동은 무림에 지대한 영향을 미친다.

수백, 수천 명이 죽을지도 모른다. 아니면 마야라는 인물이 있었던가 싶게 조용히 사라질 수도 있다.

하니 유일하게 인간다운 반응을 보이는 다담선자에게만 폭언을 쏟을 수밖에.

마야는 낙서고에서 이십 일을 머물렀다.

걸었다. 무작정 걸었다.

지금쯤 개방은 발칵 뒤집혔으리라.

십충반악진이 깨지고, 낙서고가 노출되었다.

침입자는 개방의 정보를 샅샅이 살핀 후 유유히 사라졌다.

개방에도 추적 전문가가 있다. 그들은 북검문이나 남도문처럼 기관이 아니다. 개방 내에서 '추적을 잘하는 사람'으로 이름이 나기 시작하면 추적자로 선정된다.

그들은 낙서고에 뿌려진 독기(毒氣)를 찾아낼 것이다. 십충반악진에 살포된 독도 찾아낼 것이고…… 두 독의 공통점을 분석하면 사천당문이 거론될 건 자명하다.

화살이 사천제일룡을 겨냥하기까지는 오랜 시간을 필요로 하지 않는다. 길게 잡아 사흘 혹은 나흘이면 개방의 선택이 내려질 것이다. 없던 일로 하고 덮어둘 것인지, 아니면 개방의 명예를 걸고 추적할 것인지.

어느 쪽도 두렵진 않다.

개방이 대방파이고 알려진 절기보다 숨겨진 절기가 많다지만 혈마지신을 이겨내지는 못한다. 천검대가 그랬듯이 한 줌 고름으로 녹아 사라지리라.

신경 쓰이는 건 마야의 표정이다.

무겁다. 그늘이 깔려 있다는 표현은 옳지 않다. 말을 붙일 수 없을 정도로 짙은 우울감이 배어 있다.

낙서고에서 무엇을 발견한 것일까? 무엇을 찾아냈나.

반나절을 꼬박 걸었다.

한마디 말도 나누지 않고 걷기만 했다.

태양이 중천에 떠 있을 때 낙서고를 나와 달이 하늘 한가운데를 점할 때까지 걷고 또 걸었다.

마야가 문득 걸음을 멈췄다.

다담선자도, 사천제일룡도, 콘과 수도 걸음을 멈췄다.

"독룡, 넌 빠져."

뒤도 안 돌아보고, 사천제일룡의 얼굴도 쳐다보지 않고, 앞뒤 설명도 없이 불쑥 한 말이다.

"뭐? 지금 뭐라는 거야?"

"우리 약조는 끝난 것으로 하지. 다음에 만나면 한바탕 승부를 겨뤄보자고. 약속대로 음공은 쓰지 않을 것이야."

사천제일룡은 잰걸음으로 앞으로 나가 마야의 얼굴을 뚫어지게 응시했다. 진의를 파악하려는 의도에서다.

"농담이 아니군."

"돌아서. 혈마지신의 봉인을 풀어줄 테니."

"다시 독마가 되라는 소리군. 이건 뭐야? 독마가 돌아다녀도 상관하지 않겠다는 건 세상에 미련이 없다는 뜻으로 들리는데. 무림을 떠날 생각인가?"

"……."

마야는 아무 소리도 하지 않았다.

사천제일룡은 마야에게서 어떤 소리도 듣지 못할 것임을 깨달았다.

"따라가지."

"……?"

"네가 어떤 선택을 하든 따라간다. 내 목적은 널 꺾는 건데, 네가 눈앞에 없으면 곤란해. 어디 가서 찾으라고. 나중에 승부를 겨뤄보자고? 그런 건 없어. 숨으면 그만이니까."

"……."

"어차피 너 아니면 세상에 미련이 없다. 당문에서도 축출당했고, 무림에서는 공적으로 낙인찍힌 지 오래야. 이래저래 죽음을 몰고 다닐 팔자, 무조건 너와 함께 한다."

"북검문을 칠 거야."

마야는 아무렇지도 않게 말했다.

"그다음은 장강을 건너 남도문을 칠 거고. 맨 마지막으로 유계를 쳐야겠어."

"세상에!"

옆에서 듣고 있던 다담선자가 깜짝 놀라 소리쳤다.

마야의 말은 세상과 한 판 싸우자는 도전이었다.

第百三十六章

심불사(心不死)

—단념하지 않다

흩어진 호채마에 대한 소문은 들리지 않았다. 그들은 여전히 증발한 채 발견되지 않았다.

호채마는 어디로 간 것일까?

무림을 떠났다는 소문이 우세한 가운데 무신이 격살했다는 소문과 결국 유계에 꼬리가 잡혀 전원 몰살당했다는 소문이 조심스럽게 흘러나왔다.

"동생이 왔으면 좋을 텐데, 남만에는 왜 보낸 거예요?"

다담선자가 안쓰러운 표정으로 사방을 둘러보며 말했다.

찢기고 할퀴어진 상처들…… 수풀이 무성한 마당과 무너진 전각들은 자하부의 멸문이 얼마나 아팠는지 여실히 말해주었다.

경산(京山) 자하부(紫霞府).

초저녁, 마야는 금연화가 태어나고 자란 곳에 태연히 들어섰다.

"놈이 수없이 들락거린 곳이야."

혈귀대주를 말한다.

마야의 가슴속에는 아직도 혈귀대주가 살아 숨 쉬었다.

"불쌍한 놈…… 아니지. 천하에 다시없는 미련퉁이야. 굳이 죽음을 택하지 않아도 됐는데……."

마야의 음성에는 아쉬움이 듬뿍 묻어났다.

무엇인가? 분명히 낙서고에서 무엇인가를 캐냈는데 말해주지 않으니 궁금증만 늘어난다. 하나 물을 수 없다. 그것만이라도 마야를 편하게 해주고 싶다. 말해주고 싶을 때, 말해주겠지.

이번에 한 말로 미루어 짐작컨대 혈귀대주를 적으로 돌리지는 않았다는 것이다. 다시 말하면 잔접 또한 적이 아니라는 뜻이다. 최소한 낙서고의 정보로 판단한 결과는 그렇다.

"오늘 밤 여기서 잘 거야?"

사천제일룡이 물어왔다.

천하를 뒤집겠다는 마야의 말이 그를 자극시켰다. 죽어가던 호승심이 되살아난 듯 활력이 넘쳐흘렀다. 북검문을 치겠다는 말을 들어서인지 북검문에 가까이 다가갈수록 눈에 광채가 어린다.

"낙화향이 지척이에요."

다담선자가 넌지시 말했다.

절혼마녀의 출산일이 임박했다. 그녀는 낙화향에 머물러 있고, 엎드리면 코 닿을 거리다.

"아니. 오늘은 여기서. 놈을 느낄 수 있는 유일한 곳이니까."

마야는 금연화의 거처로 발길을 옮겼다.

자하부 내에서도 혈귀대주가 가장 많이 갔을 곳이다.

금연화가 무공을 수련했음직한 곳에 이르렀다. 잘 가꾸었을 때는 꽤 아름다웠을 아담한 정원이 있다.

"놈은 단문협에서 죽었어. 절벽에 끼여. 상조문, 독조림, 철사문. 철벽처럼 보이는 놈들과 마주 서서 불나방이 불에 뛰어들 듯 목숨을 던졌어. 다담, 난 말이야. 놈이 자신의 죽음까지 만든 것 같다는 생각이 들어. 생전에 놈이 느꼈을 절망감은 단문협보다 더했으면 더했지 못하지는 않았을 거야."

"산 것보다 죽는 것이 편하다…… 혈귀대주는 그렇게 느꼈나요?"

"혈귀대주가 단문협에서 죽기 전…… 근 한 달을 검만 갈았다더군. 후후후! 다른 사람은 몰라도 나는 알아. 놈이 그랬지. 절벽을 베어 넘기려면 검이 얼마나 날카로워야 할까? 한 달 정도 갈면 될까?"

친구 간에 농담 삼아 한 이야기다. 또 친구가 아니면 알지 못할 소리다.

혈귀대주는 한 달이라는 세월을 허비해 가며 친구에게 자신의 심정을 말해주었다. 한데 정작 친구라는 자신은 그가 죽은 지 오 년이 흐른 후에야, 중원을 남북으로 길게 가로지른 후에야 알게 된 것이다.

처음부터 알았다면 무조건 복수하겠답시고 남무림으로 쳐들어가지는 않았으리라. 무엇이 놈을 그토록 절망하게 만들었는지 원인을 찾았을 게다.

표면에 드러날 리 없다.

암중에 숨어서 은밀히 살피면 된다.

지금보다 훨씬 수월할 수 있었다. 또한 혈귀대주가 원한 것도 그것이었다.

다시 말하면 정면으로 나섰을 경우, 마야 또한 절벽 앞에서 무너질 것이라는 경고다. 마야의 능력을 가장 잘 아는 벗이 나서지 말라고 경고한 것이다.

다담선자도 이런 사정까지는 추측하지 못한다. 오직 혈귀대주를 알고 있는 마야만이 안다.

말을 하면 걱정하리라.

앞으로 나가는 데 아무런 도움이 되지 않는다.

아무것도 숨길 것이 없고, 숨겨서도 안 되는 부부일지라도 때로는 말하지 않는 것이 말하는 것보다 나을 경우가 있다. 지금이 그렇다. 여인의 몸으로 감당해야 할 짐도 많은데 알아봤자 아무 도움이 되지 않는 짐까지 얹힐 수는 없다.

알아야 한다. 놈이 절망했고, 마야까지도 어림 반 푼어치도 안 되니 숨어서 찾던가, 아니면 아예 나서지 말라고 경고한 게 무엇 때문인지 알아내야 한다.

놈은 북검문에 있었다.

놈이 주력한 일은 남무림을 치는 것뿐이다.

놈은 자신의 역할에 충실했다. 남무림으로서는 이를 갈 만큼 맡은 일을 잘해냈다. 오죽하면 아홉 명밖에 안 되는 혈귀대가 천검대나 천랑대와 비견될 정도까지 거론될까.

남무림과 싸우는 과정에서 절망을 알았을 리는 없다.

결국 북검문에 있을 때 절망스런 일을 겪었다고 생각할 수 있다.

낙서고의 정보들 중에 마야가 주목한 것도 그 부분이다. 무신이 혈귀대주를 핍박했을 리는 없고, 누가 절망을 알게 했을까?

얼추 비슷한 답은 나온다.

낙서고는 북검문에 미증유의 힘이 도사린다고 봤다. 정체를 알 수 없으나 대번에 북검문을 멸절시킬 수 있는 거력이라고 했다. 단지 신빙성이 일 할 정도밖에 되지 않기 때문에 가치없는 정보로 분류되어 있었다.

가치없는 게 아니었다. 칠성군까지 모두 빠져나간 지금, 북검문은 완벽히 새로운 사람들로 교체되었다.

낙서고가 말한 미증유의 힘이다.

그 힘이 어느 정도인지 알아볼 생각이다.

혈귀대주를 절망하게 만들 만큼 거대한 힘이면 얼마 싸우지 못할 것이고, 아니라면…… 남은 사람은 무신밖에 없다.

북검문을 치고도 살아 있으면 무신을 친다.

어쩔 수 없다. 무신에게서 해답을 얻어야 하니까.

좌충우돌 미친놈이 바위를 들이박는 격일지라도 혈귀대주가 완벽하게 무너질 만큼의 거력을 찾아내야 한다. 북검문에서 찾지 못하면 남도문으로 가고, 남도문에서도 안 되면 유계로 가고.

천하를 치겠다는 말은 장난으로 한 말이 아니다.

마지막으로 검을 들어도 좋다는 확신이 필요해서 자하부를 찾았다.

지금까지는 공격해 오는 적을 상대하는 것이었기에 누구를 죽여도 거리낌이 없었다. 하나 이제부터는 자신이 공격한다. 마음 한 번 잘못 먹으면 애꿎은 사람이 죽는다.

신중해야 한다. 북검문을 치겠다는 결심이 옳은 것인지, 마지막으로 꼭 한 번만 숙고하련다.

자하부에서 놈의 자취를 더듬으며, 놈이 겪었을 절망과 참담함을 돌이켜 보면 결심이 굳어질 것이다.

내일 날이 밝아 자하부를 나서는 순간부터 세상은 말뿐인 마야가 아니라 진정한 마야의 공포를 맛보게 되리라.

조용히 있고 싶다.

아무도 없는 곳에서 영혼이 되어 찾아올 놈과 단둘이 있고 싶다.

낙화향이 지척인 건 안다. 산달이 다 되어 배가 불룩 솟구쳤을 절혼마녀가 보고 싶지 않은 것도 아니다. 발길질을 툭툭 해 대고 있을 뱃속 아이와도 대화를 나누고 싶다.

하나 지금은 모든 걸 제쳐 두고 놈과 있으련다.

"다담, 혼자 있고 싶은데……."

마야가 돌계단에 앉으며 말했다.

혈귀대주지묘(血鬼隊主之墓).

놈의 무덤이다. 자신이 손수 세운 묘비다.

북검문은 혈귀대의 존재조차 인정하지 않았다. 그들이 죽자 비렁뱅이나 묻히는 야산 공동묘지에 묘비도 없이 파묻었다.

놈은 이렇게 잠들어 있다.

놈은 무인을 검 한 자루 들고 무림천하를 종횡하다가 어느 날 갑자기 객사하는 존재쯤으로 여겼다.

그런 뜻이라면 놈은 무인이 아니다. 놈의 죽음은 치밀히 계 획된 죽음이었으니까. 어느 날 갑자기가 아니라 자신이 준비 한 곳에서 준비된 죽음을 맞은 것이니까.

마야는 가지고 온 술을 콸콸 쏟아 부었다.

'복수가 끝나면 오려 했건만…… 다음에는 정말 편한 마음 으로 오마. 너 혼자 마시지 말고 같이 취하자꾸나.'

날이 밝아온다.

자하부로 돌아갈 필요는 없다.

몰래 빠져나오긴 했지만 한시도 떨어지지 않는 눈길을 피할 수는 없었다.

다담이 따라왔다. 독룡이 콘과 수를 데리고 은밀히 뒤쫓았다.

미련한 사람들…… 그럴 필요 없었는데. 편히 쉬면 되었을 것을. 오랜만에 벗과 술 한잔하고 싶었던 것뿐인데.

'간다.'

'자식! 고작 술 한 병이야? 다음에는 좀 넉넉히 가져와라.'

등 뒤에서 놈의 음성이 들려왔다.

2

낙서고에는 북검문에 대한 자료가 어느 정도 구비되어 있었다. 하나 정보의 양도 적고 내용도 수박 겉 핥기에 불과한 정도다. 그럴 수밖에 없다. 북검문이 체제를 정비한 것은 근래의 일이니 개방으로서는 정보를 수집할 시간이 없었다.

세월이 지나면서 낙서고의 내용은 차곡차곡 쌓여지리라.

새로운 북검문은 어떠한 힘의 구조를 지녔을까? 새롭게 부각한 실력자는 누구일까? 이들이 하늘에서 뚝 떨어졌다면 다른 자가 없으리란 보장이 없다. 숨겨진 자는 또 없는가?

북검문에 대해서 가장 기본적인 사항조차 알지 못하는 한 어떻게 치고 누구를 꺾어야 하는지 윤곽이 그려지지 않는다.

그런 내용을 말해줄 사람이 누굴까?

북검문 무인이다. 새로 북검문에 입성한 무인만큼 내부 사정을 잘 아는 사람도 없다.

어쩌면 각 집단별로 폐쇄적인 구조일지도 모른다. 자신이 속한 집단만 알고 나머지는 모르는…… 그래서 옛 천랑대, 천비대, 천검대의 자리를 차지한 무인들이 각기 필요하다.

한 명이라면 모르지만 각기 다른 곳에서 세 명씩이나 잡아 와야 한다는 건 큰 위험이 따른다.

마야는 실행했다.

마야가 한 명, 다담선자가 한 명, 사천제일룡이 한 명. 셋이 한 명씩만을 노렸다.

북검문에 잠입하는 건 너무 쉽다.

마인들은 비정상적인 통로를 개척해 놨다. 이 세상 어디든 그러한 통로는 있다. 소림사에도, 무당파에도…… 북검문이나 남도문처럼 무인이라면 필히 들러야 할 곳에 비밀 통로가 없을 리 없다.

북검문을 들락거린다는 건 지하에서 지상으로 잠깐 올라갔다가 내려오는 정도에 불과하다.

무인 세 명을 잡아왔다. 그리고 하루가 지나갈 무렵, 마야는 여전히 아무것도 몰랐다.

"지독한 놈들이네."

사천제일룡이 혀를 내두르며 말했다.

'나한테 맡겨. 끝내줄게' 란 말을 하루 만에 거둔 것이다.

한 사람은 암기만으로 어육(魚肉)을 만들었다. 또 한 사람은 독만 사용했는데, 반쯤 넋이 나간 바보가 되고 말았다.

그동안 무인들이 내뱉은 말이라고는 비명이 고작이었다.

대단한 자들이다. 일개 하급 무인들이 이 정도의 강단을 지닐 정도면 규율이 얼마나 엄격한지 짐작이 간다.

"저놈은 양보할게. 기껏 잡아왔는데 아무 소득 없이 모두 부서 버리면 안 되잖아."

사천제일룡이 물러섰다.

새로운 고문, 지독한 고문, 머릿속에 든 것을 말하지 않고는 배기지 못하는 고문…… 수의 구혼음태다.

마야는 고개를 흔들었다.

사천제일룡이 고문을 가할 때, 만공심안으로 무인의 머릿속을 살폈다. 기파의 흐름을 보았다.

무인은 비밀을 지키려고 입을 다문 것이 아니라 아는 것이 없어서 말을 하지 못했다.

북검문은 상호교류를 허용치 않는다. 문도 간에 대화가 없고, 사형제의 정리도 없다. 이들에게는 맡은 일을 충실히 이행할 의무밖에 없다.

수많은 사람들과 함께 북적거리며 살지만 기실 철저히 자신만의 세계에서 고독하게 산다.

북검문주란 사람을 보고 싶다.

어떤 심정이기에 사람을 이토록 철저히 통제할 수 있는 건지 북검문주에게 직접 물어보고 싶다.

"아는 게 없어. 수를 쓰면 미치기만 해. 포박만 해놓는 게 좋겠어."

"아니, 이미 두 명이 저승길을 갔는데 혼자 남을 순 없지."

사천제일룡은 마야가 뭐라고 할 틈도 주지 않고 무인의 이마에 비수를 틀어박았다.

"독룡!"

"괜히 깨끗한 척하지 마. 이놈들 끌고 올 땐 죽여도 좋다는 생각을 했을 것 아냐. 포박? 좋지. 하지만 내 성격엔 맞지 않아. 난 뒤가 깨끗한 게 좋아. 뭘 질질 흘리고 다니는 건 딱 질색이야."

마야는 미간만 찌푸렸다.

사천제일룡은 지금 많이 참고 있다.

사실 그의 생명은 얼마 남지 않았다. 혈마지신의 독기가 뇌에 침습하기 시작하여 이성보다는 감정에 휘둘리는 경향이 높아졌다.

앞으로 점점 심해질 것이다. 조금 더 지나면 머리가 깨지는 두통에 시달릴 게다. 신경을 거스르는 것은 무엇이든 부수고 말리라.

마야도 어찌할 수 없다.

자연의 순리를 벗어나 무리하게 독공을 수련한 결과다. 하늘이 내린 천벌을 무슨 수로 벗어내랴.

"어떻게 하죠?"

다담선자가 물었다.

"공격해야지."

마야는 담담하게 말했다.

사천제일룡이 세 번째 무인을 죽이기 전, 그는 이미 공격할 대상을 마음속에 그려놓고 있었다.

북검문은 완전히 바뀌었다.

옛 사람은 가고 새 사람이 들어섰다.

칠성군 중 살아남은 이공자, 삼공자, 육신녀는 북검문으로 돌아오지 못했다.

북검문은 그들을 받아주지 않았다. 무신의 명으로 정문에서부터 출입이 통제되었다.

그들이 어디로 갔는지는 아무도 모른다.

한 번의 패배가 평생 쌓은 명예와 영광을 송두리째 앗아가 버린 것이다.

아직 남아 있는 사람도 있다.

칠성군 중 마지막 일곱 번째 제자였던 칠신녀가 새로운 강자로 부각되었다. 또 있다. 육능자다. 천기수사와 만박선생이 죽은 이후 육능자의 역할은 절대적이라고 할 수 있을 만큼 입김이 강해졌다.

표면적으로 북검문을 통제하는 사람은 칠신녀다. 칠신녀가 마음껏 활약하도록 필요한 것을 모두 제공해 주며, 안살림을 튼튼히 하는 사람은 육능자다.

마야가 주목한 부분이다.

육능자는 대낮부터 술을 마셨다.

예전 같으면 절대 있을 수 없는 일이다. 술을 좋아하지도 않는다. 예의상 한두 잔 마시는 경우는 있었지만 고주망태가 되도록 퍼부은 적은 없다.

요즘은 계속 술이다. 그것도 마셨다 하면 호법이 업어가야 할 정도로 끝장을 봤다.

"후후! 후후후! 후후후……!"

술을 마시면서 그가 내뱉은 유일한 소리다.

자조(自嘲), 비관(悲觀)…….

"후후후! 후후후……!"

그는 또 한 번 실없이 웃은 후 술병을 들이켰다.

술 한 모금에 안주로 웃음 한 번.

그러던 그가 웃음 대신 말을 하기 시작했다.

한 사람이 왔다. 여인이 왔다. 가장 가녀리고 순박해 보였던 여인에서 세상을 주무르는 요녀로 변신한 여인이 향긋한 방향을 풍기며 다가왔다.

칠신녀다.

북검문에서 유일하게 말을 할 수 있는 상대다. 어찌 말하지 않고 배기랴.

"세상사 뜻대로 되는 게 아니더군. 진인사대천명(盡人事待天命)이라는 말을 이제야 깨달았어. 이 머리, 이 머리면 모든 게 될 줄 알았는데, 아무것도! 아무것도 안 되더라고."

그는 술주정처럼 손가락으로 자신의 머리를 쿡쿡 찌르며 말했다.

"한 달, 한 달 전만 해도 새롭게 출발하면 되겠다 싶었지. 한데 그것도 아냐. 한 달이란 말이야, 참 많은 일이 벌어질 수 있어. 천하가 좁다고 설치던 호채마가 사라질 수도 있고, 나 육능자가 술주정뱅이가 될 수도 있고, 북검문이…… 큭큭! 그건 말하면 안 되겠지? 안 될 거야. 암! 안 되고말고."

"많이 취했군."

칠신녀가 술병을 잡아챘다.

"아니, 아니. 당신에게 한 말이 아냐. 저기 저…… 어라? 방금 전까지 있었는데 어디로 갔지?"

육능자가 눈을 게슴츠레 뜨고 주위를 둘러봤다.

칠신녀는 놀라지 않았다. 육능자처럼 주위를 둘러보지도 않았다.

"육능자. 북검문에 현자가 셋이나 있었는데도 남무림의 만사무불통지만 못하다는 소리를 들었지? 창피할 건 없어. 남무림에는 더한 인간들이 수두룩하니까. 야광. 온갖 병서를 꿰뚫었다는 인간들이 천여 명씩이나 한자리에 모여서 야광이니 뭐니 떠들어대는데, 결국은 뭐야? 만사무불통지의 뒤나 닦아주는 신세잖아. 왜 그런 줄 알아?"

"큭큭큭! 토사구팽인가?"

칠신녀의 물음에 전혀 어울리지 않는 답이다.

"그토록 거창한 것도 아냐. 이 경우엔 언젠가 한 번 써먹고 버릴 미끼 정도야. 육능자라는 미끼며 잔챙이보다는 큰 게 걸려들겠지 했는데 어멋! 고래가 걸려들었네."

"후후후! 후후후!"

"알았어? 그래서 삼뇌는 결국 아무것도 아닌 거야. 무림은 병법으로 싸우는 곳이 아냐. 무공으로 겨루는 곳이지. 쯧! 차라리 군에나 가지. 그럼 장수 한자리는 해먹었을 텐데."

"후후후후……!"

"자, 이제 마지막으로 의연해질 때야. 이대로? 아니면 옷차림이라도 단정히?"

"후후후! 만사무불통지는 십 중 칠을 가졌고, 우린 셋 모두 합쳐도 십 중 삼밖에 안 돼. 처음부터 상대가 되지 않는 싸움이었어. 우리가 만사무불통지의 독주를 인정했다고 생각하나? 천만에! 이 세계에서는 말이야, 가진 자가 이기게 되어 있어. 노름. 그래, 노름이야. 인생이 노름이야. 많은 것을 가진 자가 이기게 되어 있어."

육능자가 말한 건 정의 양과 질이다.

많이 아는 자는 조금만 머리를 써도 효과적인 방책이 수립된다. 반면에 조금밖에 모르는 사람은 나머지 부분을 채워 넣으려고 부단히 고심해야 한다.

그럼 산술적으로 보면 비등이라는 결과가 나와야 한다.

아니다. 계획을 세우고 행동을 요구하는 세계에서는 조그만 차이가 큰 결과를 불러온다. 절대 비등이 되지 않고 항상 패배로 끝난다. 현자 셋이 만사무불통지 한 명을 이기지 못한 이유다.

놀라운 것은 육능자의 말이다. 그는 만사무불통지조차도 십 중 칠밖에 갖지 못했다고 말했다. 정보를 십 중 십 완벽히 틀어쥔 자가 있고, 만사무불통지 또한 그자의 상대가 되지 못한다는 뜻이다.

지상 최고의 지자(智者)도 눈을 가리면 무력해질 수밖에 없다는 점을 역설한다.

칠신녀는 육능자의 등 뒤로 돌아갔다. 그리고 두 손으로 머리를 잡고 한 바퀴 획 돌렸다.

우둑!

육능자는 끈 끊어진 추처럼 툭 늘어졌다.

"구경 다 했으면 나와."

주위에는 아무도 없었다. 하지만 칠신녀는 누군가 있는 것처럼 말했다.

사람은 있었다. 마야가 천천히 걸어나왔다.

"갑자기 사라져서 궁금했는데, 여길 와? 배포 한 번 두둑하단 말이야. 마야…… 지금부터 진지하게 묻겠는데, 두 번만 생각하고 대답해 줘. 그럴 수 있어?"

"훗! 물으러 온 건 난데 먼저 질문부터 받는군. 뭔가?"

"육능자는 많이 알지 못해. 캐물어도 나올 게 없어. 기껏해야 현재 무림이 돌아가는 판세 정도 말해줄 수 있을 뿐이야. 그 정도는 알잖아? 난 좀 더 깊은 말을 해줄 수 있어. 내 말 하나만 들어주면."

"뭐냐?"

"정식으로 혼인한 적 없지? 나 어때?"

다른 사람이 같은 말을 했다면 얼굴 뻔뻔한 년이라고 대뜸 한마디 쏘아붙였을 게다.

칠신녀는 귀여웠다. 참신했다. 세상 물정 모르는 철부지 소녀가 자신감만 가지고 거침없이 대들 때처럼 헛웃음만 흘러나왔다.

혼인이란 인륜지대사, 어떻게 첫 느낌만 가지고 혼인을 거론할 수 있단 말이오.

목구멍까지 기어올라 온 말이다.

어느 남자라도 정색하는 것보다는 적절한 충고나 가벼운 농담 정도가 어울린다고 생각할 게다. 칠신녀의 감정을 상하게 하지 않으면서 말이다.

'구, 구혼음태?'

마야는 상반신을 비틀거렸다.

갑자기 머리가 띵 울리면서 세상이 컴컴해진다.

형태는 완전히 다르지만 구혼음태와 같은 미공(迷功)이다.

다른 사람 같으면 빠져들고 말겠지만 마야의 경우에는 마음을 평안 상태로 유지시켜 주는 만공심안이 있다.

수의 구혼음태에 빠져들지 않고 평상심을 유지할 수 있었던 것도 만공심안 덕분이다.

한데 칠신녀의 미공에는 흔들린다. 만공심안의 평형 상태가 풍랑을 만난 듯 휘청거린다.

"마야 정도면 날 줘도 될 것 같아. 아무리 뛰어난 자라도 못생겼으면 상대 안 해. 마야는 뛰어나기도 하고 잘생기기도 했잖아. 과거는 내가 다 처리해 줄게. 나…… 안아볼래?"

"후후후! 열 여자 줘서 싫다는 남자 없다는데, 먼저 안기겠다니 나야 좋지."

마야도 활짝 웃으며 맞장구쳤다.

그의 웃음은 화려했다.

다담선자에게도, 절혼마녀나 천멸도주에게도 보여주지 않았던 웃음이다.

밝았다. 아름다웠다. 단지 웃고 있을 뿐인데 온갖 번민과 아픔이 씻은 듯이 가셨다.

환희마소다.

소리에는 적멸주가 담겼다.

환희마소와는 상극의 감정인 공포를 불러일으키니 어울리지 않는 조합이다.

마야도 이런 조합은 써본 적이 없다. 물과 불을 한곳에 몰아넣는 사람은 없듯이 평온함과 공포를 일시에 요구하는 것도 무리다.

무심결에 썼다.

한데 효과는 놀라웠다.

칠신녀가 휘청거리며 물러섰다. 얼굴은 하얗게 질려 있고, 몸은 사시나무처럼 떤다.

칠신녀가 본 것은 세상에서 가장 아늑한 미소를 짓는 염라사자다.

염라사자를 본 사람은 없다. 하나 만약 실존하여 눈앞에 현신한다면 떨지 않고 견딜 수 없으리라. 염라사자를 대한다는 건 죽어야 한다는 것이니까. 피하고 싶어도 피하지 못하고, 살고 싶어도 살지 못하고…… 어떤 행동도 무용지물, 질질 끌려가는 길밖에 없으니까.

칠신녀는 마야에게서 자신의 죽음을 봤다.

"훗! 대단해! 과연 마야…… 이거 정말 욕심나는데."

칠신녀가 옷소매로 입을 닦으며 말했다.

"염안(艶眼)을 깬 건 네가 처음이야. 네가 강한 거야, 내가 약한 거야? 아니다, 아냐. 사술의 대가 앞에서 재롱을 부린 거군."

마야의 눈빛이 반짝 빛났다.

'염안…….'

그는 방금 칠신녀가 말한 '염안'을 생각하고 있었다.

수많은 절기를 알고 있다. 중원에 산재한 모든 무학을 알고 있다고 해도 과언이 아니다. 살아 있는 무림비고(武林秘庫)이자, 무적의 비공으로 재창출시키는 무적지도(無敵之道)다.

한데 염안이라는 무공은 들어보지 못했다. 미공(迷功)이나 안공(眼功)의 일종인 것 같은데.

"칫! 할 수 없지. 곱게 죽이려고 했더니."

칠신녀가 검을 뽑았다.

마야는 또다시 눈빛을 빛냈다.

칠신녀는 기수식을 취하지 않았다. 검을 뽑기는 했지만 싸울 뜻이 없는 사람처럼 들고만 섰다.

이런 기수식은 낯익다. 낯익은 정도가 아니라 몸에 배어 있다. 바로 콘이 사용하는 석상무공이지 않은가.

파앗!

검광이 번뜩였다.

마야는 몸을 비틀며 우수(右手)를 쭉 내밀었다. 쭉 펴진 다섯 손가락, 관수(貫手)가 칠신녀의 단전을 노렸다.

파앗! 파아앗!

두 사람의 몸이 거의 붙을 듯 스쳐 지나갔다.

"흠!"

마야는 활짝 열려진 앞섶을 보며 가벼운 탄성을 토해냈다.

콘조차 그를 건드리지 못한다. 세상에 존재하는 어떠한 검공도 옷자락 한 올 스치지 못한다. 그만한 자신이 있다.

칠신녀는 옷섶을 쫘악 그어냈다. 일 푼만 안쪽으로 그었다면 심장이나 폐가 다쳤으리라.

"어머! 역시 정도인들과는 다르네. 어떻게 여자의 아랫배를 함부로 노려? 안고 싶으면 말하라니까. 안겨줄 테니."

'또!'

쒜엑! 파앗!

마야는 황급히 물러섰다.

환희마소를 지을 시간이 없었다. 얼굴 가득히 미소를 베어 물어도 칠신녀가 보지 않으면 그만이다. 그럴 바에는 차라리 적멸주가 낫다. 한데 칠신녀는 적멸주를 펼칠 시간조차 주지 않는다.

검날이 소리보다 더 빠르게 다가왔다.

"우웃!"

마야는 가슴에서부터 옆구리까지 일직선으로 길게 베였다.

북검문주의 천광일섬을 찌르는 검인 줄 알았다. 한데 베기도 한다. 베는 초식이 찌르는 초식만큼이나 빠르다.

'콘, 수!'

마야는 재빨리 정신을 수습했다.

칠신녀는 콘과 수를 합쳐 놓은 것 같다.

수는 구혼음태를 펼쳐야만 미염공을 발산하는 반면 칠신녀는 말 몇 마디, 웃음 한 번으로 마음을 흔들어놓는다. 수보다 훨씬 능률적인 미염공이다.

쾌검이야 말할 필요도 없다. 당대 제일의 검인 북천심검의 검학이지 않은가.

"쯧! 그런 무공으로 사부님과 대적하겠다고? 이 사람아, 난 무신 발가락도 못 따라가. 귀엽다 귀엽다 하면 어느 정도 놀다 그쳐야지. 꼭 야단을 맞고 난 다음에야 그친단 말이야."

쉐엑!

검이 날아온다. 아니다. 벌써 스치고 지나갔다.

"후욱!"

마야는 다시 한 번 신음을 토해냈다.

콘과 처음 부딪쳤을 때처럼 정신없다. 당시 콘의 쾌도는 상상을 초월할 만큼 빨랐다. 머릿속에 들어 있는 모든 무공이 쓰레기가 된 듯 하찮게 여겨졌었다.

칠신녀는 두 가지 무공을 함께 구사한다.

염안이라는 미염공으로 정신을 분산시키고 천하제일검으로 살을 가른다.

'그렇다면…….'

"정말 형편없네. 너 오래 못 버티겠다."

예상대로 안공이 터져 나왔다.

마야도 즉시 반격했다. 칠신녀가 말을 하기 시작했을 때, 그도 입을 벌렸다.

"가아아아아……."

인간의 귀로는 감지하지 못하는 극저음이 새어 나왔다.

진기 운용이 힘들어질 것이다. 단전에서 끌어올린 진기가 아무런 이유 없이 미약해지리라.

쉐에엑……!

검이 날아왔다. 여전히 빠른 검이지만 눈에 보인다.

마야는 처음과 똑같은 수를 전개했다. 상반신을 반쯤 틀어젖히며 우수를 내밀었다.

파앗! 푸욱!

처음처럼 검이 옷섶을 그으며 지나갔다.

다른 점도 있다. 칠신녀가 스쳐 지나지 못하고 푹 꼬꾸라졌다.

그녀는 다시 일어서지 못했다.

이는 분명히 마야의 실수다. 예상보다 빠른 검공에 잠시 흔들렸다. 해서 운집된 진기를 고스란히 쏟아냈고 관수가 살을 뚫고 들어가 단전을 파괴해 버렸다.

즉사다.

다음 기회가 주어진다는 보장만 있었어도 물러섰으리라. 하나 무인들의 싸움에 다음 기회란 없다. 마령음을 눈치 채지 못했으니 당한 것이지 다음에는 이리 쉽게 기회를 잡지 못했으리라.

북검문에 대해 알고 싶었는데, 아무것도 알지 못했다. 북검문에 대해 말해줄 수 있는 유일한 두 사람이 죽고 말았다.

쉬익! 쉬이익······!

가벼운 경풍과 함께 이남이녀가 내려섰다.

다담선자와 사천제일룡, 그리고 콘과 수다.

마야가 칠신녀를 쫓는 동안 그들은 새로운 무인들의 수장을 노렸다.

하나라도 건질 수 있다면······

다담선자가 칠신녀의 시신을 힐끔 보더니 고개를 저었다. 아무것도 얻지 못했다는 뜻이다. 사천제일룡도 고개를 저었다. 괜한 사람만 죽인 셈이다.

마야는 잠시 생각했다.

"마야, 여기서 나가야······."

다담선자가 마야의 경각심을 일깨웠다. 그때,

"수!"

마야가 수를 향해 버럭 고함질렀다.

수가 고개를 쳐들었다. 요염한 미소를 지으며.

"이런!"

놀란 사람은 사천제일룡이다. 그는 수의 구혼음태가 두려운

지 화들짝 놀라 물러섰다.

"콘!"

이번에는 콘에게 고함질렀다.

콘의 입가에 살소가 그려졌다. 그의 검은 더 빨라서 어느새 몸통을 내리찍고 있었다.

"타앗!"

팡! 파팡!

마야는 우렁찬 고함과 함께 일장일권(一掌一拳)을 뻗어냈다.

콘과 수의 몸뚱이가 뒤뚱뒤뚱 물러나더니 둔탁한 소리를 내며 나뒹굴었다.

그들은 곧 벌떡 일어섰다.

"그만!"

마야의 일갈에 두 사람은 즉시 평정을 되찾았다. 백치의 세계, 망각의 세계로.

"역시……."

마야가 혼잣말로 중얼거렸다.

"콘과 수…… 멸신구관의 석상무공, 육신녀 서군봉을 통해 전수된 구혼음태……. 북천신검의 천광일섬에 대응해서 만들어진 무공이야. 우연히 전해진 게 아니라 치밀한 안배 아래 전수된 거야. 나에게."

천지가 깜짝 놀랄 소리였다.

第百三十七章

이오안(二五眼)
─사람의 능력이 모자라다

수검은 하오문주를 만났다.

그가 맡은 밀명은 하오문주의 전폭적인 도움이다.

밀명이 단지 그뿐이라면 밀명 축에도 끼지 못한다. 아주 단순한 전갈에 불과하다.

하오문을 혼란에서 건져 주고, 그와 건곤사괴의 목숨까지 구해주었다. 꼭 그런 빚이 없다고 해도 마야의 일이라면 언제 어디서든 도와줄 사람이 하오문주다.

마야의 밀지에는 정확히 하오문주를 찾아 상일문(上一門)을 얻으라는 말이 포함되어 있었다.

상일문? 상일문이 뭐지? 무림에 그런 문파가 있었나?

상일문에 대한 궁금증이 없었다면 절대 나서지 않았을 게다.

'위 상(上)'으로 미루어보면 하오문의 반대 개념인 것 같은데, 하오문과 대치되는 문파가 있다는 소리는 들어보지 못했다.

마야는 상일문만 얻으면 천하를 굽어본다고 했다.

도대체 상일문이 무엇이기에 마야가 그토록 극찬한단 말인가.

수검은 한달음에 하오문주의 비밀 은거지를 찾아왔고, 그와 대면했다. 그리고 용건을 말했다.

"상일문? 그런 문파도 있었나? 마야가 잘못 안 것 아닌가? 난 처음 듣는데……."

하오문주의 반응은 예상 밖이었다.

흔쾌히 승낙하거나, 아니면 고심하거나…… 한데 아예 부인하고 있지 않은가.

"문주!"

"마야는 잘 있는가? 사라졌다는 소식을 듣고 얼마나 놀랐는지."

"문주!"

"어허! 이 사람, 귀청 떨어지겠네."

"마야에게 이러실 수 있소!"

"뭐가 이러고 저래? 상일문이라는 문파를 들어본 적이 있어야 말이지. 난생처음 듣는 문파를 들먹이며 주라 말라 하면 뭐라고 말하나?"

하오문주는 진심을 말하는 듯 보였다.

믿지 않는다. 마야의 말은 천명(天命)이나 다름없다. 하늘이 거짓을 말할까. 하오문주를 지목했다면 분명히 하오문주에게 답이 있다.

"문주."

"허어! 이 사람, 난 정말 모른다니까."

"내게 마야는 벗이자 주인이오. 이미 알고 있겠지만 그분은 마궁의 궁주이고, 난 궁도요."

"말하려는 게 뭔가?"

하오문주의 얼굴이 딱딱하게 굳어갔다.

"그분이 명했소. 상일문을 얻으라고. 난 얻어야 하오."

"그건 이미 몇 번을 말했지만……."

수검은 손을 들어 하오문주를 제지하며 말했다.

"얻지 못하면 난 궁도로서 자격이 없소. 해서 이 일에 관계된 모두를 죽일 심산이오. 문주, 날 막으시오. 첫 검은 문주를 향할 것이오. 아니, 문주를 보호하는 울타리부터 쳐야겠군. 건곤사괴와 나와의 싸움이 벌어질 거요. 다음은 문주가 되겠고. 문주마저 날 막지 못하면 이후에 하오문은 대살성을 만나게 될 것이오. 내 목숨이 붙어 있는 한, 하오문도는 이 땅에 얼굴을 내놓고 살지 못할 것이오."

"협박인가!"

"협박 같은 건 할 줄 모르는 사람이오. 할 필요도 없었고. 내가 말한 건 진실이오."

"상일문을 알지 못한다는데도……."

"마야의 뜻을 전했소. 알지 못한다면 찾아내시오."

하오문주는 내심을 드러내지 않았다. 서로 처음 만난 사람처럼 아무 감정도 담겨 있지 않은 눈길로 담담히 쳐다보았다.

"수검, 꽤 자신있나 보군."

"검이라면."

"난 자네가 건곤사괴도 뚫지 못할 것으로 보네만."

수검은 팔짱을 끼고 눈을 감아버렸다. 자신은 할 말을 다 했으니 받아들이든 말든 마음대로 하라는 소리였다.

"마야도 참 안타깝군. 겨우 수검 따위로 상일문을 얻겠다는 생각을 했다니."

'겨우?'

수검은 눈을 떴다. 가만히 있고자 하나 눈썹을 꿈틀거린다. 자신에게 '겨우'라는 말을 붙일 수 있는 사람은 몇 되지 않는데, 그중에 하오문주가 있을 줄은 몰랐다.

밀지의 마지막 구절이 떠오른다.

상일문을 얻으면 쥐도 새도 모르게 죽을 가능성이 십중팔구라고. 무신도 상일문만은 얻지 않으려고 한다고.

그 말이 맞았다.

상일문이 도대체 어떤 곳인가? 어떤 곳이기에 무신마저 죽음을 생각할 정도인가.

'겨우'라는 말을 붙여도 상관없다.

"상일문을 알고 있소?"

"검부터 보자."

"······?"

"건곤사괴! 수검의 사흡검법은 일명 무적검이라고도 불린다. 십분 신중히 상대하라!"

당황한 사람은 수검이었다. 하오문주가 진짜 싸울 생각인 줄은 몰랐다.

"문주! 내 검은 살검이오!"

수검의 말은 필요없었다.

이미 건곤사괴가 나타났다. 그들은 정중히, 아주 정중히 하오문주를 향해 포권지례를 취했다.

"문주님, 만수무강하십시오."

"만수무강은······ 이제 죽을 날이 내일 모렌데. 먼저들 가 있게. 내 곧 따라감세."

"내세에 인연이 또 된다면 다시 한 번 문주님을 보필하고 싶습니다. 좋은 분 만나 한 세상 잘살다 갑니다."

"그렇게 말해주니 고마우이. 잘 가시게."

수검의 미간이 잔뜩 찌푸려졌다.

이들의 대화는 이별이다. 죽음의 예고다.

하오문과는 이럴 사이가 아니다. 하오문주와 마야의 관계만 보더라도 결코 칼부림을 할 사이는 아니다. 건곤사괴만 하더라도 서로 웃고 떠들던 때가 엊그제다.

이들을 동료로 생각했지 적으로 생각한 적은 없다.

한데 이들은 싸우고자 한다. 상일문이, 상일문이 무엇이기에.

창! 차앙……!

검이 뽑혔다.

건곤사괴는 동서남북 사방을 점했다.

"이해하시오. 일 대 일의 승부는 무리라고 생각되니 합공을 펼쳐야겠소."

"정말 싸울 생각이오?"

"조심하시오. 마야가 전수해 준 십비지공이 우리 건곤사괴에게도 흘러들었으니."

정말 싸울 생각이다. 그것도 목숨을 걸고 단 일합의 승부를 걸고자 한다.

이런 싸움은 죽이지 않으면 죽는다.

파팟! 쉐에엑! 철컥! 철컥……!

검곤사괴의 검은 굉장히 부드러웠다. 거의 직각으로 꺾이는 검도 물이 흘러내리듯 급함이 없었다.

그들은 합공의 대가였다. 동서가 공격하면 남북이 방어를 해주었고, 북동이 공격하면 남서가 방어를 맡았다. 둘은 공격하고 둘은 방어했다. 하지만 누가 공격하는지, 어느 쪽이 방어를 맡았는지 실제로 검이 터져 나오기 전에는 전혀 알 길이 없었다.

수검은 무려 사십팔 검이나 쏟아냈다.

열두 번의 공방이 지나갔다는 소리다.

수검의 사흡검법은 무척 빨라서 건곤사괴가 일합을 쳐내는 동안 사검(四劍)을 쏟아낼 수 있었다.

분명히 검속으로 따지면 압도적으로 우위에 있지만 합공의
묘리가 지극히 심오하여 평형 상태를 맞춰놓았다.

"쯧!"

혀 차는 소리가 들려왔다.

뒤에서 관전하던 하오문주가 실망스런 표정을 지었다.

쉐엑! 쉐에엑……!

검이 다가온다. 물 흐르듯 부드럽게 쏟아진다. 좌우의 검,
남북의 검은 거침없이 흐른다. 앞뒤, 동서의 검은 사방을 차단
한다. 공격과 방어를 읽었다.

'승부!'

창! 쉐엑! 창! 쉐엑……!

검이 검집에서 빠져나와 검광을 뿌린 후, 다시 검집으로 들
어가길 네 번 반복했다.

"뭐 해!"

수검은 하오문주의 일갈에 얼떨떨해졌다.

건곤사괴를 죽였으니 이제 하오문과의 결전은 피할 수 없게
되었다. 상일문이라는 것도 얻기는 틀린 노릇이고…….

마음이 참담한데 하오문주는 삽을 들라고 재촉한다.

"빌어먹을 놈! 죽일 땐 죽이더라도 묻어는 줘야 할 것 아냐.
그래, 그동안의 정리가 이 정도밖에 안 되는 거야? 썩을 놈 같
으니라고!"

수검은 검 대신 삽을 잡았다. 그리고 묵묵히 땅을 팠다.

"상일문이 열리면 어떤 일을 당하는지 들었지?"

하오문주가 건곤사괴의 시신을 내려다보며 말했다.

"무신도 얻기 싫어한다는 것만 알고 있소."

"그게…… 꼭 그렇게 말할 것만은 아냐. 얻기 싫어한다는 표현에는 여러 가지 의미가 담겨 있는데, 무신의 경우에는 무서워서가 아니라 지저분해서 얻기 싫은 걸 거야."

'지저분?'

"하오문…… 휴우! 하오문에서 얻어 들인 정보는 전부 길거리 정보일세. 정통 정보가 아니라 오고 가며 흘린 소문들을 주워 모으는 정도지. 일장일단이 있어. 이런 소문이 어떤 때는 정통 정보보다도 신빙성이 높아. 떠돌이들 일은 떠돌이들이 가장 잘 알거든."

수검은 무덤을 판 후, 건곤사괴의 시신을 끌어 내렸다.

"가만…… 마지막 가는 길이니 술 한 잔 줌세. 자, 수고들 했네. 잘들 마시고 가게나."

하오문주는 건곤사괴의 시신에 술을 뿌렸다.

"됐어. 덮어줘."

수검은 흙을 덮기 시작했다. 하오문주의 이야기도 이어졌다.

"우린 정통 정보를 갈망했어. 소위 말하는 고급 정보. 고관대작들밖에 모르는 정보. 장로 이상만 알고 있는, 혹은 장문인밖에 모르는…… 그런 정보를 얻기 위해 백여 년을 소비했네."

'상일문!'

"그들은 세상 곳곳에 퍼져 있다네. 후후!"

상일문과 하오문은 하나다. 하오문에서 비밀리에 만들어 떼어놓은 게 상일문이다. 한데 뭔가? 하오문주의 음성에 자조가 담겨 있다. 회의라고 할까?

"처음에는 활발하게 활동했지. 귀중한 정보도 속속 들어오고. 한데 원래 밀작(密雀)이란 게 꼬리가 길면 잡히는 법 아닌가. 문주의 부인이 된 여자도 있고, 대문파에 기명제자가 되기도 했는데…… 하나둘 신분이 드러나 처형당하기 시작했지. 그건 그래도 괜찮아. 좋은 신분을 얻은 자들 가운데 변절자가 나오기 시작한 거야. 그들은 하오문 출신이란 게 밝혀지기를 꺼려했어. 자네 같으면 어찌했겠나?"

아는 사람은 모두 죽인다. 자신이 죽이기 곤란하면 다른 사람을 시킨다. 차도살인(借刀殺人), 무림문파에 터전을 다졌다면 얼마든지 가능한 방법이다.

"지금은 완전히 잊혔어. 하오문에서 상일문을 아는 사람도 없고, 그들도 하오문은 새까맣게 잊었고. 일대(一代)는 다 죽었고, 이대나 삼대가 조금 살아 있는데…… 그자들 나이가 예순은 훌쩍 넘었을 게야."

수검은 혼란스러웠다.

상일문의 실체가 그것뿐인가? 그럼 아무 가치가 없는 것 아닌가.

"마야는 그들을 협박해서 정보를 캐내라는 것인데, 가능하겠나?"

"제가 알 만한 사람 한 명만 말해주시면……."

상일문의 가치를 판단할 수 없다. 마야가 왜 이런 일을 시켰는지 도무지 모르겠다. 이미 뿌리가 끊긴 조직인데 다시 캐내서 무얼 하자는 건가.

"예를 들어주기엔 소림사가 낫겠지?"

"소림사에도?"

"천불전주(千佛殿主) 지광 대사(知光大師), 이제는 말할 수 있겠나? 자네 같으면 어찌할 건지?"

"지, 지광…… 대사!"

수검은 깜짝 놀랐다.

지광 대사가 하오문 출신이란 말인가? 소림사에 위장 입문하여 하오문에 정보를 빼돌려? 그러다 신분이 상승하고, 소림 무공에 익숙해지면서 하오문이 거치적거렸겠지. 하오문에서 얻는 것보다 소림사에서 얻는 게 훨씬 컸을 테니까.

지금에 와서 옛날 일을 들춘다면 어찌할까? 하오문에 협조하는 것보다 얼토당토않은 누명을 씌워 제거하는 편이 낫지 않을까?

아주 큰 도박이다.

아니다. 도박이란 어느 정도 딸 가능성이 있어야 한다. 이건 아예 판돈을 걸지도 못할 패다.

"이미 정도무림에 동화된 사람들이 다시 하오문으로 돌아오겠나? 어림없는 소리. 그래서 상일문을 알지 못한다고 한 걸세. 마야도 그 정도는 알 테지. 쯧! 그럼에도 상일문을 얻으라는 건 타초경사(打草驚蛇)……. 이 경우엔 풀숲을 건드려서 숨어 있는 뱀을 찾자는 건데, 뱀이 너무 크면 너도 죽고 하오문도 쫄딱 망해."

건곤사괴를 죽음으로 몰아넣을 이유가 없었다. 한데 이제는 알겠다. 이번 일은 하오문주 단독으로 벌일 수 있는 게 아니다. 하오문 전체를 걸고 행하는 행동이다.

수검에게 하오문의 존망을 맡겨도 좋은지 시험한 게다.

수검의 무공이야 익히 알고 있는 바이지만 직접 눈으로 확인하고픈 게다.

건곤사괴는 중요하다. 하오문주에게 그들은 형제나 다름없다. 그렇기에 그들 목숨으로 하오문 전체의 운명을 결정지은 것이다.

자칫하면 정도, 마도, 정계, 상계…… 모든 부분에서 공격당한다.

견딜 수 없을 게다. 견디기 힘들 게다.

"마야가 얻으라고 했소."

수검은 다시 삽을 들어 흙을 퍼 넣었다.

하오문도가 발 빠르게 움직였다.

전서구를 쓰기도 하고, 준마를 이용하기도 하면서 중원 각지에 소식을 내려보냈다.

이번 일은 극비 중에 극비다.

시중에만 나가면 얼굴을 부딪치는 게 하오문도지만 그들 중 거의 전부라고 할 수 있는 사람들이 이번 일에 대해서 알지 못했다.

"도비(盜匪)는 발을 자르고, 배수(扒手)는 손목을 자른다. 개인당 다섯 놈씩 잡아와!"

제일 먼저 관청이 움직였다.

관원들은 눈에 불을 켜고 골목골목을 이 잡듯 뒤지고 다녔다.

도곤(賭棍)도 덩달아 곤란해졌다.

노름과 소매치기는 일맥상통하는 면이 있다. 서로 완벽히 다른 세계이지만 양쪽 세계에 발을 들여놓고 있는 사람이 많았다. 손 빠르고 눈치 빠른 사람이 아니면 도곤이나 배수를 어떻게 하겠는가.

창기(娼妓)와 편자(騙子)도 감시 대상이 되었다.

창기들 중에는 도곤이나 배수, 도비를 기둥서방으로 둔 여인이 많다. 하오문끼리 의지하며 지내는 경우가 가장 속 편하기 때문이다.

관청이 손발을 묶어놓은 사이, 소리없는 암살이 진행되었다.

하오문도 중 향주 이상 되는 사람들이 감쪽같이 실종되었다가 시신으로 발견되곤 했다.

무림은 복잡했다.

세상은 어수선했다.

"향주 이상이 거의 구 할 가까이 죽었네."

하오문주는 침착했다. 이 정도 피해가 있을 것이라고 예상했기 때문에 크게 놀랄 건 없었다.

이제 하오문은 조직 장악력을 잃었다.

하오문 특성상 점조직 형태로 운영되는데, 최하위의 하오문도와 하오문주를 이어주는 중간 매듭들이 멸절되어 버린 것이다.

상일문을 얻으라는 마야의 밀지가 결국 하오문의 몰락을 불러왔다.

"마야에게 무슨 뜻이 있을 겁니다."

"뜻이 있지. 수검, 살 자신이 있나?"

"……?"

"살 수 있으면 살게. 괜히 죽음을 맞을 필요는 없어. 전에 말한 것 기억나나? 타초경사. 원래는 뱀이 놀라 도망갈까 봐 풀을 건드리지 않는다는 뜻인데."

"뱀을 찾기 위해 풀숲을 건드린다고 하셨죠."

"우리 앞에 뱀이 나타날 걸세."

"후후후! 어느 놈이든……."

"쯧! 미련한 놈하고는. 그러니 마도 밑에서 쩔쩔맸지."

"뭐요!"

"욱하는 성질도 안 좋아. 우리 앞에 나타날 뱀은 우리를 이미 파악하고 있어. 그리고 그놈이…… 상일문을 장악한 놈일세. 놈은 상일문이 다치는 걸 원치 않아."

"그, 그럼 이미 상일문이!"

"왜? 이제야 죽음의 냄새를 맡았냐? 네놈이 마야의 전갈을 가져왔을 때 그때부터 우린 죽은 목숨이었어. 내가 괜히 건곤사괴를 죽인 줄 아냐? 네놈이 어느 정도 버텨줄지 궁금해서야. 쯧! 건곤사괴 정도는 오 합 이내에 끝냈어야지. 그런 무공으로는 버틸 수 없어. 우린 모두 죽을 게야. 후후후! 이제 알겠냐? 건곤사괴보고 먼저 가라고 한 말. 마야…… 하오문은 보존시켜 줄 거야. 내 꿈을 아니까. 후후후!"

"……"

수검은 할 말을 잃었다.

상일문을 장악한 자는 무림의 또 다른 일각을 지배하고 있다고 봐도 무방하다.

소림사의 천불전주라면 장로급인데, 그런 인사가 다른 자의 손에 조종되고 있다면 어떻겠는가.

그는 상일문 무인들을 쓰지 않는다. 그들로는 수검을 제거하기가 용이치 않다고 봤으리라.

그가 온다. 상일문을 장악한 자가 온다. 하오문주와 수검의 합공을 간단히 밀어젖힐 절대 강자가 온다.

마야는 그자가 누구인지 알고자 한다.

"마야가 북검문을 쳤다네. 말해주었나?"

"네에? 북검문을!"

"칠신녀를 죽인 모양이야. 북천신검의 무공을 고스란히 이어받았다던데. 그 외에도 몇몇 더 죽인 것 같고. 이제 피바람이······."

하오문주는 말을 마치지 못했다.

한 사람이 걸어온다. 아주 태연히.

수검이 벌떡 일어서며 경악성을 토해냈다.

"자, 자의성검!"

자의성검 석존무, 백발백염에 성인의 기품을 지녔다. 북검
문 삼원로의 일인이며, 절대 광명의 표본이다.

"크큭! 양의 탈을 쓴 늑대셨구려."

하오문주가 키득거렸다.

자의성검은 다짜고짜 쌍검을 꺼내 오른손은 하늘을, 왼손은
땅을 가리켰다.

그가 자랑하는 검공, 음양전도(陰陽傳導)다. 그를 무신의 반
열에 올려준 절대 검공이다. 그때,

탁! 슈욱!

삼십여 장 밖에서 기이한 음향과 함께 폭죽이 솟구쳤다.

폭죽은 붉은색 일색이다. 일직선으로 곧게 솟구쳤다가 분수
처럼 쫙 갈라진다.

탁! 슈욱!

다른 폭죽이 솟구친다.

이번에는 노란색이다. 먼저처럼 곧게 솟구쳤지만 형태는 달
랐다. 둥근 원을 그리며 사방으로 퍼져 나갔다.

'도주!'

마야의 전갈이 도착했다.

싸우지 말란다. 도주하란다.

"두더지가 하나 더 있었군. 후후! 대단해. 솔직히 폭죽이 아니었다면 알지 못했어. 대단한 은신술이군."

다른 사람은 몰라도 수검은 누가 폭죽을 쏘았는지 안다.

일령이다. 일령이 뒤를 쫓아왔다. 그녀의 임무가 무엇인지는 간단히 짐작된다.

'일령…… 많이 늘었다. 따라오는 걸 눈치 채지 못했어. 그동안 신법에 무진 애를 쓰더니…….'

선유비조신법은 물론이고 다담선자의 천와류와 천멸도주의 은신술까지 완벽하게 습득했다. 그렇지 않고서는 자신의 눈을 속일 수 없다. 자신뿐이면 말을 안 한다. 하오문주도 속였고, 무엇보다 자의성검의 이목까지 속였다.

그녀의 신법은 최상이다.

하오문주와 수검은 서로를 쳐다봤다.

그들은 웃었다.

하오문주는 더 이상 잃을 게 없었다. 그리고 건곤사괴에게 곧 따라간다고 약속도 했다. 그는 남겠다는 뜻을 표해왔다. 그러면서 수검에게는 물러서라고 고갯짓을 했다.

수검은 고개를 가로저었다.

상일문을 장악한 사람이 누구인지 일령이 봤다. 그녀가 이 자리를 무사히 벗어나게 하려면 일단 자의성검을 묶어둬야 한다.

하오문주 혼자서는 무리다.

또 다른 이유도 있다. 자의성검의 음양전도와 부딪치고 싶다. 그동안 이런 기회가 찾아오기를 목 타며 기다렸다.

이제 왔는데 피한다니 말이 안 된다.

스릉! 척! 스릉! 척!

수검은 검을 뽑았다 넣었다를 반복했다.

검을 잡는 서른 여섯 가지의 집검법(執劍法), 백팔 개의 발검법(拔劍法), 마흔여덟 개의 운검법(運劍法), 검을 검집에 넣는 수검법(收劍法) 열여덟 개.

총 삼백만 가지의 감각 초식이 총동원되었다.

"쯧! 미련한 놈하고는…… 이럴 줄 알았어. 같이 죽을 줄 알았어. 크크큭!"

쒜엑!

하오문주가 느닷없이 신형을 쏘아냈다.

순간, 자의성검의 음양전도가 한 바퀴 원을 그렸다. 왼손이 위로, 오른손이 밑으로…… 짧은 초식 속에 무궁한 진기가 쏘아졌다. 음검과 양검이 교차하며, 하오문주의 진기를 가닥가닥 끊어버렸다.

자의성검이 다시 한 번 검식을 쳐냈다.

천지양단(天地兩斷), 자오교상(子午交傷)…….

하오문주는 팔을 들 힘도 없어 보였다. 무기력하게…… 정말 아무것도 모르는 백치처럼 검을 맞았다. 천지양단에 양팔이 떨어져 나가고, 자오교상에 목이 베어졌다.

"으음!"

신음을 흘린 사람은 수검이다.

하오문주는 자신의 목숨으로 자의성검의 검공을 보여주었다.

음양전도를 끊어야 한다. 음검과 양검의 회오리에 말려들면 진기가 끊어진다. 일시적이지만 경맥을 잘라놓는 것과 같은 현상이 일어나는 것이다.

'일검, 이검, 삼검, 사검.'

수검은 자의성검에게 도달하기까지의 거리를 계산했다.

자의성검이 검공을 시전할 때, 몇 번을 쳐내야 음양전도에 휘말리지 않을지 목산(目算)했다.

네 번이다. 네 번을 쳐낼 수 있다면 음양전도의 맥이 끊긴다. 거기에 한 걸음만 더 나아가면 목숨까지도 취할 수 있다.

'해볼 만해!'

수검은 걸음을 내딛었다.

자의성검은 기다렸다. 음양전도의 기수식을 취한 채.

'오만…… 좋아. 오만이라도. 내게 기회만 주어진다면.'

자의성검의 침묵은 수검이 예상한 사검을 삼검으로 줄여주었다.

한 걸음, 이 검. 또 한 걸음 일 검.

단 한 번만 검을 뽑으면 된다. 음양전도가 절반쯤 전개될 때, 맥을 치고 들어갈 수 있다. 왼 손목이나 오른 손목을 노리면 된다.

마지막 한 걸음.

자의성검은 검 대 검의 승부를 원하는가!

'좋아!'

망설일 이유가 없다.

쒜엑! 쒜에엑……!

검과 검이 교차되었다. 수검의 검과 자의성검의 쌍검이 부딪침 없이 비껴 지나갔다.

"컥!"

수검은 난생처음으로 수검법을 시전하지 못했다. 아니, 운검법조차 마무리 짓지 못했다.

"음…… 음양…… 전도…… 자체가…… 검초……."

수검은 마른 장작처럼 털썩 쓰러졌다.

2

'수검…… 수검…….'

하염없이 눈물이 흘러내린다.

수검의 죽음이 아직도 눈에 선하다.

하오문주가 처참하게 죽었다면, 수검은 불쌍하게 죽었다.

수검의 검초는 음양전도에 가로막혔다. 같이 검을 쳐냈지만 음양전도의 힘이 사흅검법을 밀어냈다.

수검은 검초가 아니라 진기 싸움에서 졌다. 내력에서 밀렸다.

'바보 같으니…… 도주하라고 했는데…… 왜? 왜! 왜 물러서지 않은 거야!'

일령은 흐르는 눈물을 옷소매로 찍어 눌렀다.

마야의 밀지를 접했을 때부터, 그리고 누가 되었든 무신과 버금가는 사람이 나타나면 무조건 도주 폭죽을 쏘아 올리라는 글을 읽을 때부터 수검이 위험하리라는 생각은 했다.

수검만 위험한 것이 아니다. 자신도 위험하다.

설마 상대가 자의성검일 줄이야!

그녀에게는 듣고 본 모든 것을 마야에게 전해줄 의무가 있다.

어디로 가야 할지는 안다. 복우산에 있는 제이성이다.

그곳은 이미 한 번 가본 곳이기에 어려움없이 찾을 수 있다. 또 도착하여 안으로 들어가기만 하면 무신이 아니라 천신이 공격해 와도 막아낼 자신이 있다.

금연화가 당한 것은 누군가가 침입할 수 있다는 것을 생각하지 못했기 때문이다.

만반의 준비를 하고 제이성의 기관장치만 틀어막으면 천하의 그 누구도 침입하지 못한다.

말은 그렇다. 실제로 제이성까지만 가면 무신을 막을 수 있을지 모른다. 하나 그곳까지는 거의 칠백 리 길이다. 한달음에 달려갈 수 있는 곳이 아니다. 무신이 아니라 일반 무인들에게 쫓겨도 서너 차례는 가로막힐 수 있는 거리다.

그녀는 부지런히 신형을 쏘아냈다.

사실 그녀는 도주할 기회를 잃었다.

안전하게 도주하려면 폭죽을 쏘아 올리자마자 곧바로 물러서야 했다. 수검의 싸움을 지켜보느라고 미적거리는 행동 따위는 절대 해서는 안 되는 거였다.

안다. 하지만 보지 않을 수 없었다.

그녀는 신법에 자신있었다. 신법으로는 누구와 겨뤄도 지지 않을 자신이 팽배했다. 하나 또 한편으로는 무신만은 따돌리지 못할 것이라는 불안감도 존재했다.

안전하게 도주할 수 있는 기회를 반납하고 숨고 찾는 숨바꼭질을 선택한 이상 무신과의 싸움도 필연적으로 다가오리라.

자의성검과의 싸움을 준비해야 한다.

모든 수법을 총동원하여 도주하고 있지만 곧 따라잡힐 게다.

하나 지금 이 순간, 일령의 머릿속에는 수검이 쓰러지는 모습만 그려졌다.

쒜에엑……!

다담선자가 아낌없이 물려준 천와류가 거침없이 펼쳐졌다.

마도 사상 제일 빨랐던 십족신마의 신법이니 똑같이 출발한다면 그녀를 따라잡을 사람은 없다. 한데,

쏴아아아……!

그녀의 전면에서 거대한 광풍이 몰아쳐 왔다.

"헛!"

일령은 수검 생각만 하고 있다가 깜짝 놀라 급히 몸을 틀었다.

이번에 사용한 신법은 몸이 깃털처럼 가벼워져 상대의 기운에 따라 같이 움직인다는 선유비조신법이다.

파파파파팍……!

거대한 광풍이 옆구리를 스쳐 갔다.

일령은 그제야 상대를 봤다.

뚱뚱한 체구에 윗머리가 홀딱 벗겨진 대머리 노인, 통천서패 진혜력이다.

일령은 선유비조신법을 펼쳤음에도 권력(拳力)에 떠밀려 주춤 두 걸음 더 물러났다.

"크카카카캇! 젖비린내 나는 계집을 죽이는 게 못내 찜찜했는데 제법 한가락 하는구나! 훌륭해! 겨우 공령문 늙은이의 선유비조신법으로 무상금강권을 피하다니, 아주 훌륭해!"

"흥!"

일령은 코웃음을 쳤다.

무신을 앞에 두고 코웃음을 칠 수 있는 여인은 없다고 봐야 한다.

그래서인지 진혜력의 얼굴에 맴돌던 웃음이 씻은 듯이 사라졌다.

"다 좋은데 버릇이 없군. 밤이 길면 꿈도 많은 법. 받아라! 제이권이다!"

파파파팡……!

진혜력의 두 팔이 천수여래(千手如來)의 천수처럼 현란하게 움직였다. 움직이는 팔은 분명 두 개인데, 일령의 눈에는 십여 개가 한꺼번에 움직이는 것처럼 보였다.

공령문은 단순한 도적 집단이 아니다. 공령문이라는 말뜻에는 현묘한 이치가 담겨 있다. 공령(空靈), 몸도 마음도 다 버리고 우주와 하나가 되는 경지를 일컫는다.

일령은 무상금강권을 보지 않았다. 눈을 뗄려야 뗄 수 없게 만드는 죽음의 권법이지만 마음을 차분하게 가다듬고 자신의 내면을 들여다봤다.

선유비조신법을 수련하기 위해서는 온갖 병기가 아슬아슬하게 몸을 스쳐 가는 위험을 겪어야 한다. 곧 죽을 것 같은 느낌이 든 것도 한두 번이 아니다. 이것만은 정녕 피할 수 없다고 느껴도 자신을 믿고 선유비조신법에 충실하면 간발의 차이로 피해냈다. 하나 자신을 믿지 않고 공격에 관심을 쏟으면 두말할 것도 없이 격중당했다.

공격에 초연하는 건 길들여질 대로 길들여졌다.

쒜엑! 쒜에엑……!

광풍노도 같은 권력이 아슬아슬하게 비껴갔다.

"후웁!"

일령은 파랗게 질린 얼굴로 큰 숨을 들이켰다.

여풍(餘風)이 너무 심하다. 권력은 피해내도 뒤따라 흐르는 여풍이 중심을 마구 뒤흔든다. 그놈의 여풍 때문에 진기의 흐름이 수월치 않다. 자칫 신법의 흐름마저 깨질 뻔했다.

계산대로라면 염화옥수로 반격할 기회를 잡았어야 하는데, 반격은커녕 중심 잡기에 급급했다.

　　"제이권까지? 크카카캇! 좋구나, 좋아! 좋다! 제삼권이다!"

　　'도주!'

　　승산이 없다. 한두 번의 공격을 더 막아낸들 무슨 의미가 있나. 결국은 권력에 휘말릴 것이고, 선유비조신법이 깨질 것이다.

　　그녀는 호승심보다도 자신의 안위를 먼저 생각했다.

　　"흥! 언제까지 당하고만 있을 줄 알고! 받앗!"

　　그녀는 앙칼지게 소리치며 선공을 취했다.

　　공격에는 공령문의 절기보다 절혼마녀의 귀적무가 낫다.

　　일령의 몸은 뿌연 안개에 가려지기 시작했다. 절혼마녀라면 안개가 어린다 싶은 순간 사라졌을 것이다. 수련 정도가 낮아 절혼마녀처럼 능숙하게 펼치지 못한 게다.

　　완벽하지도 않은 무공을 무신 앞에서 펼쳤단 말인가?

　　"귀적무! 좋은 무공이기는 하나 아직 멀었네!"

　　통천서패가 거세게 치달려와 삼 권을 연속으로 후려쳤다.

　　팡! 팡! 팡!

　　육신을 가격하는 격타음은 없었다. 빈 허공을 후려치는 바람 소리만 요란했다.

　　일령은 사라지고 없었다.

　　"허! 여우보다 간사한 아이로고. 완벽한 귀적무를 일부러 어설프게 펼쳤다? 허허! 흠! 이건 천와류의 향기. 선유비조신법에 귀적무, 거기에 천와류까지. 당대 제일의 신법 대가가 탄생했군."

통천서패는 바람의 흔들림에서 천와류의 내음을 맡았다.

신법이란 쉽게 말해 인간의 움직임이다. 어떤 진기를 사용하고 어떤 혈도를 이용하건 간에 지면을 박차는 움직임과 공기를 가르는 힘은 기류에 변화를 준다.

기류의 흔들림만 잘 감지해도 상대의 빠름이나 변화 정도를 알아챌 수 있고, 조금 더 생각하면 무공 또한 판별해 낼 수 있다.

통천서패는 서둘지 않았다.

"그래 봤자 고통만 더한 것을……."

'따돌렸어.'

생각보다 쉽다. 못 빠져나올 줄 알았는데 너무 쉽게 나왔다.

갑자기 자신감이 샘솟았다.

신법에 자신이 있긴 했지만 무신에게도 통용될 줄은 몰랐다. 실전에서 직접 시험해 봤으니 이제부터는 무신이라고 무조건 두려워할 필요가 없을 것 같다.

'이럴 줄 알았으면…….'

후회가 물밀듯이 밀려온다.

자신의 신법이 이토록 탁월했다면 수검이 싸울 때 숨어서 지켜볼 것이 아니라 나가서 합공하는 건데. 그랬다면 수검이 죽지 않았을 수도 있는데.

일령의 생각은 오래 이어지지 않았다.

통천서패에게서 벗어나 겨우 십 리를 치달렸을 때, 검은 무명옷을 입고 머리에는 검은 건을 쓴 사람을 봤다.

'혈일뢰!'

혈일뢰의 미간에는 붉은 홍조가 감돌았다.

독문신공인 혈뢰신공을 끌어올린 상태다.

일령도 이번에는 피하지 않았다. 거침없이 앞으로 나아가 혈일뢰 앞에 섰다.

"당신, 나한테 죽어야겠어요."

혈일뢰는 어처구니없는지 말도 못하고 서 있다가 너털웃음을 터뜨렸다.

"뭐? 죽어? 허! 허허허! 허허허허!"

"웃다가 죽기 싫으면 혈뢰신공을 힘껏 써야 될 거예요."

쒜엑!

일령은 거침없이 쏘아갔다.

귀적무를 믿는다. 선유비조신법을 믿으며, 최후의 순간에는 천와류가 있으니 안심한다.

"이거야 원…… 하룻강아지 범 무서운 줄 모른다더니 딱 그 짝이네. 몇 년 더 있으면 소나 개나 다 덤벼들겠어."

혈일뢰는 미동도 하지 않았다.

파앗!

일령의 신형이 혈일뢰의 코앞에서 감쪽같이 사라졌다. 대신 시퍼런 검광이 혈일뢰의 뒷머리를 노리고 쪼개갔다.

어느새 등 뒤로 돌아가 일검을 전개한 것이다.

"죽음을 부르는 빛! 사루의 무학이군!"

혈일뢰는 한 발 앞으로 나가 일검을 피했다.

한 치만 더 깊게 뻗어냈어도 등줄기를 훑을 수 있는, 아니, 간발의 차이로 피해냈다고 할 수 있는 상황이다.

'엇!'

일령은 내심 깜짝 놀랐다.

혈일뢰가 펼친 신법은 약간 변형되기는 했지만 선유비조신법이 아닌가. 아니다. 공령문의 절기는 아니다. 유사하다고 해야 할까? 분명히 아닌데 비슷하다.

"한 수 받았으니 줘야지?"

쒜엑!

혈일뢰는 손을 쭉 뻗어 옷섶을 잡아왔다.

일령은 즉시 뒤로 물러섰다.

한데…… 아! 따라온다. 일령의 움직임보다 더욱 빠르게 다가온다. 물러서는 속도가 하나라면 하나 반의 빠르기로 덮쳐온다.

"타앗!"

일령은 다시 검을 쳐냈다.

아래에서 위로 올려쳤다. 혈일뢰의 잡아채 오는 손을 물리게 하려는 목적과 한 발 더 나아가 상반신을 두 동강 내려는 의도가 담겼다.

쉬익! 타악!

혈일뢰는 각법을 시전했다. 다리를 올려 일령의 손목을 걸어찼다. 일령이 검초를 뻗어내는 시점에 차올린 각법이라 피할 틈이 없었다.

"으음!"

일령은 짜릿한 통증을 느끼며 검을 놓쳤다. 계속 뻗어오던 손아귀에 멱살까지 잡혔다.

이번에는 너무 쉽게 당하고 말았다.

무신이라는 대어를 너무 쉽게 생각했다.

"여기까지 온 것만도 가상타. 그만 죽어도 할 만큼 한 거야."

혈일뢰는 좌수를 추켜올렸다. 혈뢰신공이 주입된 장(掌)에 자홍빛 윤기가 흐른다. 그때,

쒜에엑!

검 한 자루가 땅속에서 쑥 올라오며 혈일뢰의 낭심을 노렸다. 빠르기도 섬광, 도저히 피할 길이 없어 보였다.

"허허!"

혈일뢰는 여유있게 웃으며 한 발 물러섰다.

검은 다시 땅속으로 들어갔다. 그리고 언제 공격이 있었냐는 듯 정적이 흘렀다.

"아이야, 천멸도의 은신술이 뛰어나긴 하지만 내 눈에는 청개구리가 풀잎 사이에 숨어 있는 것과 같아 보이는구나. 그만 나오거라. 계속 은신술을 고집하면 검을 써보지도 못한 채 죽게 될 게야."

혈일뢰의 말은 효과가 있었다.

"호호호!"

아름다운 교성이 땅속에서 새어 나왔다. 옥구슬 굴러가는 듯 영롱했다. 연후, 땅거죽이 들썩이며 머리끝부터 발끝까지 흰색 천으로 둘둘 감싼 괴인이 나타났다.

"언니? 언니!"

일령이 한달음에 달려와 괴인의 손을 움켜잡았다.

"넌 여전히 바보구나. 혈일뢰가 어떤 사람인데. 보자마자 도주했어야지 덤벼들어? 어처구니없기는."

나타난 사람은 궁왕에게 잡힌 것으로 알려진 천멸도주였다.

"언니, 괜찮아?"

"누가 누굴 염려하는 거야?"

천멸도주의 음성은 예전과 조금도 다름없었다. 음성만 들어서는 건강도 이상이 없어 보였다.

천멸도주가 일령만 들을 수 있는 소리로 재빨리 말했다.

"빨리 도주하지 않고 뭐 해!"

"언니, 언니는?"

"빨리!"

일령은 고개만 한 번 끄덕인 후, 재빨리 천와류를 펼쳤다.

쉐에엑!

그녀의 신형은 곧 하나의 점이 되어 사라졌다.

혈일뢰는 뜻밖에도 쫓지 않았다. 마치 자신과는 아무런 상관이 없다는 듯 담담한 눈길로 바라봤다.

"잔접이 장난을 좀 쳤지만, 실은 궁왕이 데리고 있었던 것으로 안다. 네가 여기 있는 걸 보니 궁왕도 왔겠구나."

"말해줄 이유가 없군요."

"나도 네게 한 말이 아니다. 노우(老友), 나와서 얼굴이나 보지 않으려나?"

대답은 들리지 않았다. 바람만 스산하게 불어와 풀잎을 휩쓸었다.

"후후! 후후후후……!"

혈일뢰는 웃었다. 아주 기분 나쁜 웃음이다. 비웃는 것 같기도 하고, 조롱하는 것 같기도 하다.

천멸도주는 조심스럽게 뒷걸음질로 물러섰다.

혈일뢰는 움직이지 않았다. 도주하고 싶으면 얼마든지 하라는 듯 담담히 지켜봤다.

"선배님!"

"말한 틈이 없다. 빨리!"

천멸도주는 칠 척 거한이 이끄는 대로 뒤따라가기에 급급했다.

들판을 가로지르고 산을 넘었다. 개천도 건너고, 마을 한가운데로 질주하기도 했다.

"선배님!"

"집중! 말할 틈이 없다니까!"

앞선 사람은 등에 커다란 철궁을 멨다.

그렇다. 남도문 제삼무신가의 가주인 궁왕 강창도다.

두 사람은 곧 이름 모를 큰 강에 도착했다.

"휴우! 됐다. 여기서라면 괜찮아."

궁왕이 주위를 둘러보며 말했다.

강가는 탁 트인 개활지다. 강가 너머에는 드넓은 논이 펼쳐져 있다. 누가 다가온다면 단번에 알 수 있는 지형이다.

"하하! 봤느냐? 혈일뢰가 움직이지 못하는 것?"

"네."

"그래서 우리 무신들은 겁쟁이라고 하는 거야. 나 역시 마찬가지고. 우린 우리끼리 싸우는 걸 겁내지. 이기고 질 가능성이 반반. 정말 한 치도 예측할 수 없어. 하지만 내가 있는 걸 눈치챘으니 곧 삼원로란 작자들, 죄다 몰려올 게다."

궁왕은 철궁을 꺼내 손에 들었다.

언제라도 은형시를 쏘아낼 만반의 태세를 갖췄다.

그도 그럴 것이 이곳은 삼원로의 텃밭이다. 남무림 제삼무신가주가 북무림 깊숙이 와 있다는 소문이 퍼지면 마야를 쫓던 것과는 상대도 안 되는 일이 벌어질 것이다.

그나마 궁왕이 북무림에 들어설 수 있었던 것은 남북무림의 관계가 예전만 못해졌기 때문이다. 마야, 유계, 북검문의 요동 등 무수한 변수가 생긴 탓이다.

"일령을 부를까요?"

궁왕은 사위를 살피며 고개를 끄덕였다.

천멸도주는 지체하지 않고 폭죽을 쏘아 올렸다.

第百三十八章

타영자(打影子)
—겁나다

마야는 잔접 곡 부인을 찾았다.

"오셨군요."

양리리가 어설픈 미소를 띠며 말했다.

너무 반가워 품에 안기고 싶지만 그럴 만한 인연이 아니니 애써 억누를 수밖에 없다는 뜻은 확실히 담겨 있었다.

"도망간다고 쫓아갈 필요는 없다고 하더군. 가만있으면 올 것이라고. 아직 끝난 인연이 아니니까."

곡 부인이 빙긋 웃으며 말했다.

마야는 양리완을 쳐다봤다.

그녀의 눈가에 잔잔한 파랑이 인다.

마야는 수상쩍은 느낌을 받았지만 서둘러 외면했다.

"잔접을 모아주시겠습니까?"

"유계를 친다더니 어찌 되었나요?"

곡 부인은 대답 대신 물어왔다.

"그 문제도 해결해야겠소. 유계, 북검문, 남도문. 이 중 하나를 치는 조건으로 두 사람의 목숨을 내걸었소. 금 소저와 천멸도주. 한데 금 소저는 이미 자유를 얻었고, 천멸도주가 남았는데…… 궁왕 손에 있는 천멸도주를 무슨 수로 빼내주겠다는 건지 확실히 말해주겠소?"

"계약을 다시 하자는 건가요?"

"난…… 내가 남을 속이지도 않지만 누가 날 속이는 것도 용납하지 않소. 그게 사람 목숨이 달렸을 때는 더더욱 그렇지."

"어째 말속에 가시가 느껴지네요."

"가시로 느꼈다니 다행이오. 난 살기를 쏟았는데."

"보자 보자 하니……."

"곡 부인, 잔접을 부르시오. 모두 다. 한 사람도 빠짐없이. 내 생각을 조금 말하면 잔접은 사기를 쳤소. 손에 아무것도 들지 않고 금은보화라도 든 양 거들먹거렸지. 유계를 쳐라. 북검문을 쳐라. 남도문을 쳐라."

"……."

곡 부인은 침묵했다.

"잔접이 그럴 수 있었던 건 자신들이 절대 발각되지 않을 거라는 자신감 때문이었을 거요. 조금이라도 정체가 발각될 우려가 있으면 당장 내쳐질 정도니 비밀 하나는 철저하게 유지

되겠지."

"잔접을 잘 아는 듯이 말하는구나."

곡 부인의 말투가 은연중에 바뀌었다.

그녀는 나이가 어리거나 많거나 항상 존대를 했다. 차분차분, 조곤조곤…… 어떤 경우에도 품위를 잃지 않았다.

지금은 서서히 무너져 간다. 무엇이 그녀를 격동시키는 것일까?

"난 잔접을 찾아낼 수 있을 것 같소."

"뭐라고!"

마야는 입을 살짝 벌리며 말없이 곡 부인을 응시했다.

"가아아아아……!"

적멸주가 쏟아져 나갔다. 얼굴에는 환희마소를 띠었다.

칠신녀와 싸우면서 웃음과 공포는 아주 잘 어울린다는 것을 배웠다. 잔혹한 웃음과 공포는 누구나 쉽게 생각할 수 있지만, 혼이 빨려들 듯한 미소에 접목된 공포는 혼을 뒤흔든다.

곡 부인이 파르르 떨었다.

"네, 네가 감히 내 머릿속을!"

"그렇군. 잔접의 연락망이란 게…… 후후!"

마야는 곡 부인을 쳐다봤고, 곡 부인은 아랫입술을 잘끈 깨물며 노려봤다.

"곡 부인, 난 이제부터 사기에 대한 응징을 하려고 하오. 잔접을 부르시오. 무조건. 경고라고 들어도 좋소. 내가 잔접을 부르게 하지 마시오. 이것이 내 마지막 호의요. 양 소저와의 정리가 아니었으면 이런 말을 할 필요도 없었겠지."

마야는 더 들을 말이 없다는 듯 일어섰다. 그리고 뒤도 안 돌아보고 걸어나왔다.

"마야…… 많이 컸군."

"사실이에요. 모든 걸 알아요. 환희, 기쁨, 살기. 마야는 잔 접을 끌어낼 수 있어요."

양리완이 침울한 표정으로 말했다.

"네 말이 그렇다면 그런 거겠지."

곡 부인도 별로 의심하지 않았다.

적멸주와 환희마소를 접하는 순간 마야에 대한 오만 정이 떨어지고 말았다.

그는 가까이 두고 싶은 젊은이였다. 한데 이제는 세상에서 가장 무서운 악마가 되고 말았다.

"흠……!"

곡 부인은 고민하기 시작했다.

하오문주에게 십비지공을 만들어준 적이 있다.

최강의 도곤(賭棍)이 되기 위해서는 무엇을 구비해야 할까? 많은 요소가 있지만 마야는 독심술을 가장 앞에 두었다.

눈빛의 미미한 변화, 입술의 떨림, 콧김의 세기…… 몸에서 일어나는 모든 반응을 정확히 읽어낼 수 있다면 상대가 어떤 생각을 하고 있는지 알아내는 건 일도 아니다.

마야는 곡 부인에게 적멸주를 쏘아냈다. 환희마소도 펼쳤다.

그것으로 공포심을 유발시켜 이성적인 생각을 하지 못하게 하면서 한편으로는 머릿속을 읽고 있다는 인상을 주었다.

그런 건 없다. 인간이 어떻게 남의 머릿속에 들어 있는 걸 읽으랴.

느낌은 가질 수 있다. 직감을 따르든 본능을 쫓든 자신이 요구하는 게 상대에게 있다 없다는 구분할 수 있지만 서적을 읽듯이 읽어낼 수는 없다.

마야가 쓴 건 단순한 독심술이다.

곡 부인은 잔접과 연락망을 유지하고 있다. 다시 말해서 그녀는 잔접 회동을 추진할 수 있는 것이다.

"양 소저가 마음에 걸려요. 그녀의 영매술은……."

양리완을 일컫는 말이다.

"영매술이란 기의 흐름이 없으면 아무것도 읽을 수 없는 법이지. 그때 난 강한 기파를 흘렸으니, 잔접에 대해 모든 걸 알고 있다고 받아들일 거야. 양 소저가 없다면 불가능할지 모르겠지만 내가 나온 후 다시 한 번 확인 절차를 거쳤을 테니…… 조만간 잔접 회동이 있을 거야."

마야는 확신했다.

＊　　　　＊　　　　＊

궁왕의 불길한 예감은 적중했다.

삼원로는 자신들이 직접 나서기 전에 많은 무인을 동원했다.

공격이나 추적보다는 행동을 둔화시키기 위한 조처다. 말을 타고 빨리 달릴 수도 없고, 일일이 싸우면서 나아갈 수도 없는 난감한 상황이 연출되었다.

궁왕의 발길을 더디게 만든 후, 최적의 지형에서 완벽하게 잡겠다는 삼원로의 생각은 정확하게 들어맞았다.

발길이 많이 무뎌진 것은 아니다.

무신, 천하제일 궁사라는 위명은 섣불리 다가설 수 없게 만드는 힘이 있었다.

"마야는 배를 탔어요."

일령이 말했다.

그녀는 궁왕을 어떻게 대해야 할지 난감해했다.

천멸도주를 납치했다고 들었다. 금연화가 그의 아들을 죽이기도 했다. 또 한 자식은 콘이 되어 마야에게 부림을 받고 있다.

분명히 적이다. 천멸도주가 '선배님'이라고 부르며 깍듯이 대하지만 않았어도 그와 말을 섞는 일은 절대 없었을 게다.

궁왕을 어떻게 대해야 좋은가.

"배…… 좋지."

궁왕이 찬성했다.

"어디로 갈 건데요?"

일령이 다시 물었다.

이번에도 궁왕은 즉시 말했다.

"제이성. 마도의 보금자리. 복우산으로 가야겠지."

"안 돼요!"

"……?"

"그곳은 우리만 갈 수 있는 곳이에요."

"허허!"

궁왕은 웃었다.

일령은 궁왕의 도움이 없으면 한 발짝도 움직일 수 없다.

삼원로가 동원한 무인도 뚫기 어렵지만 그 뒤에 삼원로가 있는 게 확실하니 어디를 가겠는가.

그런데도 제이성만은 지키려 한다.

이해할 수 있다. 제이성은 그녀가 가야 할 곳이지만 실질적으로는 마야의 보금자리다. 마야가 세상에서 가장 편하게 쉴 곳이다. 그런 곳을 적인지 아군인지도 모르는 절대 무신에게 가르쳐 주고 싶지는 않으리라.

"저게 좋겠군. 저걸 타지."

궁왕이 강가에 묶여 있는 어선 한 척을 가리켰다. 많아야 대여섯 명밖에 타지 못하며, 그것도 강에서 고개를 잡는 배인지라 노를 저어야만 나아간다.

궁왕이 터벅터벅 걸어가 손수 노를 잡았다.

"타지. 제이성까지 바래다줄 테니. 그것도 싫으면 복우산까지만 바래다주고. 안으로 들어갈 생각은 없다네."

일령은 그제야 배에 올라탔다.

무림이 남북으로 갈리어 싸울 경우, 상대편 깊숙이 쳐들어 가는 것은 자살 행위나 다름없다.

싸움의 주도권을 내주게 되기 때문이다.

상대는 지형의 이점을 가진 반면, 쳐들어간 쪽은 상대가 원하는 대로 이끌려 가게 된다. 그러다가 상대가 원하는 장소에서 원하는 방식으로 싸움을 벌이게 된다.

필패(必敗)하지 않을 수 없다.

궁왕이 그랬다. 그는 자신이 원하는 대로 배를 몰아간다고 생각했지만, 실은 그게 아니었다.

삼원로는 지류(支流)마다 무인들을 둘러 세웠다. 궁왕은 충돌을 피하기 위해 다른 수로를 선택했고, 결국은 삼원로가 원하는 방향으로 나아가고 있었다.

"여기가 어딘 줄 알겠나?"

천멸도주와 일령은 대답하지 못했다.

아무리 둘러봐도 낯선 곳이다. 인근 지리라면 자하부에서 자란 일령이 제일 잘 아는데, 일령조차도 처음 보는 풍경들인지라 아무 말을 못했다.

"황수(遑水) 부근 아닐까요?"

어디에서부터인가 길을 잘못 들었다.

복우산으로 가는 게 아니라 엉뚱한 방향으로 가고 있다.

"흠……! 허허! 걸려들었군. 이 친구들, 그냥 세월을 먹은 게

아니었어. 허허!'

궁왕은 대수롭지 않게 웃어넘겼다.

삐걱! 삐이걱……!

궁왕이 노를 저었다.

배의 방향이 틀어진다. 앞으로 나아가는 게 아니라 강변에 갖다 붙이고 있다.

"선배님, 지금 뭘……?"

"잘 들어라. 내 할 일은 여기서 끝난 것 같구나. 강변에 도착하거든 어디 갈 생각 하지 말고 바로 숨어라. 귀식대법(龜息大法)을 펼쳐 숨을 완전히 죽이고, 체온까지. 생기를 조금이라도 드러내면 죽음을 면치 못할 게다. 그렇게 최소 삼 일을 버텨라."

"선배님!"

"허허! 인연이 있으면 또 만나겠지."

삐걱! 삐걱……!

노 젓는 소리만이 규칙적으로 귀를 간질였다.

세상은 조용했다. 바람 한 점 불지 않았고, 새소리나 풀벌레 소리도 들리지 않았다.

이윽고 배가 강가에 도착했다.

"내 말 명심하거라."

그 말을 끝으로 궁왕은 비호같이 달려나갔다.

쉐엑! 쉐에엑! 쉐에엑……!

궁왕은 연달아 은형시를 쏘았다.

화살 한 대에 두 명, 세 명이 꿰뚫렸다. 바위도 부셨고, 나무도 뚫고 나갔다.

전통에 있는 화살을 아낌없이 쏘아냈다.

밀려오는 무인은 너무 많았다.

그들은 전통적인 싸움을 원하지 않았다. 죽음만이 존재하는 방식, 악마의 싸움을 원했다.

공포도 모르는 듯했다. 옆에서 사람이 죽게 되면 은연중에 쳐다보게 되어 있는데, 이들은 아예 거들떠보지도 않고 달려들기만 했다.

궁왕은 한마디도 하지 않았다. 다가서는 자를 쏘아 죽일 뿐이다.

전통이 비었다.

궁왕은 마지막 화살 한 대를 손에 쥐었다.

궁왕의 손에 들린 화살은 곧 검이다. 찌르고, 베고, 후려치고…… 검의 속성을 고스란히 지녔다.

삐이익!

멀리서 호각 소리가 울렸다.

그러자 물밀듯이 달려들던 무인들이 독기 어린 눈빛을 쏘아내며 물러서기 시작했다.

궁왕은 푸른 하늘을 쳐다보았다.

사방에서 풍기는 피 냄새를 맡지 않으려는 듯, 죽음의 그림자를 보지 않으려는 듯.

뚜벅! 뚜벅……!

발걸음 소리가 들려왔다.

약간 느린 걸음이다. 산책을 하는 듯 여유롭다.

"궁왕. 허허허! 반갑네. 이렇게 보게 되는군."

삼원로가 다가왔다.

필패의 지형에서 필패할 수밖에 없는 사람들을 만났다.

자의성검이 말했다.

"궁왕, 이제 그만 끝내세. 서로 너무 피곤하지 않았나. 알려주게. 마군은 어디 있나?"

"허허허! 그래도 마군은 두려운가 보이."

"정을 위해서 마를 제거하는 것뿐이네."

"쯧! 죽을 날이 지척인데 아직도 그놈의 정마(正魔) 타령인가."

"허허! 득도한 자네와는 다를 수밖에. 큰놈이 비명횡사해도 가만있고, 막내 놈이 콘이 되어 날뛰어도 일어설 줄 모르고. 아니지, 아냐. 피 끓는 심정을 억누르고 참았던 게지. 무엇 때문인가? 우릴 제거하려는 속셈 때문이 아닌가? 피차 똥통 속에서 뒹구는 건 마찬가지인데 뭘 그리 고고한 척하나."

궁왕은 활을 들어 올렸다.

"내게는 화살 한 대가 남았네. 그리고 수련만 했지 한 번도 써본 적이 없는 절학 하나가 있네."

"일관(一貫). 다른 이름은 필요없다고 했지. 일관이면 된다고."

"일관을 보여줄 셈이네."

삼원로는 거의 동시에 고개를 끄덕였다.

"누구에게 보여줄 참인가?"

궁왕은 자의성검을 주시했다.

자의성검이 검을 뽑아 들며 말했다.

"내게도 자네와 같은 경우가 있지. 수련만 했지 써본 적이 없는 검학이 있네. 알고 있나?"

"음양합일광천만붕(陰陽合一狂天卍崩)."

"허허허! 초식명이 그게 뭐냐며 비아냥거리더니 그래도 잊지는 않고 있었네그려. 허허!"

자의성검이 음양전도의 기수식을 취했다.

궁왕은 담담히 화살을 활에 재웠다.

혈일뢰와 통천서패는 좌우로 갈라져 진기를 끌어올렸다.

궁왕과 자의성검의 싸움이 어떻게 끝나든 간에 궁왕을 놔주지 않겠다는 의지가 물씬 풍겨 나왔다.

궁왕은 개의치 않았다. 이미 예상했던 터이다.

"타앗!"

자의성검이 먼저 신형을 쏘아냈다.

천지(天地)로 갈라진 검이 정중앙에서 합일되더니, 육신마저 흡수해 버렸다.

궁왕의 눈에는 자의성검이 보이지 않았다. 빠르게 다가오는, 어떤 중병(重兵)으로도 파괴할 수 없을 것 같은 절대무적의 검 한 자루밖에 보이지 않았다.

검신합일(劍身合一)이다.

자의성검은 검으로 이룰 수 있는 최고봉에 올랐다.

쒜엑!

팽팽하게 당겨졌던 시위가 출렁거렸다.

활은 날아갔다. 빙글빙글 돌며 아무런 느낌도 담지 않은 채 평범하게 날아갔다.

위력에서는 평상시 쏘아대던 은형시가 훨씬 낫다. 은형시가 발출하는 파공음은 만음(萬音)을 제압한다. 은형시에서 뿜어내는 경기(勁氣)는 담대한 사내도 털썩 주저앉게 만든다.

일관의 화살은 아무런 느낌이 없었다.

탁! 타타타탁……!

화살과 검이 부딪쳤다.

그 순간 화살이 요술을 부렸다.

검과 부딪치자마자 화살 깃 부분이 맹렬히 회전하기 시작했다. 단순히 조금 도는 정도가 아니라 멀리서도 확연히 보일 만큼 큰 원을 그리며 돌았다.

파괴력은 상상을 초월했다.

순식간에 검을 부수고, 검자루를 뚫고, 손목을 짓이기고 들어가 심장마저 꿰뚫었다.

순식간에 벌어진 일이다.

자의성검 역시 그냥 당하지는 않았다.

부서진 검편(劍片)이 흩어지지 않고 앞으로 쏘아졌다. 검을 산산조각 낸 화살도 검에 깃든 경력만은 어쩌지 못했다.

"큭!"

"우욱!"

두 사람은 거의 동시에 신음을 토해내며 물러섰다.

자의성검의 가슴은 뻥 뚫려 있었다.

궁왕은 아무런 상처도 보이지 않았다. 하나 곧 붉은 핏물이 전신 곳곳에서 스며 나왔다.

"우리 셋이 한꺼번에 달려들든 일 대 일로 싸우든…… 한 명은 죽었을 것. 자네 역시 마찬가지. 우리에게 걸린 이상 살 생각은 포기했을 것."

"음양합일광천만붕. 이름값을 합디다."

"일관. 아주 좋았네."

두 사람은 서로를 쳐다봤다.

말은 더 이상 이어지지 않았다. 숨소리도 들리지 않았다. 선 자세 그대로 서로를 쳐다보며 숨을 거뒀다.

혈일뢰와 통천서패 역시 침묵했다.

무신들끼리 싸우면 결과가 뻔하다. 어느 한쪽이 일방적인 승리를 거둘 수가 없다. 권각(拳脚)으로 싸운다면 먼저 혼절하는 사람이라도 나올 터이지만, 병장기를 들고 싸우면 양패동사(兩敗同死)밖에 없다.

그래서 피해왔는데, 그토록 부딪치지 않으려고 주의했는데.

산 두 사람은 죽은 두 사람을 지켜보며 언제까지고 서 있었다.

그들을 지켜보는 사람은 또 있었다.

커다란 죽립으로 얼굴을 가렸으나 길게 늘여진 백염이 노인임을 말해준다.

그는 어깨에 낚싯대를 걸쳤다.

어디서나 흔히 볼 수 있는 대나무 낚싯대다.

"마군의 덫에 걸리면 죽음밖에 없는 것을. 궁왕, 자넨 마군을 도왔다고 생각하겠지만 마군은 자넬 먹이로밖에 생각하지 않았다네. 자네 역시 죽이고 싶은 자 중에 하나일 뿐인 게지. 차도살인. 알겠나? 차도살인인 게야. 허허허!"

만사무불통지였다.

그는 모든 걸 남겨두고 혈혈단신으로 홀쩍 떠나왔다.

마군의 힘이 중원을 짓누르고 있다. 조금이라도 퍼덕거렸다가는 가차없이 죽고 만다. 목숨을 부지하는 유일한 방법은 나 죽었소 하고 복지부동하는 거다.

사실 만사무불통지 같은 사람에게 삶과 죽음은 중요하지 않다.

웅지를 펴기 위해서 검을 들었고, 십팔만 리 중원 땅을 휘젓고 다녔다.

이제 와 새삼스럽게 목숨이 아까울 리 없다.

할 일이 없어졌다는 것, 죽어라고 꿈지럭거려도 마군의 그물에서 벗어날 수 없다는 절망감이 그를 방랑객으로 만들었다.

제이무신가? 어떻게든 꾸려 나갈 게다. 조금 더 야망있는 놈이 가주 직을 차지할 게고, 나름대로 어려움을 헤쳐 나갈 것이다.

그래 봤자 화무십일홍(花無十日紅)이다.

무신이 빠진 제이무신가는 곧 다른 자의 먹이가 되고 만다.

그에 반해 제삼무신가는 독자적인 가문을 형성할 가능성이 높다.

궁왕에게는 딸과 아들이 있다.

콘은 어디선가 죽을 것이고…… 둘째 독궁 강경승이 제삼무신가를 끌어갈 게다.

그리고 마야가 주선한 파락호와 살림을 차린 딸이 있다.

키 오 척, 몸무게 마흔 관, 타타파두라는 흉명을 지녔던 강희향.

강경승 아니면 강희향, 둘 중 한 명에게 일관이 전수되었을 게다.

만사무불통지는 강희향을 생각한다.

강희향의 괴력은 세 오빠를 훨씬 능가한다. 궁왕의 궁술을 이어받을 수 있는 최적의 신체 조건이다.

궁왕은 가문이라도 보존했다.

궁왕과 함께 죽은 자의성검은 어떤가. 그의 음양합일광천만봉은 누가 전수받았나.

무신들이 사라져 간다. 그들의 절기도 땅에 묻힌다.

공수래공수거(空手來空手去), 무림이 그런 곳이다.

만사무불통지는 두 손 모아 합장했다. 오랜 지우(知友), 오랜 의제(義弟)에게 보내는 마지막 경배다.

"누군가 무덤 정도는 만들어주겠지만 찾아온들 무엇 하리.
잘 가시게."

궁왕에게 해주는 마지막 말이었다.

2

마야는 양리완과 마주 앉았다.

"소저의 신기(神氣)가 필요하오."

양리완은 냉랭했다. 곡 부인을 대하는 마야의 태도에서 섭
섭함을 느낀 듯했다.

"필요하면 줘야 하나요?"

"잔접의 목숨이 달린 일이오."

마야는 진지했고, 양리완은 사태의 심각성을 깨달았다.

"무슨 말이에요?"

"최대한 신기를 열어주시오. 가능한 방법은 총동원해서. 그
래야 잔접을 살릴 수 있소. 소저, 아무것도 묻지 말고 따라주시
오. 소저의 능력을 믿고 이번 일을 시작했다는 것만 알아주었
으면 좋겠소."

"잔접에게 무슨 일이 생기면……."

"생기지 않도록 최선을 다할 것이오."

"말을 끝까지 들어요. 잔접에게 무슨 일이 생기면 결코 당신

을 용서하지 않을 거예요."

양리완은 아무것도 묻지 않았다.

양리완은 밀실로 들어갔다.

객잔의 후원을 통째로 빌려서 양리완의 밀실을 만들어주었다.

밀실 주변은 사천제일룡의 독으로 범벅이 되어 쥐새끼 한 마리 드나들지 못한다.

양리완은 밀실 속에서 온 정신을 집중하여 잔접들을 찾을 것이다.

"무슨 일인지 말해주지 않을래요?"

다담선자가 물었다.

요즘 들어 마야가 말해주지 않은 게 몇 가지 있다. 정확히 말하면 절혼마녀가 낙화향으로 돌아가는 순간부터 비밀이 생겼다.

마야는 불쑥불쑥 혼자 산책을 다녀온다.

추적자가 많을 때도, 유계 마인들이 들끓을 때도, 개방을 친다는 소문이 무성할 때도 산책은 중단되지 않았다.

동반도 허락하지 않았다.

안위가 염려된다고 말하면 왕벌이 최대의 호법이라고 말해서 말하는 사람을 무색케 했다.

그리고 그 일, 호채마를 분해하는 사건이 벌어졌다.

마야 말대로 사자 무리는 뭉쳐 있을 때 강하다. 원래 강하지만 무리로 뭉쳐 있으면 어느 놈도 가까이 다가오려고 하지 않는다. 하나 흩어지면 이야기가 달라진다. 무리에서 쫓겨나 외톨이가 된 수사자가 오래 살지 못하는 이유와도 상통한다.

호채마는 사자들이다.

그들을 갈기갈기 찢어놨으니 당장 생존부터 염려해야 한다.

노리는 사람이 없다면 모를까 천지사방이 온통 칼을 벼르는 사람들뿐이라면 조심을 거듭해도 모자란다.

그래도 마야도 서둘지 않았다.

천천히 낙서고를 다녀왔고, 북검문을 쳤다.

얻은 건 없다. 그가 낙서고에서 무엇을 봤는지 말해주지 않으니 모른다. 북검문에서는 칠신녀만 죽이고 돌아왔다. 몇몇 무인들을 더 죽였지만 앞날은 여전히 암울하다.

한데 이제는 불쑥 곡 부인을 찾아 잔접 회동을 열라고 추궁하더니, 잔접들이 위험하다며 신기를 발휘하란다.

도무지 앞뒤를 이어 붙일 수 없다.

따라다니더라도 무슨 일이 벌어지는지나 알아야 할 것 아닌가.

"많이 섭섭했나 보군."

마야가 씩 웃었다.

순간, 다담선자는 가슴이 철렁 내려앉았다.

마야의 웃음은 늘 이가 안 보인다. 한쪽 입술 끝만 살짝 말려 올라가는 정도에서 그친다. 지금은 이가 드러났다. 많이 드러난 게 아니라 살짝 드러났다.

이런 웃음을 본 적이 있다.

"다담, 놈이 죽었다네. 웅지를 편다며 중원으로 뛰쳐나가더니 개죽음을 당하고 말았다네."

그때 이런 웃음을 지었다.

"나에게는 그림자가 따라다녀. 십일잔접의 죽음이 그림자의 존재를 말해주지."

마야가 입을 열었다.

십일잔접이 누구에게 죽었느냐는 중요치 않다.

그는 마야를 따라다니면서도 만나기 전처럼 자신을 철저히 은폐했다. 비록 종적이 발각되어 잔접 무리에서는 퇴출되었지만 인간들 눈에 띄지 않게 행동하는 건 언장은마보다도 훨씬 더했다.

그를 찾을 사람은 없다.

그가 스스로 자신을 드러내지 않는 한, 그를 찾아 죽인다는 건 불가능하다.

한데 죽었다. 마도가 방문한 이후에 죽었다.

그림자가 따라다닐 뿐만 아니라 행동까지 개시했다는 증거다.

그림자가 언제부터 따라붙었을까? 혹시 혈귀대주가 죽고 자신이 놈의 무덤을 찾을 때부터 아닐까? 이 모든 게 혈귀대주의 한 판 연극에서부터 시작되었다면, 그리고 어떤 목적에서든 자신을 이용할 생각이었다면 그때부터 따라다닌 것이 타당하다.

이런 생각을 하게 된 것은 오래전이다.

배를 타고 가면서 하룻밤을 꼬박 밝히며 이 생각에만 몰두했다.

그때 마침 절혼마녀가 낙화향으로 간다는 말을 비쳤다. 언장은마도, 시마도…….

마야에게는 자신의 생각이 맞는지 시험해 봐야만 했다.

"그럼 언장은마는?"

"낙화향에 갔어야 하나 천멸도로 갔지."

중원 제일의 자객집단, 천멸도.

현재 천멸도를 이끌고 있는 종청호는 즉시 응답했다.

그 순간부로 호채마를 미행하는 부류가 하나 더 늘었다. 마야가 주문한 건, 호채마를 쫓아달라는 것이었기에.

마도가 십일잔접을 방문했을 때, 호채마는 인근에 와 있었다. 그들 중 몇 명은 마도를 뒤쫓았고, 결과적으로 십일잔접이 죽는 모습을 지켜봤다.

모두 다 지켜봤다.

하오문주와 수검이 죽는 것도 봤다.

물론 나서지는 않았다. 마야에게 신신당부받은 것이 바로 이 부분이다. 호채마 중 누가 죽든, 누가 위험에 빠지든 결코 나서지 말라는 것이다. 손만 뻗으면 구함을 줄 수 있어도, 주위에 사람이 없어도 절대 은신하라는 부탁 아닌 명령이다.

천멸도 살수는 단 하나뿐인 규칙을 철저히 지켰다.

일령이 천멸도주를 만났을 때도 그들은 나타나지 않았다. 천멸도주가 위험스러워 보일 때도…….

호채마와 관련하여 무림에서 일어나고 있는 모든 대소사가 마야의 귀에 전달되고 있었던 것이다.

이것이 다담선자까지 속이고 혼자 간직했던 마야의 비밀이다.

"수검이 결국…… 믿을 수 없군요."

수검을 죽인 사람이 자의성검이라면 믿지 않을 도리가 없다. 그녀가 믿을 수 없는 건 수검의 죽음이다. 그가 죽었다는 게 실감나지 않는다.

그녀는 도리질하며 수검에 대한 생각을 애써 떨쳐 냈다.

무림에서는 누구나 죽을 수 있다. 죽은 사람을 애통해하고 잊지 않지만 그 이상이 되어서는 안 된다.

"잔접이 위험한 건 왜……?"

"전에 잔접의 능력을 알아봤을 때, 별게 없더라고. 무림사를 이끌어갈 자들은 아냐. 유념할 건 잔접처럼 비밀스럽게 행동하는 사람들도 없다는 것. 비밀이 있다는 건 숨길 게 있다는 뜻이지. 비밀이 크면 클수록 숨기는 것도 큰 것이고. 잔접 같아지려면 어떻게 말해야 할까?"

잔접은 누구를 피해 숨었냐를 찾아야 한다.

"중원무림 전체."

"중원무림 누구에게도 알려서는 안 되는 것이 뭘까?"

"……."

다담선자는 대답하지 못했다.

마인의 경우에는 너무나 많다. 곁에서 찾자면 시마의 녹혈마공도 중원무림 전체를 속여야 한다. 어느 한 사람이라도 알게 되면 집단 추적을 당할 마공 중에 마공이다.

"나는 어때?"

"예?"

"대장장이가 쇠를 단련시키듯 날 끌고 다녔다면 어떨까? 잔접의 목적은 날 멸신구관으로 밀어 넣는 거지. 그러자면 일단 남무림으로 가야 하고."

"혈귀대주의 죽음은?"

"멸신구관으로 가는 시발(始發)."

"석신(石身)에 걸릴 건 어떻게 알고?"

"목갑. 저주의 자오법신. 목갑이 내 품에 있는 한, 적당한 환경만 조성하면 난 언제든 자오법신에 걸리게 되는 거지. 곤란한 건 사부와 잔접을 연결시키는 거였는데…… 인정(認定)이라는 말, 알아? 뭐뭐를 인정한다. 사부와 잔접 사이에 모종의 연관이 있다고 인정하니까 생각이 술술 풀리더라고."

사부가 준 목갑, 혈귀대주의 죽음…… 전혀 상관없는 두 가지 사실이 이렇게 연결되었다.

"멸신구관은 미안하지만 날 위해 만든 거야. 처음부터 끝까지. 난 입구에 들어서면서 왕벌을 얻었어. 몸도 무적으로 변하고. 만공심안까지 완벽하게 깨우쳤지. 한 고비, 한 고비를 넘길 때마다 기연을 만났으니 정말로 환골탈태한 거지."

그 말은 사실이다.

멸신구관에 들어가기 전과 후를 비교해 봤을 때 마야의 무공은 일취월장했다.

"솔직히 말하면 난 사부님과 같은 경지가 된 거야. 남은 건 몸에 주입된 무공과 기연들이 하나로 용해될 시간. 후후! 난 석상무공도 나를 위한 안배인 줄 알았는데…… 그건 아니더라고. 그건 콘을 위한 안배였어. 콘의 머릿속에 주입된 '마야를 죽여라'는 심명(心命) 때문에 콘은 나에게 올 수밖에 없고, 난 콘과 싸워야 했지. 수의 등장도 똑같아. 서군봉은 어떤 식으로든 잔접과 연관있을걸? 사천당문에 있어야 할 수많은 독이 그녀의 손에 있었던 점, 구혼음태가 그녀에게 전수된 점."

"……."

다담선자는 묵묵히 듣기만 했다.

칠신녀의 무공은 구혼음태와 콘의 무공을 접목한 것과 흡사했다.

이는 북검문주의 무공이니, 멸신구관을 만든 사람은 북검문주를 노렸다고 봐도 좋을 성싶다.

확실히 콘에게 수가 주어진 것은 우연이 아니다. 우연을 가장한 필연이다. 그렇게 될 수밖에 없도록 암중의 힘이 세상을 이끌었다.

마야가 겪었던 모든 곤란 뒤에는 잔접이 있었다.

왜? 잔접의 행동은 마야를 강하게 만드는 것이다.

목표도 뚜렷해졌다. 북검문주다. 아무것도 모른 상태에서 북검문주와 부딪쳤다면 십 중 십 당했을 터이지만 지금은 다르다. 최소한 절반의 승률은 점칠 수 있지 않을까?

결국 혈귀대주는 잔접과 결탁하여 자신의 문주를 죽이려 한 것인가? 왜? 북검문주의 상대로 만들기 위해 남무림을 휘젓게 만든 건 너무 무모하지 않았나? 그냥 곱게 멸신구관으로 들여보낼 계책도 많았을 텐데.

그렇다. 마야를 저주의 자오법신으로 만드는 건 어렵지 않은 일이었다. 마야는 어쩔 수 없이 멸신구관으로 가야 한다. 그리고 마야라면 남몰래, 은밀히 멸신구관에 다녀올 수 있었다.

남무림을 휘젓게 만든 이유가 있어야 한다.

마야가 말했다.

"제삼무신가가 남도문에서 떨어져 나왔어. 궁왕이 천멸도주를 데리고 북무림으로 들어서기 전이야. 제이무신가도 임자 없는 무주공산이 되었지. 남도문은 해체된 거나 마찬가지야."

"그런 일이!"

"한데 남도문은 더 강해졌어. 제일무신가가 저력을 드러내자 제이, 제삼무신가의 공백쯤은 말끔히 메워 버린 거야. 대단하지 않나?"

북검문과 같은 형태다.

북검문도 옛 무인들이 모조리 도륙되었을 때 새로운 무인들이 나타났다. 남도문도 같다. 총단 무인과 제이, 제삼무신가 무인들이 지리멸렬하자 제일무신가 무인들이 본연의 힘을 드러냈다.

"하오문에 상일문이라는 게 있어. 그들은 무림의 숨겨진 비사를 낱낱이 꿰고 있지. 발설하지 않을 뿐. 한데 나 같으면…… 그런 사람들을 두고 보지만은 않았을 것 같아. 그래서 건드렸지. 누가 튀어나오나 하고."

"대가가 너무 커요."

하오문주와 수검이 단순한 호기심 때문에 죽었다면 정말 큰 대가를 치른 거다.

"아니. 대단한 일을 해줬어. 아주 큰일을."

"삼원로가 튀어나와서요?"

"그때까지만 해도 자책감이 컸어. 괜한 일로 죽었다고. 한데 일령이 궁왕을 만나고, 궁왕은 삼원로와 싸우고. 그 일을 보면서 확연히 깨달은 게 있어."

"뭔데요?"

"궁왕을 공격했던 무인들은 강에서 우릴 공격했던 무인과 같은 종류야. 정신을 반쯤 빼놓고 다니는 광자(狂者)들."

"유계!"

다담선자는 깜짝 놀랐다.

"유계와 북검문은 연관이 있어. 한데 전에 이와 비슷한 경험이 있었지?"

"남도문과 사방천마!"

뭐가 어떻게 돌아가는 건가?

"그럼 유계가 북검남도에 양다리를 걸치고 있다고 봐야 하는데, 궁왕과 삼원로가 싸운단 말이지. 유계가 어부지리를 취하는 건가?"

"북검문과 남도문은 개방이 유계를 칠 때 수수방관했어요. 어쩌면…… 유계의 피해가 크지 않은 건 이미 정보가 누설되었기 때문일 수도 있겠군요."

"큰 구도로는 사부와 잔접 대 유계, 북검문, 남도문이고 작은 구도는 북검문과 남도문의 대립. 한데 한 가지 절대 의문이 드는 건, 이런 구도라면 북검문이나 남도문이 날 왜 가만뒀느냐는 거야. 제거할 기회가 많았는데."

"그렇군요. 하지만 그 문제라면 해답을 줄 사람이……."

다담선자는 이제야 왜 마야가 곡 부인을 몰아붙였는지 알았다.

지금까지의 면면을 분석하면 추측은 할 수 있다.

북검문주와 남도문주가 무엇을 노린다는 것이다. 그건 언젠가 남만에서 만사무불통지가 말한 사부일 가능성이 높다. 그들이 이미 돌아가신 선사를 아직 살아 있다고 여긴다면.

선사를 왜 노리느냐는 차후 문제다.

아니, 그것 역시 짐작할 수 있다.

마군은 마도 역사상 최강의 무인이다.

무신 두세 명이 합공을 펼쳐야 할 정도로 강하다.

마군이 살아 있다면 북검문주나 남도문주의 전설은 하루아침에 휴지 조각이 되어버린다.

평생 동안 일군 명예가 사라지는 건 일순간이다.

그들은 바람 앞의 등불처럼 위태로움을 느끼고 있다. 하니 잔접과 마야를 지켜보면서 선사가 나타나기를 기다린다면 살려둘 만한 가치는 있다.

물론 추측이다. 하나 실제로 궁금증을 해소시켜 줄 사람이 있다. 잔접이다.

잔접은 두 가지 사실을 말해줘야 한다.

첫째, 사부와는 어떤 관계인가.

둘째, 그들의 계획은 무엇인가.

가장 기본적이지만 꼭 알아야 한다. 그래야 앞으로 나아갈 수 있다. 유계를 치든 북검문을 치든 뭘 하든 할 수 있다.

잔접도 마야에게 볼일이 있을 게다.

이만큼 키워놨으니 키운 덕을 봐야 할 것 아닌가.

회동은 순조로이 진행될 것이다.

문제가 전혀 없는 건 아니다. 아니, 아주 심각한 문제가 있다.

자신을 놔두는 건 선사를 찾기 위해서지만 잔접을 내버려둔 건 그들이 꽁꽁 숨었기 때문이다.

실제로 십일잔접은 노출되자마자 죽었다.

오잔접, 칠잔접, 팔잔접도 땅 위로 올라온 즉시 제거되었다.

십이잔접의 경우는 조금 다르다. 곡 부인이 마야와 잔접의 연결선이라는 건 그들도 안다. 나머지 잔접들을 끌어내기 위해서 살려둔 것이다.

마야를 죽이면 모든 건 원점으로 돌아간다.

잔접은 다시 숨을 것이고, 마군은 또 다른 마야를 만들어낼 것이다.

잔접은 죽여도 된다. 그들을 죽이면 마군이 나타날 가능성은 더 높아진다. 이 세상에 마야 혼자 덩그러니 버려졌는데 나타나지 않고 배기겠는가.

그런 의미에서 잔접은 나타나는 족족 때려잡는다.

잔접은 목숨을 걸고 모습을 드러내는 것이다.

과연 회동이 무사히 치러질까?

그들이 위험에 처했어도 마야는 알 도리가 없다. 깊고 깊은 음지에 꽁꽁 숨어 있던 사람들이라서 천멸도 살수를 붙여놓을 수도 없다.

안전 유무를 알아내는 유일한 방법은 양리완의 신기뿐이다.

그렇다. 양리완에게 잔접의 목숨을 맡기고 회동을 강요했다.

"위험이 감지되면 어쩌죠? 살아 있는 잔접은 일곱 명. 사방에 흩어져 있을 텐데요."

"방법이 없는 건 아니지. 은밀히 이동할 게 아니라 신분을 드러내고 당당히 이동하면 돼. 잔접들…… 무명인보다는 상당한 신분일 가능성이 높지. 신분을 드러내고 당당히 이동한다면 쉽게 죽이지는 못할 거야."

"그것도 소식을 전할 수 있어야……."

"천멸도를 믿을 수밖에. 아무리 빨라도 절반은 잃을 것 같

아. 두세 명…… 그 정도만 살아남아도 다행일 거라는 생각이
들어."

마야와 다담선자는 양리완이 틀어박힌 밀실을 쳐다봤다.

그녀가 뛰쳐나오는 순간부터 천멸도 살수들의 달음박질은
시작될 게다. 빨리 뛰면 빨리 뛸수록 살아남는 잔접도 많아질
게다.

"수검 뒤에 천멸도가 있는데, 일령은 또 왜 붙였어요?"

흘러가는 말로 물었다.

"훗!"

마야는 웃었다.

"잔접과 마찬가지야. 호채마도 내가 빠지면 제거 대상에 불
과해. 그래서 무신과 붙으면 즉시 피하라고 했어. 즉시, 싸우
지 말고 즉시. 하오문주도, 수검도…… 피하기만 했으면 죽지
않았을 텐데. 누가 나타나는지만 보면 되는 거였어."

마야는 몹시 아쉬워했다.

호채마는 싸우지만 않으면 누구든지 피할 수 있다. 그들을
무력으로 잡을 사람은 거의 없다. 무신도 도주만을 염두에 둔
사람을 잡기란 쉽지 않다.

도주의 최종 목적지는 제이성이다.

제이성까지만 가면 안전하다.

사망혈인이 제이성 주변을 지옥의 강으로 만들어놨을 테니
까.

"다른 사람들 임무는 뭐예요?"

다담선자는 자신이 보았던 두 장의 밀지를 떠올렸다.

거기에는 궁왕을 죽이라는 명령과 대막삼제를 죽이라는 명령이 적혀 있었다.

"유계 마인으로 짐작되는 자가 있어. 그자를 미행하는 임무는 마도가 맡았어."

"……?"

다담선자는 아무 소리도 하지 못했다.

궁왕을 죽이라는 밀지에 비하면 너무 가벼운 명령이다. 더군다나 마도는 밀지를 보는 순간 죽음이라도 예감한 표정이었다.

"그자는 낭인이야."

"낭…… 인요?"

유계 마인들 중 낭인은 없었다. 거의 대부분 일정한 직업과 신분을 갖고 은신해 있었다.

"유계 마인이면서 낭인이라면, 마인들을 연계하는 연락책이 아닌가 생각돼. 뒤를 쫓다 보면 총단을 발견할 가능성이 높아. 그자는 개방 공격에 살아남았는데…… 그럼 당연히 숨어야 마땅하지. 한데 아직도 중원을 떠돌고 있어."

"그렇군요."

"사망혈인은 제이성을 철옹성으로 만드는 것이야."

이해할 수 있다. 호채마의 최종 목적지는 제이성이다. 임무를 완수한 후, 혹은 위험에 처했을 때는 즉시 제이성으로 움직이라는 게 마지막 명령이었다.

"동생은 뭐였어요?"

금연화를 말함이다.

다담선자는 아직도 금연화의 마지막 모습이 눈에 선했다. 그녀는 떠나면서 '꼭 완수할게요'라는 말을 남겼다. 궁왕을 죽이라는 명령만큼이나 힘든 명령이었을 게다.

"흑살마녀 보호."

"네?"

"유계가 날 공격했어. 몇 번 공격하면서 나와 호채마의 무공을 세심히 살폈을 거야. 지금쯤 대응책을 강구했겠지. 후후! 한동안 잠잠했지? 유계가 다시 나타나면 우릴 이길 준비가 되었다고 생각하면 틀림없어. 그렇다면 남만에 있는 흑살마녀도 위험하다. 그렇게 생각한 것뿐이야. 나와 선사에 관련된 모든 걸 지울 생각일 테니까."

"일령은요?"

다담선자가 가장 먼저 묻고 싶은 것을 가장 나중에 물었다.

마야는 상일문을 몹시 중하게 여기는 듯하다.

다른 임무는 한 사람씩 배정했는데, 유독 상일문을 열라는 임무에만 두 명을 배치했다.

북검문 무신이 상일문을 움켜쥐었다. 이것 역시 상일문이 중하다는 걸 말해준다.

단순히 누가 나타나는지 보려고 한 행동은 아니다.

"그냥…… 혹시나 해서. 하오문주와 수검이 그런 선택을 하리라고는……."

마야는 이야기의 방향을 돌렸다.

묻고 싶은 건 많다. 말해주지 않은 것도 많다.

궁왕을 왜 죽이라고 했는지. 호채마 중에서 궁왕과 부딪칠 경우, 이길 수 있다고 생각한 건지. 궁왕과 천멸도주는 어떻게 해서 그 시간에 그 장소에 나타나 일령을 도울 수 있었던 건지.

하나 깊이 묻고 싶지는 않다. 말하고 싶을 때 말해줄 터이니까. 또 물어볼 틈도 없었다.

"위험! 위험해요!"

양리완이 고함을 지르며 뛰쳐나왔다.

第百三十九章

시층루(屍層累)
—주검이 첩첩이 쌓이다

동묘묘(董苗苗)는 북검문 주사(廚師)다. 그녀는 북검문 식솔 천여 명의 식사를 담당한다.

그녀의 유명세는 과거 천랑대주나 천비대주에 못지않다.

북검문이 원하는 식재료는 까다롭게 선별되지만 납품이 허락되기만 하면 시중보다 배는 더 많이 받는다.

당연히 사람들은 천랑대주는 몰라도 그녀는 안다.

그녀는 가마를 타고 길을 나섰다.

보는 사람마다 머리를 숙여 인사했다.

그녀도 상냥하게 답례했다. 만나는 모든 사람에게 활짝 웃으며 정다운 말을 건넸다. 그러나 그녀의 안색은 딱딱하다 못해 돌처럼 굳어 있었다.

낯선 자들이 주위를 둘러쌌다.

우연이 아니다. 상당한 무공을 지닌 자들이 이십여 명이나 나타나 노골적으로 에워쌌다.

그녀는 몸을 편히 뉘었다.

산전수전 다 겪은 그녀가 자신에게 닥친 상황을 어찌 모를까. 빠져나갈 수 있는지 막다른 골목인지는 눈 감고도 알 수 있다.

완벽하게 걸려들었다.

이십여 명이 은연중에 펼친 만극검진(挽極劍陣)은 그녀의 도룡검법(屠龍劍法)을 상대하기 위해 만들어졌다.

어느 정도까지 버틸 수는 있지만 결국 패할 것이다.

선자불래(善者不來)요, 내자불선(來者不善)이다. 자신없는 자는 찾아오지 않는다.

"시장이나 한 바퀴 돌고 돌아가자."

그녀가 가마꾼에게 말했다.

성 밖에는 준마가 대기해 있지만 이들을 끌고 잔접 회동에 갈 생각은 추호도 없었다.

'그래서 약속된 모임이 아니면 위험한 것을…….'

"가아아아아……."

마야는 마령음을 쏟아냈다.

"크윽!"

양리완이 고통스러운 듯 머리를 감싸 쥐었다.

"참아야 하오. 잔접의 생명이 소저에게 달렸소. 어서 정신을 집중하시오!"

심언이 그녀의 마음을 후려쳤다.

"끄으윽!"

그녀는 머리가 깨어지는 듯한 두통을 참으며 정신을 집중했다.

"가아아아아아······."

마야의 마령음이 사정없이 머리를 후려쳤다.

고통스러운 건 두통만이 아니다. 진기가 물 끓듯 팔팔 끓는다. 진기가 아니라 뜨거운 불덩이다. 경맥을 시원하게 해주는 게 아니라 온몸을 태운다.

"가아아아아······."

마령음은 끊임없이 다가왔다.

그녀는 정신을 집중했다. 잔접의 생명이 자신에게 달렸으니 참아야 한다.

그녀는 낯모르는 사람, 낯선 광경이 떠오를 때마다 마야가 전하라는 전언을 보냈다.

'아니야······.'

동묘묘는 몸을 꿈틀거렸다.

이상한 느낌이 든다. 이대로 돌아가면 죽음뿐이지만 가마를 타고 당당하게 나아간다면 살 수도 있을 것이라는 생각이다.

물론 아니다. 어떤 경우에도 삶은 없다.

목숨이 아까운가? 죽음이 두려운 겐가? 왜 이런 마음이 드는 거지?

'음! 아닌데⋯⋯.'

또 같은 생각이 든다. 이번에는 조금 더 자극적이다. 조금 더 구체적으로 생각이 그려졌다. 북검문 주사라는 신분을 십분 활용하여 당당하게 나아가면 이들도 본색을 드러내지 못할 게다.

'어처구니없는⋯⋯.'

무인다운 생각은 아니다. 차라리 호쾌하게 싸워서 스스로 빠져나가겠다는 생각보다 못하다.

그녀는 몇 번을 뒤척였다. 의자에 깊숙이 몸을 파묻었다가 일으키기를 반복했다. 그러다 결국 가마꾼에게 명했다.

"시장으로 가지 말고 성 밖으로 가자. 많은 사람을 만나보고 싶으니 대로로 가고."

그 시간, 두 부류의 천멸도 살수들은 숨이 턱에 닿도록 치달렸다.

양리완의 머릿속에 그려진 풍경은 대기하고 있던 화공에 의해 한 폭의 그림으로 그려졌다. 그림은 곧 곡 부인에게 전해졌고, 곡 부인은 잔접의 신분과 풍경을 연결시켜 한곳을 지목했다.

잔접을 구하라는 임무를 띠고 천멸도 살수들이 즉시 달려갔다.

잔접을 상대하기 위해 나타난 무인들은 초절정고수가 아니다.

일파의 장문인은 노출이 심하다. 사생활은 물론이고 공적 생활까지 거의 노출되는 편이다.

장문인이나 문주 중에 잔접은 없다.

무공도 이와 같은 맥락에서 말할 수 있다. 잔접은 일정 수준 이상의 무공은 탐내지 않는다. 고수라고 소문나는 것을 피하기 위함이다. 아무래도 널리 알려진 자는 주목받기 마련이니까.

잔접 중 무림의 고수는 드물다. 대신 그들은 생활 속으로 파고들어 갔다. 그들 중에는 학자도 있고, 동묘묘처럼 주사를 하기도 한다. 위협보다는 존경받는 업(業)을 택한 것이다.

그런 점이 이번 일에 상당한 위협으로 작용했지만 반대로 도움이 되기도 한다.

잔접을 해하고자 동원된 무인도 절정고수는 아니라는 거다.

천멸도 살수로 충분히 보호할 수 있다.

또 한 부류의 천멸도 살수도 움직였다.

그들은 먼저 떠난 천멸도 살수를 뒤쫓았다. 은밀히, 숨어서.

그들이 파악할 것은 잔접을 죽이고자 하는 자들이 어디서 왔느냐 하는 거다.

마야는 마령음을 그쳤다.

"헉헉! 헉……!"

양리완은 식은땀을 줄줄 흘리며 힘들어했다.

"수고했소."

"전…… 아직도 뭐가 뭔지 모르겠어요. 이걸로 된 건가요? 누가 들으면 미쳤다고 할 거예요. 그 먼 거리에 있는 사람에게 생각을 전하다니."

"생각이 아니오. 신기요. 소저가 아니었으면 할 수 없는 일이었소."

양리완은 고개만 끄덕일 뿐, 대답할 힘도 없다는 듯 축 늘어졌다.

"휴우! 어떻습니까?"

곡 부인에게 물었다.

"북무림에 세 명, 남무림에 넷. 북무림은 가능하겠지만 남무림까지는 아무래도 힘들지 않을까 싶네."

"……"

마야는 침묵했다.

북검문에서 잔접을 죽이고자 사람을 보냈다. 남도문도 마찬가지다.

북검문과 남도문이 마군과 잔접의 적이라는 가정은 확실해졌다. 이제 남은 건 유계다. 유계 무인도 동원되었는가? 잔접이 겨우 일곱 명뿐이니 유계까지 나설 필요는 없었을 게다.

"곡 부인, 잔접이 나에게 관심을 쏟은 이유를 정말 모릅니까?"

"거짓이 아니네. 일접(一蝶). 일접만이 그 이유를 아네."

"일접이 죽으면 어떻게 되는 거죠?"

다담선자가 물었다.

"아무도 모르는 거지. 잔접이 원래 그렇네. 자신이 맡은 일 외에는 알지 못해. 철저한 점조직이지. 조직만 점이 아니라 맡은 일도 점이야. 일접이 살아 있기를 고대하게."

곡 부인은 깊은 한숨을 내쉬었다.

"우리도 출발합시다."

마야가 일어섰다.

모두가 모이기로 한 곳, 일부는 먼저 가 있는 곳, 복우산 제 이성으로 간다.

제이성에는 몇몇 사람들이 먼저 와 있었다.

일령이 있었고, 천멸도주의 모습도 보였다.

마야는 그녀들의 손을 한 번씩 잡아주는 것으로 반가움을 대신했다. 말은 하지 않았지만 수만 마디의 위로와 격려가 눈빛에 담겨 흘러나갔다.

"말씀하신 대로 이행했습니다. 어떤 놈이든 이곳으로 오려면 목숨 십여 개로는 부족할 겁니다. 멸신구관 못지않은 곳으로 만들라고 하셨죠? 하하하! 직접 둘러보십시오."

사망혈인이 자랑스럽게 말했다.

마야는 사망혈인의 손도 꼭 잡았다.

온 사람도 있지만 오지 못한 사람도 있다. 온 사람과 반가움을 누리기 전에 오지 못한 사람에 대해 묵념이라도 해야 한다.

하루, 이틀…… 기다림의 시간이 지난 후, 생존한 잔접들이 제이성으로 들어서기 시작했다.

북무림에서 출발한 이, 삼, 육접은 모두 무사했다.

이접은 섬서 유림의 거두인 호양(好陽) 최보군(崔寶群)이다. 그가 잔접이리라 생각한 사람은 아무도 없다.

삼접은 개방의 취웅개로 마야도 일면식이 있다.

육접은 북검문의 동묘묘, 그녀는 한 팔이 잘린 상태이기는 했지만 목숨에는 지장없었다.

남무림에서 출발한 잔접 중에는 불행히도 생존자가 없었다.

천멸도 살수들이 돌아왔다.

"남도문 무인입니다."

"남도문이더군요."

그들은 모두 같은 소리를 했다.

천멸도 살수들은 살해 장면을 보지도 못했다. 남무림은 목숨을 구해주려고 달려가기에는 너무 먼 거리였다.

천멸도 살수들은 죽은 자들을 살폈고, 몸에 난 도흔(刀痕)으로 남도문 도법을 알아봤을 뿐이다.

일접도 죽었다. 마야에게 많은 이야기를 해줘야 할 사람이었는데.

이제 잔접은 끝났다. 살아남은 네 명은 어디에도 가지 못한다.

마야가 침중한 표정으로 말했다.

"지금까지 추진해 왔던 일들을 말해주기 바랍니다. 흩어진 일들을 모아보면 무슨 일을 하고 있었는지 알게 되겠죠."

이접은 유계를 살폈다. 전국에 퍼져 있는 유생들 중 최측근
을 선정하여 이유없는 살인, 폭행, 실종을 은밀히 조사하게 했
다. 조사하지 못하더라도 신분이 노출되어서는 안 된다는 명
을 받든 채. 그래서 탄생한 것이 개방에 전해준 살명부였다.

취옹개는 개방의 정보를 이용하여 무림 동태를 살폈다.

무림에 관한 모든 정보가 취옹개의 손에서 흘러나왔다고 해
도 틀린 말은 아니다.

동묘묘는 북검문을 살폈다. 그렇다고 북검문에 대한 정보에
눈독들인 건 아니다. 그랬다가는 천비대의 이목에 걸려들었을
게다. 천비대가 어떤 사람들인데 그들을 속일 수 있었겠나.

동묘묘는 오직 무신의 동태에만 신경을 썼다.

주사라는 그녀의 신분은 무신의 식사를 직접 담당하게 했
고, 그들이 어디에서 무엇을 하는지 곁눈질을 하기에 용이했
다.

십이잔접, 곡 부인의 역할은 사뭇 달랐다.

그녀는 오직 보모 역할만 주어졌다. 양리리, 양리완 자매를
잘 키우는 것이다. 특히 양리완의 경우에는 세속의 때를 묻히
지 마라는 엄명까지 받았다.

곡 부인은 특이한 경우지만 잔접은 전 무림을 한눈에 들여
다보고 있었다.

그럼 이들은 어떻게 모였나? 잔접들 사이에 아무런 공통점

이 없는데, 이토록 비밀스런 행사는 어떻게 해서 하게 되었나?

여기서 공통된 말 하나씩이 튀어나왔다.

—마군.

호양 최보군은 마군과 학문을 겨룬 적이 있다. 그들은 사흘 동안 격론을 벌였고, 서로에게 깊이 감복했다. 마군이 세인들로부터 지탄을 받을지라도 호양에게는 둘도 없는 지우가 된 것이다.

취옹개는 무공을 배웠다.

개방도라면 누구나 개방의 무공을 배운다. 하나 누구나 장로에 오르는 건 아니다. 세월이 흐른다고 장로 직을 수여받는다면 개방 장로는 넘쳐 나고 있을 게다.

취옹개는 적극적으로 도움을 받았다. 사제지연은 맺지 않았지만 거의 사부라고 해도 좋을 만큼 깊이 맺어졌다.

동묘묘는 요리를 전수받았다. 그녀가 북검문에 들어가 주사가 될 수 있었던 것은 오로지 마군 덕분이다.

곡 부인에게도 마군은 간여했다. 바로 양리리, 양리완 자매를 데려와 그녀의 품에 안겨준 사람이 마군이다.

'사부……'

십일잔접이 어떻게 해서 마령음을 지녔는지 알 수 있을 것 같다.

얼굴을 보지 못한 사람들도 틀림없이 마군과 모종의 연관이 있을 것이다.

그럼 됐다. 사부와 연관이 있다는 것만으로도 이 사람들은 보호받아 마땅한 사람들이다.

진작 알았다면, 아니, 조금만 일찍 눈치를 챘더라면…….

선사는 왜 잔접을 만든 것일까? 잔접을 이용해서 무엇을 얻으려던 것일까?

"유계는 현재 암암리에 활동 중이네. 마도와 제사추령(第四芻靈)이 백중산(百重山)에 모습을 보였는데, 아마도 마도가 미행한 것 아닌가 싶네만."

"유계가 백중산에 있습니까?"

"유계는 두 군데에 있네. 백중산에 하나가 있고, 남무림 석문산(石門山)에 하나가 있지."

"주공은 어디 있습니까?"

"허허! 그게 말일세…… 아직까지 주공을 본 적조차 없다네. 사실 이 정도 시간이 흘렀는데 유계인들 우리 사람이 없겠나. 사람을 심어놨지. 한데도 주공에 대한 말은 한 글자도 들을 수 없었다네."

"있기는 있는 겁니까?"

"있지. 있으니까 유계가 통제되고 있는 것 아니겠나."

마도는 제사추령을 따라 백중산에 가 있는 것 같다.

엄한 고생을 했다. 다 알고 있는 사실을 확인하기 위해 목숨을 건 것 아닌가.

조금 더 일찍, 치밀하게 계획을 세워서 잔접 회동을 했더라면 죽는 사람도 없었을 것이고, 마도도 헛고생을 하지 않았을 텐데.

"낙서고에는 뭐 하러 갔나?"

취옹개가 물었다.

역시 알고 있었다. 하기는 낙서고에 남겨진 흔적으로 사천 제일룡을 추론해 내는 건 쉬웠으리라.

"북검문주는 뭐 하고 있는지, 남도문주는, 사부님은 살아계신지. 나는. 혈귀대주는. 뭐든 하나라도 손에 잡히는 게 있는지 보러 갔죠."

"봤나?"

"몇 개는 봤습니다."

"북검문주는 북검문에 없네. 한 십 년 된 것 같은데…… 북검문에 없은 지 말이야."

동묘묘가 말했다. 그때,

쾅! 꽈앙! 꽈아아아아앙……!

제이성 밖에서 엄청난 폭음이 들려왔다.

2

"저, 저 미친놈들!"

사망혈인이 놀라 벌어진 입을 다물지 못했다.

인해전술(人海戰術), 무지막지한 인해전술이 복우산 한복판에서 벌어졌다.

무수히 많은 사람들이 벌 떼처럼 달려들었다.

매설된 화약이 폭죽처럼 솟구쳤다. 산지사방에 불덩이가 난무했다. 흙먼지와 돌가루가 뿌연 연막을 피워냈다. 그래도 그들은 달려오는 걸 멈추지 않았다.

"유계 마인들이야."

마야가 말했다.

유계 마인들은 하나같이 정상적인 사고를 할 수 없다.

처음에는 그렇지 않았다. 마야를 유계로 데려가기 위해 나타났던 마인들은 무신도 겁내지 않을 만큼 무공이 강했다. 실질적으로 무신과 싸우기도 했다.

강에서 '전략(戰略)'이라는 이름을 걸고 나타난 자들부터 이상해졌다. 지능도 떨어질 뿐 아니라 무공도 약하다. 아니다. 지능이라고 할 수 없다. 공포심 자체를 제거해 버린 것 같다.

이들은 장애를 뚫기 위해 만들어진 소모품이다.

꽈앙! 꽈아앙……!

사망혈인이 만들어놓은 철옹성은 너무 간단하게 무너졌다.

화약과 독은 상극이다. 독은 불에 태워지기 때문에 화약이 있는 곳에는 독을 풀지 않는다.

단 한 사람, 화약에 독을 접목시켜 상승작용을 일으킬 줄 아는 사람이 있다. 사천제일룡이다.

쉬익! 꽈앙!

사천제일룡은 사망혈인이 건네준 화약에 독을 묻혀 내던졌다. 화약은 터졌고, 화약 본래의 파괴력보다 훨씬 더 큰 살상력을 보였다. 화약이 터지면서 태워지지 않는 독분이 흩날린 것이다.

그것도 잠시, 사천제일룡은 강에서 유계 마인들과 싸울 때처럼 무기력해졌다.

마인들 옷깃에 염수화가 꽂혀 있다.

사천제일룡을 종이호랑이로 만드는 유일한 물건이 나타났다.

"쳇! 저놈들은 툭하면…… 무슨 놈의 염수화가 무더기로 튀어나와. 재배라도 하나? 재배…… 그렇군. 숙부님은…… 염수화 재배에 성공했어."

당문의 한 사람으로서 기뻐해야 할 일이다. 하나 염수화 재배 기술이 외인에게 흘러나갔으니 차후 당문은 이로 인해 상당한 난관에 봉착할 것이다.

"풋!"

사천제일룡은 웃었다.

지금 무슨 생각을 하는 건가. 자신이 지금 사천당문을 염려하는가? 금독을 무더기로 훔쳐 나온 주제에? 무림에서 금기시하는 혈마지신을 성취한 놈이?

"물러서."

마야가 말했다.

사천제일룡은 듣지 않았다.

문득 염수화와 혈마지신이 충돌하면 누가 이길까 하는 의문이 치솟았다.

꺾여본 적이 없는 독의 절정과 어떤 독이든 흡수하는 신비의 꽃.

"마야, 너 참 운 좋다."

"……?"

"너 역시 살과 뼈로 이뤄진 인간이야. 끊임없이 두들기는 데는 금강불괴고 뭐고 없어. 후후후! 혈마지신은 널 죽일 수 있는 유일한 도구인데, 너 정말 운 좋다."

"독룡!"

마야가 소리 질렀을 때, 사천제일룡은 앞으로 질주해 나가고 있었다.

두둑! 두두두둑……!

막힌 경혈이 풀린다. 봉맥(封脈)이 뚫린다. 꾹꾹 눌러뒀던 혈마지신이 성난 파도처럼 밀려온다.

"모두 피햇! 안으로 들어갓!"

마야의 외침이 한쪽 귀로 들어왔다.

'후후후! 후후후후!'

사천제일룡은 웃었다.

마야가 놀라 소리쳤다는 것으로 만족한다. 그를 죽일 수 있을지 없을지 모르지만 마야가 피하라고 고함칠 정도로 인정해줬으니 독공에 매진한 보람을 느낀다.

꽈아아아아앙……!

터진다. 혈마지신이 움직인다. 거세게 분출되던 혈마지신의 독기가 육신을 찢고 터져 나간다.

'됐어. 됐어.'

사천제일룡은 마지막 생각을 떠올렸다.

제이성은 멀리서 보면 백색 바위덩어리처럼 보인다.

그곳에 한 송이 흑화(黑花)가 피어났다. 백색 바위를 시커멓게 물들인 흑화는 잠시 머물렀다가 사라졌다.

"홀······ 릉해."

들것에 몸을 뉜 중년인이 나지막이 중얼거렸다.

그의 두 다리는 잘려 나가 있었다. 혈마지신의 독기 때문이다. 다리가 썩어 들어가 잘라낼 수밖에 없었다.

그는 혈마지신의 마지막을 보았다.

당문이 탄생시키고자 한 독인 최고의 경지다.

조금만 천천히 수련해서 독마가 아닌 독성의 경지에 이르렀으면 얼마나 좋았을까. 사천제일룡은 그럴 수 있었는데. 허허! 언제나 이런 기재가 또 나올까.

그는 독단을 삼켰다.

유계에 남아 있는 염수화는 없다. 상피망도 모두 제거했다. 이 자리, 복우산에서 사천당문의 반역도는 깨끗이 정리된다.

'잘했다, 잘했어. 화······ 당화야.'

그는 오랜만에 조카의 이름을 부르며 편히 눈을 감았다.

뚜벅! 뚜벅……!

굽이져 흐르는 핏물을 밟고, 수없이 나뒹구는 살덩이를 밟고 두 사람이 걸어왔다.

뚱뚱한 사람과 다부진 체구의 흑의인.

두 사람은 세상을 발아래 굽어보는 듯 오연했고, 또 그럴 자격이 있었다.

"콘, 수!"

마야는 콘과 수를 불러 통천서패를 가리켰다.

"크큭!"

콘이 수를 쳐다보며 기이한 웃음을 터뜨렸다.

수는 요염하게 웃었다. 일순, 하늘에서 선녀가 하강하지 않았나 싶을 만큼 눈이 부셨다.

"크크크!"

콘이 달려나갔다. 수도 달려나갔다.

마야는 혈일뢰를 향해 걸어갔다. 걷다가 발에 채이는 검 한 자루를 주워 들었다.

누구의 검일까? 처음 이 검을 잡았을 때 어떤 심정이었을까?

삼 척 장검은 잘 다듬어져 있었다.

"오랜만이구나."

혈일뢰가 빙긋 웃었다.

멸신구관을 함께 하며 서로에 대해 알 만큼 안 사이다.

"콘과 수는 오래 버티지 못할 거요. 그래서 나도 빨리 끝내야겠소."

"오래 버티지…… 못한다? 어느새 무공을 읽는 경지에 이르렀구나. 빨라도 너무 빨라. 네가 수련한 과정을 책자로 기술할 수 있다면 세상에서 가장 빠른 속성무공이 탄생할 듯싶구나."

"과찬. 한 가지만 묻겠소. 북검문주와 유계 주공은 어떤 사이요?"

"허허허! 마군은 어디 있느냐?"

"……."

"대답을 못하는구나. 허허! 넌 정말 마군이 죽은 줄 알고 있었어. 거짓이 아니라 진심이었어. 허허허! 진작…… 진작 죽였어도 됐는데. 앞수를 내다본다는 것…… 너무 많이 내다봐도 실책이 나와."

혈일뢰의 음성에 후회가 묻어났다.

"지금이라도 늦지 않았소."

'가아아아아…….'

벌써 공격은 시작되었다.

"적멸주. 좋은 공부지. 너처럼 특이한 능력을 지닌 사람만 발휘할 수 있다는 점이 배 아파. 그렇지 않았다면 나도 배웠을 거야."

혈일뢰는 흔들리지 않았다.

적멸주가 청각을 뚫고 들어가지 못한다. 소리를 차단하는 봉청술(封聽術)은 쓴 듯싶다.

그러거나 말거나 마야는 계속 적멸주를 쏟아냈다.

콘과 싸울 때의 경험을 살렸다. 콘은 소리를 의식하지 못했

다. 그래서 적멸주에도 아무런 영향을 받지 않았다. 하나 음파
는 계속 머리를 두들겼고, 결국 극고음과 극저음의 파동이 평
형을 깨뜨렸다.

입가에는 환희마소를 담았다.

인간이 지을 수 있는 가장 아름다운 미소다.

진기로는 뇌력금황기를 끌어올렸다.

'화위양성소생(火爲陽盛所生), 위열지원(爲熱之源), 열위화
지성(熱爲火之性). 열위온지점(熱爲溫之漸) 화위열지극(火爲熱
之極)……'

불은 양(陽)의 생(生). 열과 근원이 같고, 열과 같은 성질을
지녔다. 열이 점차 뜨거움을 더해가니, 불이 열의 궁극이다.

마음은 활짝 열었다. 만공심안(滿空心眼)이다. 도가에서는
삼목(三目)이라고도 부른다.

마야가 지닌 모든 무공이 한꺼번에 밀집되었다.

펑!

"카아악……!"

옆에서 싸우던 수가 처참한 비명을 내지르며 나뒹굴었다.

수의 구혼음태는 통천서패에게 아무런 영향을 미치지 못했
다. 콘의 가공할 빠름도 절대자의 눈에는 전혀 낯선 게 아니었
다. 한두 번쯤은 겪어봤던 빠름이었다.

북천신검의 천광일섬을 봤을 것이고, 남도문주의 패왕도법
도 견식했을 터였다.

싸우는 방법을 안다.

퍽! 퍼억!

무상금강권이 콘의 가슴에 작열했다.

콘은 잠시 주춤하더니 곧 다시 달려들었다.

수도 꿈틀거리며 일어났다.

여느 사람 같으면 혼절하고 남은 타격이다. 하나 이지를 상실했기에 누구보다도 삶에 대한 본능에 충실하다. 살고 싶으면 일어나 싸워야 한다는 걸 안다.

저들에게는 시간이 별로 없다.

"선배, 묻고 물을 게 없고 죽고 죽일 것만 남았다면 시작하는 게 어떻습니까?"

"시작은 벌써 하지 않았나? 난 계속 공격받고 있는데 말이야."

"그럼."

마야는 검을 추켜올렸다.

어찌 된 영문인지 혈일뢰는 그의 무공을 잘 알고 있다. 적멸주에 가미된 환희마소도 담담히 받아낸다.

통천서패가 콘과 수의 무공을 알 듯 혈일뢰도 자신의 무공을 꿰뚫어 본다.

순간, 마야의 머릿속에 하나의 생각이 퍼뜩 스쳐 갔다.

'뇌력금황기를 펼치면 진다!'

일견후즉파가 이런 면에서 좋다. 혈일뢰는 담담히 손을 들어 올렸을 뿐인데, 간단한 손동작 하나만 보고도 그것이 뇌력금황기의 파해 수법임을 알아봤다.

쒜엑!

드디어 마야의 신형이 허공에 띄워졌다.

그는 한 번의 도약으로 하늘을 점했다.

뇌력금황기는 번개의 힘을 빌려서 완성된다. 마야의 뇌력금황기는 인위적으로 형성된 것이지만 효용이 극대화되려면 역시 번개의 이치를 따라야 한다.

위에서 아래로 내리꽂는 양강검(陽剛劍)이야말로 뇌력금황기의 진수다.

"하하하! 뇌력금황기. 금뢰(金雷)인가. 내 건 혈뢰(血雷)라네."

혈일뢰는 발로 툭 차서 땅에 떨어진 검을 주웠다. 그리고 두 발을 힘껏 굴러 신형을 띄웠다.

금뢰인가, 혈뢰인가.

초식 싸움이 아니다. 진력(眞力) 싸움이다.

쒜엑! 쒜엑!

진력이 가득 담긴 검은 서로를 향해 부딪쳐 갔다. 진력의 범위가 너무 넓어서 피할 공간이 없다. 진력이 너무 강해서 최선을 다하지 않으면 그 자리에서 뭉개지고 만다.

순간, 마야는 명뇌인을 끌어올렸다.

뇌에서 일어나 육신을 지배하니 뇌천력(腦天力). 겉으로 표출되는 힘이 아니라 육신만을 제어하니 암력(暗力). 진기를 이용하지 않고 생각만으로 이루어지니 염력(念力). 육신이 천참만륙(千斬萬戮) 짓이겨져도 밝은 신지를 유지할 수 있으니 명뇌인(明腦引).

꽈앙!

혈뢰와 금뢰가 정면으로 충돌했다.

검이 부서져 나갔다. 모래처럼 가루가 되어 흩어졌다.

쒜엑!

혈일뢰의 손이 쑤욱 앞으로 다가왔다. 뇌력금황기를 뚫고 뻗어온 혈수다.

꽈앙!

혈수는 사정없이 가슴을 격타했다.

육신을 금강불괴로 만든다는 흑살마녀의 녹광성초가 아니었던들 그의 가슴은 구멍이 뻥 뚫리고 말았으리라.

극심한 고통이 밀려왔다.

녹광성초도 살가죽만을 보호할 뿐, 장기는 보호하지 못한다. 거대한 충격이 오장육부를 뒤흔들었으니 정신이 아득해지고 눈에서 불이 번쩍 튀긴다.

마야도 그런 느낌을 받았다. 하나 이미 머릿속 가득히 자리 잡은 명뇌인이 모든 고통은 허상일 뿐이라며 다독인다. 참을 수 있다고, 거짓 고통이니 꿈에서 깨어나듯 정신만 차리면 아무렇지 않을 거라고.

쉬익!

뒤늦게 발출된 마야의 손이 혈일뢰의 가슴에 닿았다.

탄(彈)? 아니다. 격(擊)? 아니다. 충(衝)? 아니다. 오귀 중 잡귀의 영매술이다.

스스스스스······!

혈일뢰의 진기가 모래밭에 물 스미듯 빨려왔다.

멸신구관에서 지겨울 정도로 몸에 붙인 사술이다. 흡혈고인의 정혈을 빨아 당겼고, 미염혹매, 적선태의 절독에서 몸에 이로운 기운을 끌어당겼다.

사람의 몸에서 진기를 빨아 당기는 것은 이번이 처음이지만 효과는 확실하다.

"크읏!"

혈일뢰의 인상이 급격하게 일그러졌다.

"우리 사이에 어떤 은원이 있기는 있는 것 같은데 무슨 은원인지 모르겠소."

적멸주가 쏘아졌다.

혈일뢰의 두 눈이 뒤집어졌다. 검은 눈동자가 위로 올라가고 흰자위만 가득해졌다. 이미 정신을 놓고 있다는 증거다. 적멸주가 제대로 먹히고 있다는 반증이다.

고막을 틀어막았던 공부가 풀어졌다. 진기가 빨려 나가면서 혈뢰신공이 무너진다.

"지금 당장은 죽이지 않으면 죽겠기에 죽이오만······ 무엇 때문에 죽이는지 정녕 모르겠소."

마야의 우수가 혈일뢰의 심장에 꽂혔다.

펑! 펑!

콘과 수가 다시 나뒹굴었다.

두 사람은 일어서지 못했다. 눈과 코와 입에서 검붉은 선혈
이 줄줄 새어 나오는 것으로 보아 상당히 심한 내상을 당한 것
같다.

쒜엑! 쒜에엑!

검 두 자루가 통천서패를 후려쳐 갔다. 한 자루는 허리를 베
어갔고, 다른 한 자루는 두 다리를 노렸다.

통천서패에게는 콘과 수 이외에도 세 여인이 더 달라붙어
있었다.

공격을 가한 사람은 일령과 천멸도주였고, 다담선자는 뒤에
서서 추명반을 만지작거렸다.

쒜엑!

백발백중, 일격필살의 추명반이 날았다.

까앙!

추명반은 오명을 남겼다. 통천서패를 격중시키지 못했을 뿐
아니라 무상금강권이 실린 수격(手擊)에 오히려 튕겨 나가기
까지 했다.

쒜엑! 쒜에엑!

일령과 천멸도주가 다시 공격했다.

세 여인의 합공은 오랜 시간 손발을 맞춰온 것처럼 완벽했
다. 바로 이주회첨진이다. 마야의 호법을 서면서 낮이고 밤이
고 손발을 맞춰왔던 최고의 호위진법이다.

"하하하!"

통천서패는 호쾌하게 웃었다.

"하하하!"

마야도 웃었다.

두 사내가 웃었지만 웃음의 의미는 사뭇 달랐다.

통천서패는 자신감이 담겨 있을 뿐이었지만 마야의 웃음에는 진기를 가일층 상승시켜 주는 마령음이 담겨 있었다.

쒜에에엑! 쒜에엑!

두 여인의 검공이 급격하게 빨라졌다.

"엇!"

통천서패는 깜짝 놀란 듯 급히 무상금강권을 쳐냈다. 순간,

쒜에에엑!

또 하나의 추명반이 다담선자의 손을 떠났다. 먼저 것과는 상대가 안 되는 빠름이다. 육안으로는 식별조차 되지 않는다.

퍼억!

무상금강권의 권력이 뚫렸다. 급히 몸을 트는 바람에 목을 꿰뚫지는 못했지만 팔 하나는 떼어냈다. 무신의 팔을…… 다담선자가 떼어낸 것이다.

쒜엑! 쒜에엑!

천멸도주의 검이 등을 노렸다.

통천서패는 쉽게 당하지 않았다. 바로 몸을 비틀어 피해내며 오른발로 무상금강각을 펼쳤다.

그때, 또 한 자루의 검이 정확히 통천서패의 등을 꿰뚫었다.

"크윽!"

통천서패는 신음을 내뱉었다.

"파공음이 두 개면 검도 두 개. 선배님, 팔을 잃은 충격이 크셨나 봅니다."

천멸도주가 사근사근 말했다.

쒜엑!

통천서패의 숨을 끊은 일격은 일령의 손에서 펼쳐졌다.

"수검의 빚이에요. 사람은 다르지만 같은 삼원로이니······ 복수한 것으로 할게요."

"허허! 허허허!"

통천서패는 가슴 정중앙을 꿰뚫은 검과 등에서 뚫고 들어와 복부로 삐져나온 검을 쳐다보며 허탈하게 웃었다.

콘과 수는 절명했다.

기막힌 일이지만 그들의 희생이 없었다면 일령과 천멸도주 역시 같은 운명을 면치 못했다는 판단이다.

마야가 혈일뢰를 죽이기까지 걸린 시간은 그야말로 촌각이다. 한데 그 촌각에 통천서패 역시 콘과 수를 비롯하여 지척에서 검을 휘두르던 두 여인까지 죽일 수 있었다.

아니, 다섯이 처음부터 달려들었다면 상황이 조금 달랐을지 모른다.

세 여인은 콘과 수가 형편없이 무너질 때에서야 뛰어들었다. 가만 놔두면 즉사하겠지만 달려들었다. 이미 콘과 수의 능력이 바닥으로 떨어진 후였으니 통천서패의 입장에서는 이 대 일로 싸운 것이요, 그 후에는 삼 대 일의 싸움이 되었던 것이다.

"사망혈인, 두 사람을 묻어줘. 한 무덤에. 이 사람들…… 서로를 정말 좋아했어. 백치가 된 후에도 콘은 수만 찾았어. 수가 구혼음태를 펼치면 어떻게 알았는지 달려와 상대를 죽이더라고."

낙서고에서 보인 콘의 행동은 제정신으로 돌아온 게 아닐까 싶을 정도였다.

그때였다.

"마, 마야……."

다담선자가 무엇을 봤는지 떨리는 음성으로 마야를 불렀다.

마야는 다담선자가 쳐다보는 곳을 향해 고개를 돌렸다. 그리고 보았다.

사람이 깃대에 대롱대롱 매달려 있다. 두 발이 묶여서 거꾸로 매달려 있다.

마야가 신음처럼 이름 하나를 흘렸다.

"마도!"

第百四十章

이오자(二五仔)
─망할 놈

깃대에 묶여 축 늘어진 사람이 마도인지 아닌지는 구분이
가지 않았다. 하지만 그가 손에 묶고 있는 도는 분명히 핏빛
혈염도였다.

상황을 정리하기가 어렵다.

삼원로가 유계 마인들을 데리고 나타나는가 하면, 유계 총
단을 찾으러 갔던 마도는 깃대에 매달려 나타났다.

유계와 북검문이 동시에 나타난 것만은 틀림없다.

마야는 한달음에 달려갔다.

"잠깐! 함정이라도……."

곡 부인이 급히 만류했지만 마야는 벌써 깃대까지 달려가
마도를 끌어 내리는 중이었다.

다행히도 마도는 아직 숨이 붙어 있었다.

마야는 손을 명문혈에 대고 진기를 불어넣었다.

옆에 누가 있어도 상관없다. 북검문주나 유계의 주공이 쳐와도 괜찮다. 당장은 마도부터 살려야겠다.

마야의 의지는 확고했다.

일령과 천멸도주, 그리고 다담선자는 즉시 삼방을 점한 채 호법에 나섰다.

시간이 얼마나 흘렀을까.

"휴우!"

마야는 깊은 숨을 토해내며 손을 뗐다.

마도는 아직도 의식을 회복하지 못했다. 하지만 위험한 고비는 넘겼다. 명문혈을 통해 불어넣은 진기가 거침없이 기경팔맥을 휘돈다. 상처가 크지 않다는 뜻이다.

마야의 시선은 자연스럽게 마도의 몸에 머물렀다.

오른쪽 갈비뼈 밑으로 파고든 검상이 눈에 띈다.

무척 깨끗하다. 원래부터 그런 상처를 안고 태어난 사람처럼 살결이 일그러지지 않았다. 검을 쑤신 흔적이 없는 것이다.

검은 쑤셨으나 내장의 손상은 최소화시켰다. 그런 점으로 보아 죽일 의도는 없었다.

마치 '내 솜씨 어때?' 하고 자랑하는 듯 보였다.

오른쪽 허벅지도 베였다.

깊고 큰 상처다.

아마도 마도는 이 상처 때문에 평생 절름발이 신세를 면치 못할 것이다.

상처를 들여다보자면 놀라운 점이 하나둘이 아니다. 허벅지 상처는 공을 무척 많이 들였다. 마도를 묶어놓고 온 정성을 다해 칼질을 했다.

그렇게밖에 설명할 수 없다. 느리게 그어진 도흔이며, 대도를 사용하였으나 소도를 사용한 것처럼 정교하다. 혈맥은 건드리지 않고 신경만 끊었다.

죽일 생각은 없으나 고이 보낼 생각도 없다는 뜻이다.

두 상처는 각기 다른 사람이 전개했다.

목을 걸고 내기해도 좋다. 한 사람 솜씨는 아니다.

'북검문주, 남도문주.'

세상에 이와 같이 검과 도를 깨끗하게 쓸 수 있는 사람은 그 두 사람밖에 생각나지 않는다.

그때, 마야의 머릿속에 환청이 울렸다.

—와라. 혼자. 동백산(桐柏山) 방성(方城)으로. 길을 걷다 보면 만나게 될 터이니.

'음공?'

자신이 쓰는 것과 유사한 형태다. 아니, 유사한 정도가 아니라 똑같다. 소리가 옆에서 말한 듯 뚜렷하게 전달된다는 점에서는 자신보다 한 수 위다

'방성.'

마야는 잠시 망설였다.

혼자 오란다. 가야 하나? 가야 한다. 같이 갈 사람도 없다. 호채마의 무공은 이미 봤지 않은가. 통천서패 한 명에게 쩔쩔 맬 정도라면 같이 가도 짐만 된다.

방성은 일명 초장성(楚長城)이라고 불린다.

초나라 때 지어진 산성이다. 강을 두 개나 안에 두었으며 다섯 개 현(縣)을 아우른다.

초장성이라고 하지 않고 방성이라고 말한 것은 방성산(方城山) 쪽에 있는 산성을 말함이리라.

"다담, 도주."

마야의 부름에 두 여인이 돌아봤다.

"다담은 제이성을 정비해 줘."

"알았어요."

"도주, 도주의 벽추검(碧秋劍)을 빌릴 수 있을까?"

순간 두 여인은 움찔했다. 마야의 말뜻을 어찌 모르랴.

"마야!"

"나도 무인인데, 검 한 자루는 제대로 된 걸 가지고 가야지."

"어디로?"

마야는 싱긋 웃었다.

말해주지 않는다. 가로막아도 간다. 그나마 간다는 말이라도 해주고 가니 얼마나 다행인가. 남몰래 살짝 빠져나갈 수도 있었는데.

"돌려줄 거야?"

"……."

마야는 대답없이 일어섰다.

두 여인에게는 상당히 절망스러울 게다. 하나 사실을 명확히 알아야 한다. 마야가 쉽게 대답을 하지 못한 상대이니 복수를 하겠다는 생각 따위는 꿈도 꾸지 말아야 한다.

"여기서 기다릴게요."

다담선자가 다가와 손을 잡으며 말했다.

"자, 가져가! 안 가져오면 너 대신 여기 있는 다담을 괴롭힐 거야. 알았어!"

천멸도주가 벽추검을 던지듯 건네주었다.

*   *   *

산성 좌우로는 큰 나무들이 빼곡했다. 옛날에는 시야를 확보하기 위해 나무를 잘랐을 터이지만, 세월이 지나면서 길게 놓인 돌무더기만 남아 있다.

혼자 사색하며 걷기에는 딱 좋은 길이다.

얼마나 걸었을까? 한참을 걸었다.

중간에 몇 번이고 천멸도 살수들을 돌려보내는 수고도 해야 했다.

그렇게 반나절이 지나고 해가 떨어질 무렵, 드디어 모닥불을 발견했다.

모닥불 가에는 노인 둘이 앉아 담소를 나누고 있었다.

두 노인은 선풍선골(仙風仙骨)의 풍모를 지녔다. 인간 세상 사람이 아니라 선계에서 내려온 듯 우아함과 정중함과 포근함이 모두 풍겨 나왔다.

마야는 거침없이 걸어가 모닥불을 끼고 앉았다.

"마야요."

첫마디였다.

"허허! 난 양학산이라고 하지."

북검문주 북천신검, 이 시대 최고의 무인이 바로 옆에 앉아 있는 노인이다.

다른 한 노인은 자신을 소개하지 않았다. 그래도 안다. 그가 패왕도법의 주인인 남도문주임을.

"혈일뢰를 일합에 죽이더군. 잘 봤네."

북검문주는 남의 일처럼 담담하게 말했다.

"아직 멀었어. 까딱하면 되려 당할 뻔했잖아."

남도문주가 툭 쏘았다.

"허허! 나이를 감안해야지. 자넨 이 나이에 뭘 했나? 혈일뢰 같은 고수와 만났다면 필패했을걸!"

"후후후!"

두 노인이 말하는 동안 마야는 한마디도 하지 못했다.

할 말은 없었다. 하나 있다고 해도 하지 못했다. 머릿속이 벌집처럼 윙윙 울린다. 범종 안에 가둬져 있는데, 바깥에서 마구 두들기는 것 같다.

'마령음…… 적멸주! 흑!'

북검문주는 음성에 마령음을 실었고, 남도문주는 적멸주를 담았다.

절대 패자인 두 노인은 마야처럼 특이한 능력을 구사할 수 있는 사람들이었다.

"허허! 젊은 사람이 정신없나 보군."

"그만 하세. 이러다 정신 나갈라. 자네도 검을 뽑을 생각일랑 하지 말게. 그래 봤자 일초지적도 안 돼."

북검문주와 남도문주는 그제야 평상시 음성을 토해냈다.

'철저히…… 기선을 제압당했군.'

검을 뽑을 기회조차 말살해 버리는 음공이다.

보통 사람들 같으면 정말 검을 뽑을 생각을 못했을 게다. 머리를 조아리며 처분만 바랐을 게다.

마야는 만공심안을 펼쳐 마음을 활짝 열었다. 두려움을 힘껏 떨쳐 냈다.

"북검남도, 두 분이 어린 후배 하나 협공하자고 여기까지 불러내지는 않았을 것이고…… 용건이 있겠죠. 하나 그전에 궁금증이 있으니 몇 마디 물어봐야겠습니다. 유계와는 어떤 관계입니까?"

북검문주와 남도문주의 눈가에 놀람이 스쳐 갔다. 그러나 놀람은 곧 호기심으로 바뀌었다.

"역시 마군의 제자답군. 허허! 유계와 어떤 관계냐고 물었는가? 내가 유계의 주공이네. 이 친구도 주공이고."

"……!"

마야는 너무 놀라 말을 잇지 못했다.

관계가 있을 거라고는 생각했지만 설마 이들이 유계를 장악하고 있는 줄은 몰랐다.

선사가 잘못 알았나? 선사께서는 일 대 일로는 북검문주나 남도문주도 주공의 상대가 안 될 것이라고 말하셨는데 뭘 잘못 알아도 크게 잘못 아신 것 같다.

"궁금할 것 없네. 강자는 늘 공격의 대상이지. 이 친구와 내가 주공을 제거하고 유계를 두 쪽으로 쪼개 나눠 가졌네. 그게 벌써 십 년 전 일이지?"

"십일 년."

"허허허!"

세상이 남북무림으로 갈려 싸움에 열중하는 동안 북검문주와 남도문주는 전혀 다른 싸움을 하고 있었다.

"얼마 전에…… 유계에서 마인들이 왔더군요. 유계로 초빙한다고. 어느 분이었습니까?"

마야는 두 사람을 쳐다봤다.

그런 일은 남무림에서 시작되어 북무림까지 이어졌다.

북검문주는 대답 대신 밀봉된 서신 한 통을 꺼내 바닥에 놓았다. 그리고 그 위에 묵직한 돌을 얹었다.

"자네가 궁금해할 것은 이 안에 다 적어놨네. 우리 둘을 죽이고 살아갈 자신은 있나? 그런 경우가 벌어지면 이 서신을 보면 될 걸세. 그럼 우리 질문만 남았군. 마군은 어디 있나?"

"······?"

마야는 미간을 찌푸렸다.

무신들은 왜 선사의 타계를 믿지 않는 것일까?

선사를 찾는 이유는 자명하다. 방금 전에 북검문주가 자신의 입으로 말했다. 강자는 공격의 대상이라고. 유계의 주공을 죽였듯이 선사를 죽이려는 게다.

천수를 다할 나이가 된 것 같은데, 이 나이에도 호승심이 살아 있는 것인가? 아니면 수단 방법을 가리지 않고 천하제일인이 되고 싶기 때문인가.

"모르는군. 정말 몰라. 허허허!"

북검문주는 허탈하게 웃었다.

"마군······ 원래 숨는 데는 달통했으니까."

남도문주가 말을 받았다.

"선사이십니다. 돌아가셨습니다. 후후! 돌아가셨다. 돌아가셨다. 몇 번을 말했는지 모르겠는데, 아무리 말해도 안 믿더군요. 생존해 계시다는 증거라도 있는 겁니까?"

두 사람은 묵묵히 마야를 쳐다봤다.

다시 머릿속이 벌집처럼 웅웅거린다.

음파로 머릿속을 두들겨 참과 거짓을 구분해 내려는 게다.

"정말이군······ 정말 죽었어. 그럼 갈왕지룡은······ 갈왕지룡은 어떻게 된 건가?"

"하하하! 하하하하!"

느닷없이 마야가 앙천광소를 터뜨렸다.

"그것 때문에…… 한낱 미물 때문에 선사께서 살아계시다고…… 하하하! 그렇죠. 갈왕지룡은 선사께서 주신 음식만 먹습니다. 하지만 또 한 사람이 주는 먹이도 먹죠."

"혹살마녀 말인가?"

"선사와 그분은 영혼의 합일을 이루셨으니 미물의 눈에는 같은 분으로 보일 겁니다. 하하하하!"

마야는 통쾌하게 웃었다.

반면에 북검문주와 남도문주의 인상은 처참하게 일그러졌다.

"거보게. 살려두길 잘했지."

북검문주가 남도문주에게 말했다.

"이놈이 남무림을 휘저을 때 자네 말대로 죽였으면 어쩔 뻔했나. 우리는 영영 이대로 지내야 하지 않겠나."

"그렇군. 허허허!"

두 사람은 알지 못할 소리를 했다.

북검문주가 마야를 보며 말했다.

"넌 지금부터 우리 무공의 허점을 찾아야 할 게야. 일견후즉파의 능력으로. 우리 무공을 볼 수준 정도는 되었으니…… 일견식(一見識)이면 되겠지."

스르릉!

북검문주가 검을 뽑았다. 그리고 조금도 망설임없이 검초를 전개했다.

쒜엑! 푸욱!

"끄윽!"

마야는 완전한 무방비 상태에서 느닷없이 전개한 일검에 옆구리를 꿰였다.

마도가 상처를 당했던 바로 그 부위다.

"천광일섬이네. 봤나?"

'이 사람들이!'

마야는 비로소 남도문주와 북검문주의 의도를 눈치 챘다.

북검문주와 남도문주에게는 불행이고, 마야에게는 다행인 사건이 있다. 바로 자의성검과 궁왕이 동귀어진한 일이다.

마야는 북검문주의 말을 들은 순간 같이 죽을 수밖에 없었던 두 사람을 떠올렸다.

이들도 마찬가지다. 두 사람이 싸우면 동귀어진할 수밖에 없다. 어느 한 사람이 일방적으로 이긴다는 건 불가능하다. 해서 제삼자를 통해 무공의 우열을 가리려는 게다.

정말 아무짝에도 쓸모없는 짓이지 않은가.

마야는 솟구치는 핏물을 꿀꺽 삼켰다.

생사의 기로다. 이들은 너무 강하다. 심신이 멀쩡해도 당하지 못할 거목이다. 하물며 지금은 일검까지 당했다. 그가 자랑하던 마령음이나 적멸주는 이들이 더 능숙하게 사용한다.

도무지 승산이 없다.

그렇다고 마냥 당하고만 있을 수는 없다.

마야는 바짝 긴장하며 말했다.

"봐, 봤소."

순간, 북검문주와 남도문주의 눈에 이채가 번뜩였다.

"정말 파해법을 봤느냐!"

남도문주의 입에서 거센 되물음이 흘러나왔다. 그의 음성은 잔잔하게 떨리고 있었다.

"천광일섬의 파해법은……."

"그만. 이제 자네 차례네."

북검문주가 남도문주를 쳐다봤다. 찰나,

쉬익!

남도문주가 느닷없이 마야의 목덜미를 움켜쥐더니 등 뒤로 던져 버렸다. 그리고 자신도 벼락같이 물러섰다.

쒜엑!

북검문주의 검도 곧바로 뒤따랐다. 마치 그럴 줄 알았다는 듯 움직임이 일자마자 검을 뻗어냈다.

"살고 싶으면 말해라. 파해법은?"

마야의 멱살은 어느새 남도문주의 손아귀에 잡혀 있었다.

"급상(急上), 첨(尖), 첨(尖), 첨(尖), 완류(緩流)."

남도문주는 즉시 말을 알아들었다.

패왕도법이 펼쳐졌다. 마야의 말대로 급상, 위로 뻗어 올라가 천광일섬의 검로를 가로막았다.

첨첨첨!

대도로는 매우 펼치기 힘든, 급상의 상태에서는 불가능에 가까운 직첨(直尖)이 연속으로 세 번이나 떨쳐졌고, 마지막으로 완만히 흐른 도결이 육신 한복판으로 쏘아져 갔다. 바로 그

순간,

   픽! 푸욱! 사아앗!

   종류가 다른 세 가지 기음이 한꺼번에 쏟아졌다.

   남도문주의 대도는 북검문주를 베었다. 그가 노렸던 부위를
정확히 갈랐다. 심장에서부터 폐까지 깊숙이 베어냈다.

   북검문주의 천광일섬도 남도문주의 심장을 꿰뚫었다.

   있을 수 없는 일이 벌어진 것이다.

   남도문주는 바보가 아니다. 수많은 세월 동안 천광일섬을
파해하기 위해 밤잠을 설쳤다.

   마야가 파해법을 일러주었을 때, 그는 '바로 이거다!' 하고
무릎을 쳤다. 모두들 빠름만 보았는데, 마야는 검로를 보았다.
인간이 쳐내는 검은 관절의 움직임에서 벗어날 수 없다는 점
을 지적했다.

   천광일섬이 뻗어올 수 없는 사각에서 패왕도법을 전개하는
것이니 백전백승이다.

   한데 동귀어진이다.

   마지막 순간에 미약하나마 진기가 빠져나갔다.

   혈일뢰를 죽였던 영매술이 남도문주에게 펼쳐졌다.

   마야를 잡은 게 잘못이다. 그와 살을 맞댄 게 실수다. 평생
최대의, 잊지 못할 치욕이다.

   "후욱!"

   두 사람은 서로의 몸을 부둥켜안고 털썩 주저앉았다.

삼 장을 오르면 삼 장만큼밖에 못 보고, 백 장을 오르면 백 장만큼밖에 못 보는 법. 우린 천 장 높이에서 무궁을 볼 줄 아는 자가 필요했다. 그것도 일견후즉파의 능력을 가진 자가.

서신의 시작이다. 또한 욕심의 시작이다.

북검문주와 남도문주가 노린 건 천하제일인이다. 같이 나눈 세상이 아니라 혼자 독식하는 세상이다.

제일 먼저 마군을 죽였다. 하나 완전히 죽이지는 못하고 섣불리 건드리기만 했다.

마군은 깊은 상처를 입고 도주했다.

그 후, 잔접이 탄생했다. 두말할 것도 없이 마군의 짓이다.

북검문주와 남도문주는 잔접의 탄생을 지켜봤다. 그들이 마야를 키워 북검, 남도를 상대하려 한다는 것까지 알아냈다.

두 사람은 마야를 지켜봤고, 일견후즉파의 능력에 탐욕을 느꼈다.

탐욕, 그렇다. 일견후즉파를 잘만 이용하면 무림을 독식하는 길이 열린다.

알지 못하는 것은 마군의 행방이다. 중원 곳곳을 뒤져도 마군만은 찾아내지 못했다.

알고 있는 정보는 더 이상 위협적이지 않다.

북검문주는 마야의 벗인 혈귀대주를 핍박했다. 남도문주는 우직한 궁왕을 이용했다. 그들에게 유계의 실체, 자신들의 또 다른 신분을 알려주고, 잔접의 존재까지 은근슬쩍 넘겼다.

나머지는 일사천리로 진행되었다.

혈귀대주의 죽음, 마야의 등장, 그리고 멸신구관에 들기까지……

마야가 멸신구관에서 나왔을 때도 두 사람은 서둘지 않았다.

마야의 무공이 자신들과 비슷한 경지까지 올라서야 한다. 패왕도법과 천광일섬을 알아보려면 그와 비슷한 무공을 지녀야 한다.

일견후즉파는 상대를 거꾸러뜨리기 위한 도구다. 즉, 남도문주의 무공, 북검문주의 무공을 보고 파해법만 찾아주면 된다.

그래서 유계의 무인들이 동원되었다.

마야에게 실전 감각을 높여주고, 다른 한편으로는 그의 무공을 점검하기 위해서.

명목으로는 유계의 주공이 도움을 청한다고 했지만 사실 그럴 이유는 아무것도 없었다.

한편으로는 마야를 곤란하게 만들면 마군이 튀어나오지 않을까 하는 기대감도 있었다. 제자가 죽을 위기에 처했는데 어느 사부가 나서지 않으랴.

결과적으로 남도문주와 북검문주는 자신들을 동귀어진시켜 줄 사람을 찾은 것이다.

마야는 서신을 구겨 버렸다.

이게 뭔가? 단 두 사람의 탐욕 때문에 장강 싸움이 끊임없이 벌어졌단 말인가. 자신이 그 많은 사람을 죽인 것도 단지 상승 무공을 읽어달라는 주문이었단 말인가.

"망할 놈들!"

마야의 입에서 욕이 튀어나왔다.

2

유월 십사일.

절혼마녀는 득녀(得女)했다.

갓난아이는 뼈마디가 너무 가늘어 조금이라도 세게 잡으면 부서질 것 같은 느낌이 든다. 두 손으로 꼭 껴안는 것도 불편하다. 금방이라도 목이 뒤로 젖혀지며 뼈가 상할 것 같다.

낙화향? 아니다. 복우산 제이성이다.

마야는 방성에서 돌아오는 즉시 절혼마녀를 불러들였다. 시마도, 언장은마도…… 편히 쉬고 싶은 사람은 모두 불렀다.

제이성은 정말 편히 쉴 수 있는 안락처다.

"세상이 시끄러운 모양이야."

시마가 지나가는 말로 했다.

그럴 것이다. 유계 마인들이 쏟아져 나오고 있다.

그들과 정도 무인들 사이에는 끊임없이 살육전이 벌어진다.

북무림은 구파일방이 중심에 섰고, 남무림은 오대세가가 주축
이 되어 마도 토벌을 벌이고 있다.

장강 싸움은 잊혀진 지 오래다.

정신 잃은 자들이 미친 듯이 난동을 부리는데 장강 싸움을
벌일 틈이 어디 있는가.

그들보다 더 무서운 자도 있다. 유계를 이끌었던 초고수들
이다. 그들의 무공은 정말 놀랍다. 대문파 장로들도 쩔쩔맬 정
도로 강하다. 그리고 마인이다.

사람들은 북검문주와 남도문주를 찾았다. 삼원로를 찾고,
만사무불통지와 궁왕을 찾았다.

한데 어찌 된 영문인지 무신들은 일제히 자취를 감추고 말
았다. 자신들의 기반을 고스란히 놓고 육신만 사라졌다.

칠대무신의 실종.

당대 무림의 최대 사건이다.

"마도는 어디 있답니까?"

마야가 아이를 어르며 물었다.

"떠돌아다니고 있겠지 뭐. 지금 같은 시기야 마도에게는 최
고겠지. 발끝마다 차이는 놈들이 죽일 놈이니."

제이성에 모인 사람들은 세상 돌아가는 일에는 시큰둥했다.

"마야."

다담선자가 들어왔다.

"나가보세요. 반가운 손님이 왔어요."

"손님? 누구?"

"금 소저요. 남만에서 이제 돌아오는 길이래요."

"아!"

마야는 아이를 다담선자에게 넘겨주고 대청으로 나갔다.

여전히 아름답고 청초한 금연화가 다소곳이 앉아 있었다.

"말 들었어요. 이제 정말 끝났네요."

그녀는 여독에 지친 모습을 숨기지 않았다.

"방금 뭐라고 했소!"

"떠나셨다고요."

"아니, 아니. 그전에!"

"글쎄요. 얼핏 봐서. 이마에 큰 혹이 튀어나왔다는 것밖에
는 기억나지 않아요. 왜요?"

마야는 믿을 수 없다는 표정을 지었다.

"사부님이…… 살아계셨어."

마야는 이제야 북검문주와 남도문주가 왜 그토록 바보같이
행동했는지 깨달았다. 그들만이 아니다. 삼원로도 그렇고 만
사무불통지나 궁왕도 그랬다.

그들은 항상 마군이라는 무거운 짐을 지고 살았다.

그 짐만 없었다면 마야 정도는 장강을 넘는 순간 제거되었
을지도 모른다. 아니, 혈귀대주의 무덤에 나타나는 순간 죽었
을지도.

아닌가? 그래도 일견후즉파에 대한 탐욕이 도사리고 있나?

사부가 자신의 존재를 끊임없이 일깨워 주고 있었던 것이다.

내가 살아 있다.

내가 살아 있으니 조심해라.

내가 복수의 칼을 갈고 있다. 나에게 검을 꽂은 자……

'사부……'

마야는 제이성 천장에 뚫린 작은 공간으로 하늘을 올려다봤
다.

            *   *   *

"제자 하나 독특하게 키우시우."

"놈들이 먼저 덤벼들었잖아."

"그래 봤자 저놈…… 무림에 뜻이 없는데."

"그래도 세상 사람들은 잊지 않아. 그놈…… 무패(無敗)야."

"좋겠수."

"좋지. 히히히!"

『마야』 大尾

이경영 소설

섀델 크로이츠

SCHADEL KREUZ

[2부] *Philosopher*
필라소퍼

정도를 추구하고 세상을 바로잡는
하얀 왕의 힘이 필요한 역전체 군단.
신의 존재에 가까운 '절대자'와
또 다른 천요의 등장.
그들의 목적은 헨지를 통한
공간왜곡의 문!

주어진 운명에 대항하는 자들과 이를 막으려는 자들.
그리고 밝혀지는 전설의 진실 앞에 또 다른
전설의 존재가 탄생하는데……

섀델 크로이츠, 그들의 임무가 시작되었다.

유령이 아닌 자유추구 —
WWW.chungeoram.com
Book Publishing CHUNGEORAM

CHARM MASTER

참마스터

눈매 퓨전 판타지 소설

부적(Charm)이란

만드는 자의 정성, 만드는 자의 능력, 받는 자의 믿음,
이 세 가지가 충족되어야 최고의 힘을 발휘한다.

이계에서 넘어온 영환도사의 후손 진월랑!
아르젠 제국의 일등 개국 공신 가문이었던 이계인 가문, 진가가 하루아침에 몰락했다.
그것도 가장 믿었던 사람으로 인해.

홀로 살아남은 어린 월랑은 하루하루 생존 게임이 벌어지는
살인자들의 섬으로 보내지는데…….

독과 부적의 힘을 손에 넣은 진월랑!
그가 피바람을 몰고 육지로 돌아온다.

유행이 아닌 자유추구 –
WWW.chungeoram.com
Book Publishing CHUNGEORAM

청운하 新무협 판타지 소설

백팔번뇌

百八煩惱

세상은 날 버렸다.
나 또한 세상을 버렸다.

神이 선택한 그들이 흘린 쓰레기를…
난 그저 주워 먹었을 뿐이다.
그러므로 난 여전히 배가 고프다.

일류(一流)가 되기 위해서라면…
난 기꺼이 신마저 집어삼킬 것이다.

유행이 아닌 자유추구 ~
WWW.chungeoram.com

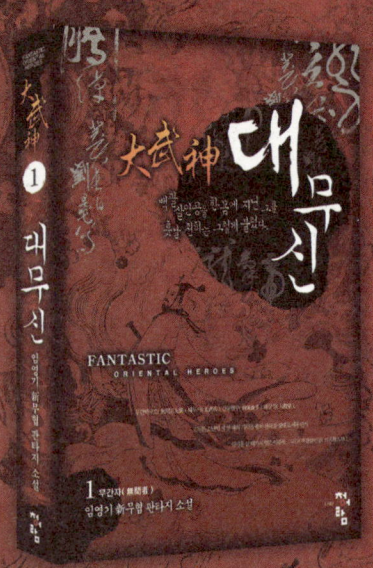

백팔살인공을 한 몸에 지닌 그를
훗날 천하는 그렇게 불렀다.

대무신 大武神

임영기 新무협 판타지 소설

무간백구호(無間百九號). 태무악(太武岳).
신풍혈수(神風血手). 대살성(大殺星).

고독한 소년이 세 살 때의 기억을 좇아
천하를 상대로 싸우면서 열아홉 살 때까지 얻은 이름들.
그리고 백팔살인공(百八殺人功).

大武神

백팔살인공을 한 몸에 지닌 그를 훗날 천하는 그렇게 불렀다.